Hannah Kaiser

Der Kuss von Vergissmeinnicht

Liebesroman

1. Auflage März 2014

Covergestaltung: Catrin Sommer www.rausch-gold.de
Coverfoto Schuhe / Vergissmeinnicht: www.shutterstock.com,
Bildnummer: 11319646 sowie Bildnumer 47450992
Coverfoto Uhr: Snoop Fotografie
Lektorat: Lena Berg
Korrektorat: SW Korrekturen e.U. swkorrekturen@outlook.com

hannah.kaiser79@gmx.de

Inhalt

Kapitel 1

Dafür, dass kalendarisch schon seit Wochen Frühling herrscht, ist es immer noch viel zu kalt. Ich habe nichts gegen den Winter, wirklich nicht. Aber dieser war zu hart und zu lang und es macht den Anschein, als ob er einfach kein Ende nehmen wolle. Selbst meine Katze hat heute kein sonderliches Interesse daran, das Haus zu verlassen. Sie streckt nur kurz ihre Nase vor die Tür, bevor sie ihr noch verbliebenes Auge unwillig zukneift und wieder zurück ins Haus schleicht, um es sich auf dem Sofa bequem zu machen. Gerne würde ich ihr dort sofort wieder Gesellschaft leisten, aber meine dauerbetrunkene Nachbarin hat irgendetwas entdeckt, das sie dazu veranlasst, laut zu schreien.

Zögerlich schließe ich die Tür hinter mir und wickle mich enger in meine warme Strickjacke. Miz Mary hat recht: Im Haus ist es heute eindeutig behaglicher als draußen. Doch mein verdammtes Helfersyndrom lässt mich doch nicht in Ruhe auf dem Sofa sitzen, wenn ich Rosies lautes Klagen bis hierher höre. Also gehe ich der Sache lieber auf den Grund.

Ich brauche nicht lange, bis ich sie entdeckt habe – sie sitzt gleich am Straßenrand, nur wenige Meter vor meinem Haus. Wobei der Begriff „Straße“ für das Stück Weg, das mittlerweile aus mehr Schlaglöchern als intaktem Straßenbelag besteht, genauso übertrieben ist, wie der Begriff „Haus“ für die baufällige Bruchbude, in der ich wohne. Hier wohnen die Menschen, die selbst um in der Vorstadt zu wohnen noch zu arm sind. Da die wenigsten hier genug Geld verdienen, um überhaupt Steuern zu bezahlen, wird hier eben auch nichts getan, was die Investition von Steuergeldern erfordern würde. Zumindest ist die Umgebung schön: gleich hinter der nächsten Häuserreihe beginnt ein wunderschönes Waldstück.

Genau dort entdecke ich Rosie vor einem kleinen Abhang sitzen und ein Gebüsch anheulen.

„Rosie? Was ist los?" Mit wenigen Schritten bin ich bei ihr und sie dreht ihr zerknittertes Gesicht zu mir und reißt den Mund auf, sodass ich die letzten fünf verbliebenen Zähne in ihrem Kiefer erkennen kann.

„Tot! Er ist tot! Er ist tot! Der Herrgott hat einen toten Engel zu uns geschickt, um uns zu warnen. Das Ende ist nah! Oh Heilige Jungfrau Maria, das Ende ist nah!" Am ganzen Körper zitternd wirft sie sich auf den Boden und umklammert mit ihrer dürren Hand erstaunlich kraftvoll meinen rechten Knöchel und brabbelt dabei etwas, das wie Auszüge des Vaterunser klingt. Ihr Murmeln wird immer wieder von einem angstvollen Wimmern unterbrochen.

Ich schaue auf ihren Hinterkopf und das strähnige, graue Haar, das eng daran klebt. Als sie sich bewegt, um meinen Knöchel noch ein bisschen enger zu umklammern, weht eine Woge ihres Geruchs zu mir herüber. Sie riecht muffig, süßlich nach Talkum, nach Urin, zu viel billigem Alkohol und nach ungewaschener, alter Frau. Auch wenn ich mich dabei mies fühle, muss ich mich überwinden, um ihr den Kopf zu tätscheln und habe sofort das dringende Bedürfnis, mir die Hände zu waschen.

„Ist ja gut, Rosie", murmle ich beruhigend, während ich ihr widerwillig übers Haar streichle.

Dann sehe ich, was sie in solch einen Aufruhr versetzt hat: Halb hinter einem Busch versteckt und völlig verdreckt liegt eine reglose Gestalt neben einem ziemlich ramponierten Mountainbike.

„Oh verdammt!", fluche ich und bereue im selben Moment meine schlechte Selbstbeherrschung, da Rosie nun, statt weiterzujammern, laut zu brüllen beginnt.

„Die Verdammnis wird über euch kommen!", schreit sie in voller Lautstärke. „Über euch alle!"

Meinen Versuch, sie hektisch abzuschütteln, quittiert sie mit noch lauterem Gekreische und langsam aber sicher werde ich ärgerlich.

„Rosie, lass mich jetzt los!" Ich atme tief durch und schüttle mein Bein etwas stärker. Aber erst, als ich so energisch zu schütteln beginne, dass ihr vermutlich schlecht davon wird, lässt sie mich endlich los.

Ich sehe zu, dass ich möglichst schnell aus ihrer direkten Reichweite komme, damit sie es sich nicht sofort wieder anders überlegen kann, und renne zu der reglosen Gestalt hinter dem Gestrüpp aus Wacholder und Efeu. Mit klopfendem Herzen beuge ich mich über den bewusstlosen Mann und unterziehe ihn einer ersten Inspektion.

Wie geht man noch mal vor, wenn man eine Person nach einem Unfall findet?

Wenn mein Erste-Hilfe-Kurs nur nicht schon so lange her wäre …

Der Mann scheint bis auf ein paar Schürfwunden auf den Armen und im Gesicht und eine aufgeplatzte Lippe unverletzt. Ich kann erkennen, dass er noch atmet und auch sein Puls schlägt kräftig und lebendig gegen meine Finger, als ich seine Halsschlagader ertaste. Dass ich dafür mehrere Versuche brauche, liegt wohl vor allem an meinen zitternden Händen. Er lebt, daran besteht kein Zweifel. Erleichtert atme ich auf und mein Herzschlag beruhigt sich wieder ein bisschen.

Die Fahrradkleidung, die der Mann trägt, sieht aus, als hätte sie ein Vermögen gekostet. Vielleicht hat das Budget anschließend für einen Helm nicht mehr ausgereicht, ich kann zumindest weit und breit keinen entdecken.

Männer! Hauptsache, sie sehen cool aus …

Kopfschüttelnd versuche ich mich ein wenig zu sammeln und überlege, was ich als Nächstes machen muss.

Ich strecke meine Hand aus und berühre ihn vorsichtig an der Schulter.

„Sir? Können Sie mich hören?“

Keine Reaktion.

Bei meinem nächsten Versuch bin ich energischer und panischer.

„Hallo? Hören Sie mich?“

Diesmal funktioniert es zum Glück. Ich sehe, wie seine Augenlider zu flattern beginnen, bevor sie sich langsam öffnen, und ich komme nicht umhin zu bemerken, dass sie erstaunlich blau sind. Sie haben die intensive Farbe von Vergissmeinnicht, unterbrochen von dunkelblauen Strahlen, die sich von der Pupille nach außen ziehen. Jetzt, wo ich ihn ein bisschen genauer betrachte, weiß ich plötzlich auch, was Rosie meinte, als sie vorhin von einem Engel sprach: Der Mann, der hier vor mir im Schmutz liegt, ist fast schon auffällig schön. Vielleicht Anfang bis Mitte dreißig, dunkelbraunes Haar, ebenmäßige, männliche Gesichtszüge mit dem Hauch eines Bartschattens, ein perfekt geformter Mund. Nur eine alte Narbe, die beinahe senkrecht durch seine rechte Augenbraue verläuft, ist ein eindeutiges Anzeichen dafür, dass er wohl doch recht irdischer Natur ist.

Einen Moment lang starre ich ihn an, dann schüttle ich entschlossen den Kopf, um mich selbst ins Hier und Jetzt zurückzuholen. Im Moment gibt es wirklich Wichtigeres, als sein gutes Aussehen zu bewundern.

„Geht es Ihnen gut, Sir?“

Sein Blick fixiert meinen, während er sich langsam aufsetzt und sich dabei stöhnend den Kopf hält.

„Ich glaube schon …“, murmelt er und schaut sich dann leicht irritiert um. „Ich weiß nur nicht, wo ich hier bin.“

„Wissen Sie denn, was passiert ist?“

„Nein“, antwortet er nach einer nachdenklichen Pause und sieht dabei so aus, als ob ihm das unangenehm wäre. Gleichzeitig versucht er aufzustehen, aber ich halte ihn davon ab.

„Vielleicht bleiben Sie erst noch einen Moment sitzen ...“ Er ist nämlich verdächtig blass um die Nase und ich fände es nicht ganz so hübsch, wenn ich ihn auffangen müsste. Er ist erstaunlich muskulös und vermutlich wiegt er annähernd das Doppelte von mir, das würde ganz sicher weder für ihn noch für mich sonderlich gut ausgehen.

Noch etwas benommen streicht er sich mit einer Hand durch seinen perfekten Haarschnitt. Rosies hysterisches Gejammer ist mittlerweile zu einem leisen Wehklagen abgeklungen, anscheinend beruhigt sie sich langsam, als sie sieht, dass ihr Engel doch noch am Leben ist.

Während sie sich uns nun vorsichtig nähert, streckt sie ihre Hand nach dem Mann aus. Ich sehe seinen entsetzten Blick, als sich ihre vor Schmutz starrende Hand immer weiter nähert. In der Tat sind Rosies Aussehen und auch ihr Geruch nichts für zarte Gemüter. Und mir fällt auch kein Begriff ein, mit dem ich ihren Zustand noch irgendwie nett umschreiben könnte: Sie ist schlicht und ergreifend dreckig und stinkt.

Da ich befürchte, dass Rosie einen Nervenzusammenbruch bekommt und rund um die Uhr die Reiter der Apokalypse befürchten wird, sollte ihr angeblicher Engel womöglich ihre Hand zurückschlagen, greife ich in letzter Sekunde ein.

Obwohl sie das zwanghafte Beten, das dem vermutlich gefolgt wäre, zumindest vom Saufen abgehalten hätte …

„Rosie, wärst du so nett und würdest Fred holen, damit er mir hilft, den Engel hier ins Krankenhaus zu bringen?"

Ich bin mir nicht sicher, ob sie es bis zu Fred schafft – meistens findet sie unterwegs irgendetwas, das sie ablenkt. Aber immerhin erspare ich ihr ebenso wie mir eine Menge Stress und Gejammer.

„Danke", murmelt der Mann vor mir und lächelt kurz, was sein ganzes Gesicht zum Strahlen bringt. Der Moment ist nur von kurzer Dauer, dann verzieht er schon wieder schmerzhaft das Gesicht. „Lächeln sollte ich heute wohl besser bleiben lassen." Seine Hand wandert zu seiner aufgeplatzten Lippe und betastet sie vorsichtig.

„Das wäre aber sehr schade …", rutscht es mir heraus und ich spüre, wie ich umgehend rot werde.

Ich bleibe völlig cool, wenn jemand ohnmächtig herumliegt. Aber wenn ich etwas Nettes sage, werde ich verlegen. Manchmal mache ich mir ernsthafte Sorgen um meinen Geisteszustand.

Leider sieht er tatsächlich absolut hinreißend aus, wenn er lächelt.

Als könne der Mann meine Gedanken lesen, legt er den Kopf leicht schief und lächelt noch einmal, bereut es aber anscheinend im selben Moment und zuckt erneut zusammen. Allzu lernfähig ist er wohl nicht.

„Kommen Sie, ich fahre Sie ins Krankenhaus", sage ich, um vom Thema abzulenken. Ich bin der Meinung, dass er sich dort lieber untersuchen lassen sollte.

Vorsichtig helfe ich ihm beim Aufstehen und als er sich komplett aufgerichtet hat, fällt mir auf, dass er bestimmt zwei Meter groß ist. Und er ist wirklich beeindruckend muskulös, die enge und völlig durchnässte Radbekleidung schmiegt sich an ihn wie eine zweite Haut und lässt wenig Raum für Spekulationen.

„Sie sollten sich etwas überziehen, bevor wir ins Krankenhaus fahren, Sie holen sich sonst noch den Tod …"

In meinem alten Auto ist die Heizung kaputt und die Fahrt bis zum Krankenhaus dauert über eine halbe Stunde. Sich in seiner dünnen, nassen Sportkleidung in mein Auto zu setzen, ist bestimmt keine gute Idee.

Zum Glück kommt in diesem Moment Fred hinzu, Rosie scheint ihn, ganz entgegen meiner Erwartung, tatsächlich informiert zu haben.

Er begleitet uns in mein Haus und achtet darauf, dass der Unbekannte nicht umfällt.

„Kannst du ihm ein paar trockene Klamotten leihen, Fred? Dann bringe ich ihn ins Krankenhaus."

„Willst du ihn selbst fahren oder soll ich einen Krankenwagen rufen?"

„Ich fahre ihn schnell selbst. Bis der Krankenwagen hier ist, sind wir längst da."

Mit einem so großen Auto wie einem Krankenwagen sind einige der Wege hier nur schwer passierbar. Wenn ich selbst fahre, sind wir viel schneller.

„Okay. Bin gleich wieder da."

Kurz darauf kommt Fred zurück und bringt Jeans, ein T-Shirt und ein warmes Flanellhemd mit. Gemeinsam helfen wir unserem Unfallopfer beim Umziehen, weil er offensichtlich immer noch etwas wacklig auf den Beinen ist. Die geliehenen Sachen sind ihm zu kurz und zu weit – wäre der perfekte Haarschnitt nicht, könnte man jetzt fast glauben, er sei von hier.

„Ich bin übrigens June", sage ich, als wir im Auto sitzen und ich den Motor starte.

„Und ich bin … ich weiß es nicht."

Sein vergissmeinnichtblauer Blick trifft den meinen und ich kann sehen, wie erschrocken er gerade über sich selbst ist.

Kapitel 2

Die Notaufnahme riecht nach einer Mischung von Angstschweiß, Desinfektionsmittel und billigem Zitronenlufterfrischer. Der Geruch weckt Erinnerungen in mir. An damals, als wir mit meinem Vater hierhergekommen sind, weil er plötzlich seine rechte Körperhälfte nicht mehr bewegen konnte. Es sind keine positiven Erinnerungen. Ich versuche sie zu verscheuchen, während wir darauf warten, dass endlich jemand Zeit für uns hat. Hier scheint heute die Hölle los zu sein, es herrscht hektisches Treiben, immer wieder rennen Ärzte und Schwestern aufgeregt hin und her. Am Wochenende kommen eben auch selbst die Leute noch ins Krankenhaus, die eigentlich gut genug versichert sind, um einen Hausarzt aufzusuchen. Es dauert ziemlich lange, bis uns jemand Beachtung schenkt. Ich warte vorsichtshalber, nicht dass mein Mr. Vergissmeinnicht hinterher, verwirrt wie er ist, aus dem Krankenhaus läuft und überfahren wird oder so etwas in der Art.

Als endlich ein Arzt Zeit für uns findet, macht er uns gleich klar, dass er nur wenig Zeit hat und scheint auch sonst nicht sonderlich motiviert. Er untersucht meinen Unbekannten nur sehr oberflächlich, stellt ihm ein paar Fragen und zuckt anschließend leicht gelangweilt mit den Schultern.

„Er hat eine leichte Gehirnerschütterung. Ansonsten kann ich nichts feststellen. Und ohne Krankenversicherung kann ich ihn ohnehin nicht hierbehalten, wenn er nichts Akutes hat.“ Der Arzt redet nur mit mir, als wäre ich mit einem kleinen Kind hier aufgekreuzt, dem man keine weitere Beachtung schenken muss, und nicht mit einem erwachsenen Mann. Und es zeigt Wirkung: Mr. Vergissmeinnicht sitzt stumm neben mir, als hätte er neben seinem Gedächtnis auch noch seine Stimme verloren.

„Er kann sich nicht daran erinnern, wer er ist!“, werfe ich ein, aber den lieben Onkel Doktor interessiert das wenig bis gar nicht.

„Das können sie doch alle nicht, wenn sie nicht versichert sind …“ Sein Blick wandert über die schäbige Jeans und das abgetragene Hemd. „Damit wir sie hierbehalten müssen, obwohl es nicht notwendig ist. Darauf fallen wir hier schon lange nicht mehr herein.“

Arroganter Oberklassenschnösel!

Bevor ich auch noch irgendetwas erwidern kann, geht er einfach weg und lässt uns allein stehen. Hin- und hergerissen zwischen Empörung und Ratlosigkeit schaue ich dem Arzt hinterher, bevor ich mich seufzend zu meinem Schützling umdrehe.

„Herzlich willkommen in der Unterschicht“, murmle ich dem ebenfalls ziemlich ratlos dreinschauenden gefallenen Engel zu. „Komm, wir fahren zur Polizei. Vielleicht wissen die ja weiter.“

Auch der Besuch dort erweist sich jedoch schnell als nicht sonderlich hilfreich. Der zuständige Officer mustert uns kritisch und zuckt dann gelangweilt mit den Schultern, während er einen Becher mit Kaffee zur Seite schiebt und die Unterlagen zu sortieren beginnt, die auf seinem Tisch herumliegen.

„Wenn Sie nicht wissen, wer er ist, Ma'am ..." Er sieht mich nicht an, während er mit mir spricht, und irgendwie gelingt es ihm, das „Ma'am" wie ein Schimpfwort klingen zu lassen. „ ... dann kann ich auch nicht viel machen. Ich könnte höchstens mal im Obdachlosenheim anrufen und fragen, ob sie dort noch einen Platz für die Nacht für ihn haben."

„Das kann doch nicht Ihr Ernst sein!" Endlich hat auch der Unbekannte seine Sprache wiedergefunden und er klingt ärgerlich. „Es muss doch irgendeine Möglichkeit geben ..."

Er kommt nicht mehr dazu, den Satz zu Ende zu führen, weil der Officer mittendrin nach dem klingelnden Telefon greift und uns ignoriert.

Ich seufze tief. Auch wenn mir eigentlich eher nach unkontrolliertem Schreien zumute ist.

Stattdessen seufze ich noch einmal und schließe kurz die Augen. Es hilft ja nichts. Selbst wenn ich diesen Idioten vor mir jetzt anschreien würde, würde ihn das weder freundlicher noch schlauer machen. Oder weniger verbohrt.

Mir hingegen würde es vermutlich eine Nacht in einer Arrestzelle einbringen und Mr. Vergissmeinnicht eine Nacht im Obdachlosenheim oder unter der nächsten Brücke.

Also reiße ich mich zusammen und schlucke meinen Ärger hinunter.

„Danke schön, Officer", verlässt zuckersüß meinen Mund.

„Fick dich, du Arschloch", bildet sich in meinem Gehirn. Aber ich schaffe es gerade noch, das für mich zu behalten.

Schließlich drehe ich mich um, verlasse hocherhobenen Hauptes die Wache und bedeute meinem Unbekannten, mit mir mitzukommen. Draußen atme ich erst einmal tief durch. Kurz wünsche ich mir, Raucherin zu sein. Sich jetzt eine Zigarette anzuzünden müsste herrlich sein. Leider gehört Rauchen nicht zu meinen Lastern. Dafür aber Fluchen. Und was soll ich sagen: Es ist mindestens genauso befreiend, wie ich es mir vorstelle, in dieser Situation eine Zigarette zu rauchen. Gesünder ist es obendrein.

Nur – ich muss es zugeben – sonderlich taktvoll ist es nicht. Denn als ich kurz innehalte, um eigentlich nur Kräfte für die nächsten Flüche zu sammeln, fällt mein Blick auf das Gesicht meines Unbekannten. Wie schrecklich die ganze Situation wohl für ihn sein muss!

Ganz eindeutig hatte ich auch schon mal sensiblere Momente. Allerdings bin ich, wenn ich ganz ehrlich sein soll, mit der ganzen Situation gerade ein bisschen überfordert. Eigentlich war ich davon ausgegangen, dass ich ihn ins Krankenhaus bringe und das war es dann mit meiner guten Tat für den Tag. Was mache ich denn jetzt? Ihn einfach mit nach Hause nehmen, wie einen … zugelaufenen Hund? Auf der Straße kann ich ihn ja schlecht lassen. Andererseits weiß ich nichts über ihn, rein gar nichts. Vielleicht ist er ja ein entlaufener Triebtäter, ein psychopathischer Massenmörder oder zumindest ein fieser Betrüger, der nur hinter meinem … okay, hinter meinem Geld wird er wohl eher nicht her sein, weil ich gar keins habe. Aber ansonsten: Was weiß ich denn?

Auf alle Fälle weiß ich, dass ich weniger schlechte Krimiserien schauen sollte. Nur dass mir diese Erkenntnis im Moment kein Stückchen weiterhilft.

Letztendlich siegt dann mein Helferinstinkt über meine Ängste.

„Wir bekommen das schon hin", murmle ich, als wir schließlich wieder in meinem Auto sitzen.

Er atmet tief ein und wieder aus, reibt sich mit beiden Händen über das Gesicht und lächelt. Wenn er dabei nicht so entsetzlich mutlos aussehen würde, würde mir bei seinem Lächeln bestimmt das Herz stehen bleiben. Er sieht aus wie ein verwegener Pirat, wenn er so lächelt. Auch wenn er gerade ein bisschen so wirkt, als hätte er seine allererste Schlacht verloren.

„Geht es deiner Lippe schon besser?" Er ist gar nicht mehr zusammengezuckt.

Statt einer Antwort lächelt er noch einmal und ich bin so fasziniert davon, dass ich beinahe über eine rote Ampel fahre.

Ich halte vor meinem etwas baufälligen, kleinen Haus an und komme mir irgendwie seltsam dabei vor, Mr. Vergissmeinnicht hierhin mitzunehmen. Obwohl er mittlerweile ja eigentlich passend gekleidet ist, ist mir trotzdem klar, dass er hier nicht hingehört. Ich möchte fast wetten, dass er normalerweise um Wohngegenden wie diese einen weiten Bogen macht. Dass er sein Auto von innen verriegelt und unwillkürlich schneller fährt, wenn er es doch mal nicht vermeiden kann, hier entlangzufahren.

Dementsprechend zögerlich steigt er nun aus. Ich weiß nicht so recht, ob ich über sein Verhalten amüsiert oder deswegen beleidigt sein soll, entscheide mich dann aber für Ersteres. Schon allein, weil sich das besser anfühlt.

Ich weiß, dass mein Haus von außen nicht sehr einladend aussieht. Aber von innen ist es hell und sauber und ich achte immer penibel darauf, dass es auch so bleibt.

Mein Mr. Vergissmeinnicht ist sehr verschlossen. Vermutlich wäre ich das in seiner Situation auch. Es ist bestimmt nicht einfach, bei einer völlig Fremden zu stranden und sich an nichts erinnern zu können. Aber ich glaube, es ist auch einfach seine Art. Ich bin mir ziemlich sicher, dass er aus der Oberschicht kommt. Seine Art und Weise, sich auszudrücken, sich zu bewegen, zu sprechen – all das schreit nur so nach Oberklasse. Genau wie das teure Mountainbike mit der entsprechenden Kleidung. Nicht zu vergessen seine Armbanduhr. Wer sich so eine Uhr leisten kann und es sich obendrein leisten kann, sie bedenkenlos beim Radfahren zu tragen, stammt mit Sicherheit nicht aus ärmlichen Verhältnissen.

„Du solltest mal deine Sachen durchsuchen, vielleicht findet sich ja irgendein Hinweis auf deine Identität? Ein Schlüssel, ein Ausweis ..." Ich deute auf den kleinen Stapel Kleidung, der über einem Stuhl hängt.

Gemeinsam machen wir uns auf die Suche, finden aber rein gar nichts. Eigentlich hätte mich das auch gewundert, denn die Fahrradkleidung war sehr eng und ich habe ziemlich genau hingesehen; hätte er größere Gegenstände in den Taschen gehabt, wäre mir das bestimmt aufgefallen, aber einen Versuch war es immerhin wert.

„Und die Armbanduhr? Hat sie vielleicht eine Gravur?"

„Machst du so etwas öfter?" In seiner Wange bildet sich ein kleines Grübchen.

„Leuten hinterherspionieren? Klar, in Wirklichkeit bin ich Agentin."

Er lacht leise. „Keine sehr gute offenbar, wenn meine Identität immer noch unbekannt ist."

„Wenn du weiter so vorlaut bist, kannst du gleich im Garten schlafen. Dann bist du morgen nicht nur ein Unbekannter, sondern ein erfrorener Unbekannter!"

Seine Uhr ist leider nicht graviert und hilft uns auch nicht weiter.

Ratlos schauen wir uns an.

„Gibt es gar nichts, woran du dich erinnern kannst? Einen Namen, eine Telefonnummer, irgendeinen Hinweis, irgendetwas, wonach wir suchen könnten?“

„Ich versuche mich schon die ganze Zeit zu erinnern – aber da ist nichts. Absolut nichts.“ Er schüttelt verzweifelt den Kopf und ich bin völlig ratlos. Was mache ich denn nur mit ihm?

Schließlich koche ich Tee, wir setzen uns aufs Sofa und ich schalte den Fernseher ein. Das erspart uns peinliches Schweigen, zumal er gerade nicht so aussieht, als wäre ihm sonderlich nach Reden zumute.

Während nun irgendwelche Samstagnachmittagsshows über den Bildschirm flimmern, beschäftige ich mich damit, ihn heimlich aus den Augenwinkeln heraus zu beobachten.

Selbst in den abgetragenen, schlecht sitzenden Sachen sieht er irgendwie noch aristokratisch aus. Sehr verwunderlich, dass das weder im Krankenhaus noch bei der Polizei aufgefallen ist. Er wirkt wie verkleidet in diesen Klamotten.

Ich frage mich, was er wohl beruflich macht. Bestimmt irgendetwas, bei dem er jeden Tag die teuersten Anzüge tragen und sich furchtbar wichtig fühlen kann. Vielleicht ist er das auch in seinem Beruf. Wichtig, meine ich. Bestimmt sogar.

Trotz seiner Misere hat er immer noch etwas Selbstbewusstes, eine gewisse Ausstrahlung, wie sie sonst nur Leute an den Tag legen, die es gewohnt sind, dass ihnen alles gelingt und jeder macht, was sie verlangen. Er hat die Ausstrahlung eines Menschen, der sich selten unterordnen muss.

Außerdem ist er attraktiv. Das ist mir zwar vorher schon aufgefallen, aber hier, in meinem eigenen Wohnzimmer, fällt es mir noch viel mehr auf. Die strahlend blauen Augen, der schöne Mund mit diesem energischen Zug … Ich möchte wetten, dass er bei den Frauen mehr als gut ankommt.

Wie es sich wohl anfühlt, diesen Mund zu küssen? Und wie er wohl im Bett ist?

Ich schüttle den Kopf, um diese Gedanken wieder zu vertreiben, um die Bilder zu zerstören, die sich darin gebildet haben.

Aber als er sich kurz zu mir umdreht und mich ansieht, spüre ich trotzdem, dass ich rot werde.

Er kann keine Gedanken lesen, June! Egal was du denkst, er kann es nicht wissen.

Gleichwohl ist mir das Ganze auf einmal peinlich.

Und als er träge lächelt und sich danach wieder auf dem Sofa zurücklehnt, irgendwie … viel zu zufrieden mit sich selbst, da bin ich mir nicht mehr ganz so sicher, ob er nicht vielleicht doch Gedankenlesen kann …

Es ist komisch, einen Fremden im Haus zu haben, auch wenn er extrem schweigsam ist, sodass ich ihn eigentlich kaum bemerken würde. Eigentlich. Denn tatsächlich bin ich mir seiner Anwesenheit nur allzu bewusst. Er gehört zu den Menschen, die einen Raum dominieren und mit ihrer Präsenz erfüllen, wenn sie ihn einfach nur betreten. Er braucht gar nichts zu machen – man merkt sofort, dass er da ist und ich empfinde es als nahezu unmöglich, mich seiner Präsenz zu entziehen.

Der Fernseher läuft und ich gebe beinahe krampfhaft vor, dem Programm zu folgen, aber mein Blick wandert immer wieder nachdenklich zu ihm. Genau wie meine Gedanken.

Irgendwann steht er auf und geht zu dem Bücherregal hinüber, das beinahe eine halbe Wand in meinem Wohnzimmer einnimmt.

„Darf ich?“, fragt er, halb an mich und halb an das Regal gewandt.

„Aber natürlich“, beeile ich mich zu antworten, obwohl ich es eigentlich nicht leiden kann, wenn jemand an meine Bücher geht. Ich bin da ziemlich empfindlich und wenn jemand Eselsohren als Lesezeichen hineinmacht oder sie auf irgendeine andere Weise nicht pfleglich behandelt, verursacht mir das fast schon körperliche Schmerzen.

Interessiert beobachte ich, wie mein Unbekannter am Regal vorbeigeht und beinahe zärtlich über die bunten Buchrücken streicht. Ich bin ziemlich optimistisch, dass ich bei ihm keine groben Misshandlungen meiner Bücher befürchten muss.

Irgendwann verharrt seine Hand und er zieht Tolstois *Krieg und Frieden* hervor. Ich lächle innerlich. Wenn ich hätte raten müssen, was ihn interessiert, hätte ich genau auf dieses Buch getippt.

„Kennst du es schon?" Ich beobachte, wie er sich wieder zurück in den Sessel setzt und seine langen Beine ausstreckt.

„Ja, ich kenne es schon." Erstaunt sieht er mich plötzlich an. „Ich kann mich an den kompletten Inhalt und sogar an Zitate erinnern."

„Das ist doch gut." Aufmunternd nicke ich ihm zu und er erwidert mein Nicken, bevor er sich in seine Lektüre vertieft.

Später sitzt er am Tisch und schneidet akribisch genau das Gemüse klein, während ich am Herd stehe und koche. Ich denke, er hat das noch nicht sehr oft gemacht, aber er schneidet alles akkurat in die richtige Größe – großes motorisches Geschick gehört ja auch wirklich nicht dazu.

Als er fertig ist, nehme ich Pilze und Zucchini von seinem Brett und gebe sie zu den Zwiebeln und der Hähnchenbrust mit in die Pfanne. Die Stücke haben wirklich alle genau die gleiche Größe, ich bin nie so pedantisch. Hoffentlich stört ihn das nicht.

Irgendwie bin ich in seiner Gegenwart merkwürdig unsicher und komme mir plump und unbeholfen vor. Dabei ist ja eigentlich er derjenige, der Hilfe braucht – es müsste umgekehrt sein. Während ich am Herd stehe und ihm meine

Rückseite präsentiere, frage ich mich, ob mein Hintern wohl aus seiner Perspektive sehr dick aussieht.

Kann dir das nicht eigentlich total egal sein, June?

Um auf andere Gedanken zu kommen, nehme ich ein paar Gewürze aus dem Schrank und schmecke das Essen ab, gebe noch etwas Salz hinzu und probiere erneut.

„Kochst du gern?“, fragt er mich, während ich mich wieder dem Umrühren widme. Ich zucke zusammen, als ich so unvermittelt seine Stimme höre. Die meiste Zeit hat er geschwiegen, seit ich ihn heute gefunden habe. Ich wollte ihn gerade danach fragen, was er gerne isst, in der Hoffnung, dadurch etwas über ihn herausfinden zu können. Aber ich stelle es mir so frustrierend vor, auf so eine Frage keine Antwort zu wissen, dass ich beschließe, das Thema erst einmal ein bisschen ruhen zu lassen.

+++

Sie sieht hübsch aus, während sie da am Herd steht, in sich ruhend, routiniert. Ohnehin ist sie eine hübsche Frau. Auch wenn ihr Name eigentlich gar nicht zu ihr passt. Sie ist viel mehr Herbst als Sommer. Ihre blasse Haut, die braunen Augen, die Haare in einem hellen Kastanienrot – das alles erinnert an herbstlich verfärbte Laubwälder vor wolkenverhangenen Himmeln, nicht an helle, heiße Junitage. Und ihr Blick, als sie sich jetzt langsam zu ihm umdreht, sieht auch eher nachdenklich umwölkt aus, ein grauer, aber schöner Herbsttag. Genau wie ihre Stimme, weich und tief. Ihre Bewegungen sind ruhig und routiniert. Gerade eben, beim Kochen, hat sie vor sich hin gesummt. Sie kann noch nicht sehr alt sein, höchstens Ende zwanzig, trotzdem hat sie etwas in ihrem Ausdruck, das sie viel älter wirken lässt. Wie ein Mensch, der mehr Verantwortung tragen muss, als ihm guttut.

„Meistens koche ich gern, ja", sagt sie jetzt und er braucht einen Moment, bis ihm überhaupt wieder einfällt, dass er ihr diese Frage gestellt hat, zu sehr war er damit beschäftigt, auf ihren Hintern zu starren, der in dieser Jeans wirklich gut zur Geltung kommt. Sie ist nicht wirklich schlank, aber trotzdem weit davon entfernt dick zu sein. Ganz anders als die Frauen, die er sonst kennt … Wobei: Was kennt er denn sonst für Frauen? Selbst daran kann er sich nicht erinnern.

Müde reibt er sich die Augen. Nicht zu wissen, wer man ist, macht unglaublich hilflos. Und Hilflosigkeit, das kann er mit Gewissheit sagen, ist ein Zustand, den er auf den Tod nicht ausstehen kann.

Sein Kopf dröhnt und er sehnt sich nach Ruhe. Die ganze Situation ist so merkwürdig. Man kann seinen Haustürschlüssel verlieren, sein Handy und vermutlich sogar seinen Kopf. Aber alle persönlichen Erinnerungen zu verlieren, das ist ein Zustand, der sich so surreal anfühlt, dass er keine Worte dafür finden kann.

+++

Das Abendessen verbringen wir, so wie fast schon den ganzen Tag, mehr oder weniger schweigend. Unsere Konversation beschränkt sich auf das Allernötigste und besteht aus kaum mehr als „bitte" oder „danke". Die ganze Situation fühlt sich skurril an. Da sitzt ein Mann an meinem Tisch, der über sich selbst genauso wenig zu wissen scheint, wie ich über ihn weiß. Über was soll man sich da unterhalten, wenn man nicht immer nur darüber sprechen will, ob er sich nicht vielleicht doch an irgendetwas erinnern kann? Und ich kann mir nicht vorstellen, dass das ein Thema ist, über das man sich gerne permanent unterhalten möchte.

Seine Tischmanieren sind absolut tadellos, was mich nicht sonderlich überrascht.

„Danke für das Essen", sagt er, nachdem er seinen Teller geleert hat. „Es war wirklich köstlich." Ich bin mir zwar nicht ganz sicher, ob er das wirklich so meint oder ob er einfach nur höflich sein will, aber ich freue mich trotzdem über das Kompliment. Obendrein bin ich von der Menge beeindruckt, die er verschlungen hat. Seine Radtour heute muss wohl ein bisschen größer gewesen sein und sein Unfall scheint seinen Appetit nicht beeinträchtigt zu haben.

„Wie geht es deiner Lippe? Und der Beule?" Ich betrachte ihn kritisch, es wäre mir deutlich lieber gewesen, wenn er aufgrund seiner Verletzungen zur Beobachtung im Krankenhaus geblieben wäre. Aber ich kann außer dem Gedächtnisverlust nichts Auffälliges an ihm feststellen. Na ja, Auffälliges schon, jede Menge davon, aber nichts, was auf eine Verschlechterung seines Gesundheitszustandes hinweisen würde.

„Alles in Ordnung, tut kaum noch weh." Sein Lächeln bleibt halbherzig und ich bleibe unsicher. Noch immer fühle ich mich ziemlich überfordert und entschließe mich zum Rückzug. Vielleicht kommt sein Gedächtnis ja von selbst wieder, wenn er sich ein bisschen ausgeruht hat und von dem ganzen Schock ein bisschen erholen konnte. Und wenn nicht … Ja, dann weiß ich auch nicht so wirklich, was wir machen sollen. Aber ganz sicher weiß ich, dass die Wahrscheinlichkeit, heute Abend noch eine Lösung zu finden, sehr gering ist.

„Ich … richte dir dann mal das Sofa her." Es ist eigentlich noch zu früh, um schlafen zu gehen, doch ich habe das Gefühl, ein bisschen Zeit für mich allein zu brauchen. Mich überfordert der gesamte Tag heute und ich bin müde und will meine Ruhe haben, auch wenn das wohl nicht auf gute Gastgeberqualitäten schließen lässt.

Kaum habe ich ein Laken über das Sofa geworfen und eine Decke zurechtgelegt, springt meine Katze auf das improvisierte Bett und sieht mich aus ihrem einen Auge zufrieden an.

„Miz Mary, runter da!" Ich will sie verscheuchen, werde aber zurückgehalten.

„Lass sie ruhig. Es ist ja eigentlich ihr Schlafplatz, den ich da bekomme." Als hätte sie ihn verstanden, rollt sie sich zufrieden am Fußende zusammen und beginnt zu schnurren. „Warum heißt sie eigentlich ausgerechnet Miz Mary?“

Ich beobachte ihn, wie er sich zu ihr setzt und sie hinter den Ohren zu kraulen beginnt.

„Sie hatte schon nur ein Auge, als ich sie gefunden habe. Ich vermute, sie hat sich mit irgendwem geprügelt, der größer und stärker war als sie. Halb verhungert war sie auch. Trotzdem hat sie furchtbar gekämpft, als ich sie einfangen wollte. Meine kleine Piratenkatze!“

„Dann heißt sie nach Miss Mary Read? Der Piratin?“

Erstaunt sehe ich ihn an. Die kennt normalerweise niemand.

„Ganz genau ...“, murmle ich nachdenklich, während Mary es sich jetzt auf seinem Schoß bequem macht.

Eigentlich sieht er auch ein bisschen aus wie ein Pirat. Ein ziemlich attraktiver Pirat. Die Narbe, die seine Augenbraue ziert, ist an der rechten Seite und somit auf der gleichen Seite, an der Marys Auge fehlt. Irgendwie wirken die beiden, als hätten sie im selben Kampf gekämpft, während sie da so nebeneinandersitzen. Sie passen gut zusammen.

Später liege ich im Bett und frage mich, warum ich nicht auf dem Sofa geblieben bin. Miz Mary hat es gut. Die kleine Verräterin scheint heute lieber an seinem Fußende zu schlafen, statt mir hier Gesellschaft zu leisten.

+++

Den ganzen Tag hatte er sich gewünscht, endlich allein sein zu können. Nicht etwa, weil June eine unangenehme Gesellschaft wäre, ganz im Gegenteil. Aber er hatte darauf gehofft, dass er sich erinnern könnte, wenn er ein bisschen zur Ruhe käme. An irgendetwas Persönliches, das über ein paar Fetzen von Kindheitserinnerungen hinausgeht.

Er kann die erste Reihe der Elemente des Periodensystems aufsagen. Er weiß die Vorwahlen von New York, Boston und Seattle sowie von diversen anderen Städten. Er könnte in fünf verschiedenen Sprachen einen extrastarken Kaffee bestellen. Und sogar an den Inhalt aus Tolstois *Krieg und Frieden* kann er sich erinnern.

Aber er kann sich nicht daran erinnern, wie er heißt. Oder wann er Geburtstag hat. Auch nicht daran, wie seine Eltern heißen und ob er vielleicht verheiratet ist und Kinder hat. Da ist nichts, einfach gar nichts.

Fluchend steht er vom Sofa auf und holt sich in der Küche ein Glas Wasser.

Anschließend zieht er sich einen Stuhl ans Fenster und blickt auf die menschenleere Straße und das Haus gegenüber und versucht, in den Fenstern irgendetwas zu erkennen. Alles ist besser, als allein auf dem Sofa zu liegen, sich das Gehirn zu zermartern und doch nicht zu finden, wonach man sucht.

Miz Mary springt auf seinen Schoß, schaut ihn kurz aus dem einen grünen Auge an und beginnt dann zu schnurren, als ob sie sagen wolle: „Alles wird gut."

+++

Kapitel 4

Mr. Vergissmeinnicht sieht übernächtigt aus, als ich am nächsten Morgen mein Wohnzimmer betrete. Aber ansonsten scheint sich sein Zustand weder verbessert noch verschlechtert zu haben. Er hat geduscht und irritierenderweise duftet mein Duschgel nahezu verführerisch gut an ihm. In seinen Händen hält er schon wieder eines meiner Bücher.

„Gibt es irgendetwas Neues?“, frage ich vorsichtig nach. Ich will ihn nicht ständig damit bedrängen, andererseits gibt es ja wohl in dieser Situation kaum eine wichtigere Frage.

Er schüttelt nur kurz den Kopf und ich dränge ihn nicht weiter. Erzwingen wird man da wohl kaum etwas können, er wird mir schon erzählen, wenn ihm etwas einfällt. Auch wenn ich immer noch nicht weiß, was ich jetzt machen soll. Was wird passieren, wenn er sich nie mehr wird erinnern können?

Nach dem Frühstück bin ich ein bisschen verlegen.

„Ich muss heute meine Eltern besuchen, möchtest du vielleicht mitkommen?“

Seine Augenbrauen wandern in die Höhe und er legt den Kopf leicht schief, bevor er sich langsam zu mir vorbeugt.

„Liebling, meinst du nicht, es ist vielleicht noch ein bisschen früh, um mich deinen Eltern vorzustellen?“ Seine

Stimme ist so tief und verlockend, dass ich nach Luft schnappe, bevor ich merke, wie mir das Blut in die Wangen schießt und ich vermutlich tomatenrot anlaufe. Seine Augen blitzen übermütig und er erinnert mich wieder an einen Piraten, dunkel, verwegen und ein bisschen gefährlich. Ich bekomme eine Gänsehaut.

Zumindest hat er seinen Humor wiedergefunden. Wie schön. Ich liebe Witze auf meine Kosten … nicht.

Gerne würde ich irgendetwas wahnsinnig Witziges, Schlagfertiges und Souveränes erwidern, aber stattdessen fange ich an zu stottern.

„Ich … äh … ich meinte nur …“ Er grinst. Breit und über das ganze Gesicht, überaus zufrieden mit sich. Ganz toll. Das war wohl eindeutig weder witzig noch schlagfertig noch souverän. Später fällt mir bestimmt etwas ein, aber dann ist es zu spät. Ich habe mich jetzt schon zum Drops gemacht. Um es nicht noch schlimmer zu machen, hole ich tief Luft, bevor ich erneut zu einer Antwort ansetze. „Zum einen dachte ich, es wäre vielleicht eine Ablenkung, zum anderen kann ich ja schlecht einen Fremden allein in meinem Haus lassen. Vor allem nicht einen von der Sorte, die mich nach einem Tag gleich Liebling nennt.“ Das war immer noch nicht bühnenreif, aber schon deutlich besser. Ein bisschen zu patzig vielleicht – aber man kann eben nicht alles haben.

„Ach? Aber wenn ich bei dir übernachte … das ist in Ordnung?“ Er hat sich vorgebeugt, die Ellenbogen auf den

Tisch abgestützt, die Hände verschränkt und den Kopf darauf abgelegt. Und ich? Ich werde schon wieder rot.

Verdammt, ich bin doch kein unsicherer Teenager mehr!

Ich stehe auf und beginne den Tisch abzuräumen. Auf alle Fälle werde ich ihn nachher mit zu meinen Eltern nehmen. Schon allein aus Rache dafür, dass er sich so über mich lustig gemacht hat.

Komm schon. Irgendwie gefällt es dir doch, wenn er so mit dir spricht ...

Manchmal kann ich mich selbst nicht leiden.

„Gehässige alte Ziege", tituliere ich mich leise selbst, während ich anfange, Wasser über das schmutzige Geschirr laufen zu lassen.

Später, als wir im Auto sitzen, sieht er tatsächlich nicht mehr ganz so entsetzlich souverän und selbstsicher aus wie heute Morgen am Küchentisch. Ich wusste doch, dass ein Besuch bei wessen Eltern auch immer jeden Mann das Fürchten lehrt. Nach einer Weile bekomme ich dennoch ein bisschen Mitleid mit ihm.

„Du musst dir keine Sorgen machen. Meine Eltern sind wirklich nett. Ich habe sie auch schon angerufen und darüber informiert, dass du mir nur kurzzeitig zugelaufen und kein potenzieller Heiratskandidat bist." Ich lächle ihn ermutigend an und komme mir einen Moment lang vor wie der großzügigste, mitfühlendste und netteste Mensch der Welt.

„Deine Eltern sind mir egal. Aber bist du dir sicher, dass wir in diesem Auto und … mit äh … diesem Fahrstil dort je heil ankommen werden? Kann ich dich vielleicht überreden, rechts ranzufahren und mich fahren zu lassen?"

Arschloch.

Der Moment, in dem ich mich altruistisch und großartig gefühlt habe, ist sofort wieder vorbei.

„Du weißt nicht einmal deinen Namen, einen Führerschein hast du auch nicht dabei. Woher soll ich also wissen, dass du überhaupt Auto fahren darfst? Du bleibst schön auf dem Beifahrersitz, wo du hingehörst."

Das war jetzt gemein.

Aber es ist mir egal – er hat es verdient.

Außerdem scheint es ihn nicht wirklich zu interessieren. Mit vor der Brust verschränkten Armen lehnt er sich zurück. Als ich an der nächsten roten Ampel vor mich hin träume und nicht sofort anfahre, als sie auf Grün springt, beugt er sich vor und stützt sich demonstrativ am Armaturenbrett ab, als müsse er sich festhalten.

„Die Ampel ist jetzt übrigens grün – und ich wäre dann auch so weit!" Sein Lächeln ist lausbubenhaft und ich strecke ihm die Zunge heraus, bevor ich mit übertrieben viel Gas anfahre. Er lacht. Tief, dunkel und sexy und ich muss zugeben, dass ich einen kurzen Moment lang tatsächlich fahrlässig wenig auf den Straßenverkehr achte und mich stattdessen von seinem Lachen fesseln lasse.

Dessen ungeachtet kommen wir schließlich unversehrt bei meinen Eltern an.

Meine Mutter steht schon an der Tür und ich verdrehe die Augen, als ich sie dort stehen sehe. Sie steht nämlich nicht dort, weil sie es kaum abwarten kann, mich zu sehen und an ihre mütterliche Brust zu drücken – sie steht da, weil sie es kaum abwarten kann, *ihn* zu sehen. Es ist mir ein bisschen peinlich – auf genau die Art, wie einem Eltern eigentlich nach der Pubertät nicht mehr peinlich sein sollten. Mom begrüßt uns herzlich, ich habe sie instruiert, ihm keine neugierigen Fragen zu stellen. Aber auf dem Weg ins Haus hält sie mich kurz am Arm fest.

„Der ist aber sexy", versucht sie mir ins Ohr zu flüstern, ist dabei aber so laut, dass Mr. Vergissmeinnicht es natürlich mitbekommt. Als wir endlich im Wohnzimmer angekommen sind, grinst er immer noch amüsiert, während es mir die Schamesröte ins Gesicht getrieben hat. Zum Glück lässt meine Mom uns erst einmal in Ruhe und bereitet uns ein zweites Frühstück zu. „Damit der stattliche junge Mann genug zu essen bekommt!"

Ich liebe meine Mutter, weiß Gott, das tue ich wirklich. Aber in solchen Momenten, da könnte ich sie manchmal eigenhändig erwürgen.

Wenn ich dachte, dass mein Vater sich über meinen Besuch freuen würde, war das weit gefehlt. Denn es dauert keine zwei Minuten, da bin ich abgeschrieben. Ich sitze herum wie bestellt und nicht abgeholt, während mein Dad und Mr. Vergissmeinnicht sich über Football unterhalten, das Für und Wider bestimmter Spieler abwägen und über irgendwelche Spielzüge fachsimpeln. Nachdenklich lasse ich mich tiefer in den Sessel sinken und betrachte grübelnd die beiden Männer. Eigentlich ist es unglaublich! Wie kann ein Mensch nur alles vergessen, selbst seinen Namen, sich aber an die Namen sämtlicher Spieler dieser und der letzten Saison von mindestens zwei Footballteams erinnern? Ich kann es gar nicht fassen.

Während ich noch vor mich hin sinniere, betritt meine Mutter den Raum, beladen mit einem Tablett, das sich vor lauter Pancakes, Toast und Eiern mit Speck fast schon nach unten durchbiegt. Mit einem kleinen Kopfschütteln stellt sie das schwere Tablett auf dem Esstisch ab.

„Alles vergessen und nur noch Football im Kopf haben – das würde deinem Vater auch gut gefallen.“ Sie zwinkert mir verschwörerisch zu und ich muss lächeln, während wir den Tisch decken. Auch wenn es natürlich ein bisschen gemein ist, sich darüber lustig zu machen. Mit ihm tauschen wollen würde ich nämlich mit Sicherheit nicht. Schon allein deshalb nicht, weil ich mich null für Football interessiere …

Das zweite Frühstück mit meinen Eltern verläuft wie immer angenehm und entspannt. Meine Mutter erzählt Geschichten über ihre Zeit als Lehrerin, mein Vater sagt gar nichts, weil es nicht um Football geht, und ich blicke in lauter entspannte Gesichter – sogar Mr. Vergissmeinnicht sieht ausnahmsweise ganz zufrieden aus.

„Ich hoffe doch, ihr bleibt noch zum Mittagessen?" Meine Mutter räumt geschäftig den Tisch ab und wirft mir dann einen fast schon flehenden Blick zu. „Wir sehen dich doch so selten …"

„Mom, ich bin regelmäßig bei euch! Außerdem könntet ihr mich ja schließlich auch besuchen, wenn es euch so nicht reicht!"

Dann zieht sie den Joker – sie weiß genau, was sie machen muss, damit ich nachgebe.

„Aber deinem Vater macht das Einsteigen ins Auto doch immer so schwer zu schaffen …"

Ich seufze leise, dann gebe ich nach.

„In Ordnung. Wir bleiben noch. Aber wenn ich in zwei Stunden schon wieder essen soll, brauche ich einen Spaziergang!" Unschlüssig sehe ich nach Mr. Vergissmeinnicht. Ich bin mir nicht sicher, ob er sich nicht vielleicht lieber weiter mit meinem Dad über Männerthemen unterhalten möchte.

Als er mich anlächelt und aufsteht, schlägt mein verräterisches Herz ein klein wenig schneller.

„Ich begleite dich, wenn ich darf. Ein wenig Bewegung würde mir auch ganz guttun."

Unter dem vielsagenden Blick meiner Mutter verlassen wir den Tisch. An der Garderobe hilft er mir, ganz

Gentleman, in meine Jacke, während er sich selbst in die von Fred geliehene quetscht, deren Ärmel ihm zu kurz sind.

Ich finde aber, das ist gar nicht schlimm – mir gefallen seine kräftigen Handgelenke mit den schönen, langgliedrigen Fingern, die so perfekt zur Geltung kommen.

Er zupft dennoch unzufrieden an der geliehenen Jacke herum.

„Du siehst gut aus so." Aufmunternd lächle ich ihm zu und die kleine, steile Falte an seiner Stirn glättet sich augenblicklich.

„Ich sehe aus, als hätte ich einen Wachstumsschub hinter mir und meine Mama hätte vergessen, mir was Neues zum Anziehen zu kaufen."

Wir lachen beide, bevor wir eine ganze Weile schweigend nebeneinanderher gehen. Es ist immer noch kühl draußen, aber die Luft ist frisch und angenehm und das erste, zarte Grün zeigt sich an Bäumen und Büschen. Es ist schön und ruhig hier.

„Dein Vater hatte einen Schlaganfall?" Seine Frage unterbricht schließlich die Stille.

„Ja, vor acht Jahren. Ich war gerade mitten im Studium, als es passiert ist."

„Was hast du denn studiert?" Irgendetwas an seiner Frage lässt mich erahnen, dass er ein Studium nicht vermutet hätte. Das geht wohl den meisten so, die mein Haus und meine Wohngegend sehen.

„Geschichte. Aber ich habe keinen Abschluss gemacht.“

Ein Räuspern seinerseits folgt. „Warum nicht?“

„Ich stand ein Semester vor den Abschlussprüfungen, als mein Vater den Schlaganfall bekam. Er hatte einen kleinen Betrieb … den konnte er natürlich nicht mehr halten. Meine Mutter hat für ihn die Buchhaltung gemacht. Und plötzlich standen die beiden sozusagen auf der Straße und hatten keinen Job und kein Geld mehr …“

„War er denn nicht versichert?“

„Doch. Natürlich war er das. Aber die Versicherung prüft natürlich erst alles lang und ausgiebig. Es ist fast ein Jahr vergangen, bis meine Eltern auch nur den ersten Cent gesehen haben. Und auch dann ging es nur mit einem Anwalt.“

„Und du hast deswegen dein Studium abgebrochen?“ In seiner Stimme schwingt so etwas wie Empörung mit.

Nachdenklich bleibe ich stehen, bücke mich und reiße einen trockenen Grashalm ab, um ihn in kleine Stückchen zu zerpflücken.

„Was sollte ich denn machen? Sie hatten kein Geld, um so elementare Dinge wie Strom, Wasser oder Essen zu bezahlen. Die Arztrechnungen mussten sie zum Teil auch erst einmal selbst bezahlen. Ich konnte ja schlecht zusehen, wie sie verhungern! Also habe ich mich beim College abgemeldet, den Rest meines Studienfonds aufgelöst und mir einen Job gesucht. Meine Mom konnte ja auch nicht mehr arbeiten gehen, schließlich brauchte mein Vater am

Anfang ziemlich viel Betreuung. Er kann ja bis heute noch nicht wieder richtig laufen. Am Anfang konnte er nichts, außer im Bett liegen."

Auch mein Begleiter ist jetzt nachdenklich stehen geblieben.

„Was haben deine Eltern dazu gesagt?"

„Was sollten sie schon sagen? Meine Mutter hatte noch einen Grund mehr, um sich die Augen aus dem Kopf zu weinen – und mein Vater konnte kurz nach dem Schlaganfall ohnehin kaum sprechen … Außerdem habe ich sie ja vor vollendete Tatsachen gestellt." Ich klinge bitterer als mir lieb ist. Ich denke nicht gerne an diese Zeit zurück. Es war hart, für uns alle. „Ich glaube aber, für meine Eltern war es tatsächlich noch schlimmer als für mich. Mir war damals die Größe dieser Entscheidung gar nicht wirklich bewusst. Was hätte ich auch machen sollen? Die Wahl zu haben, ist ein Luxus, den ich nicht hatte. Also habe ich versucht, zu handeln und das Beste daraus zu machen."

„Was machst du mittlerweile?"

„Ich arbeite in einer kleinen Anwaltskanzlei im Vorzimmer."

„Du machst Termine?"

„Genau. Ich bin sozusagen Mädchen für alles. Das ist nicht gerade das, wovon ich geträumt habe – aber die Bezahlung ist okay und meine Chefin ist sehr freundlich."

Er sieht nachdenklich aus, während ich den nächsten Grashalm zerrupfe. Ich rede nicht gerne über diese Zeit. Ich habe immer das Gefühl, meine Familie dabei bloßzustellen, meine Eltern und irgendwie auch mich selbst. Ein abgebrochenes Collegestudium – dem haftet immer ein wenig der Hauch des Versagens an.

„Warum hast du den Abschluss denn nicht später noch gemacht? Und warum …“ Er zögert und ich weiß, was er sagen will.

„Warum ich mir nicht irgendwo in der City ein nettes Appartement miete, sondern in dieser furchtbaren Gegend wohne?“

„Ganz genau.“ Wenn ich es ausspreche, scheint ihm das nicht sonderlich peinlich zu sein, aber er selbst hat sich offenkundig nicht getraut, mich danach zu fragen. Ich bin mir nicht ganz sicher, ob das nun auf gute Manieren oder auf Feigheit schließen lässt.

„Ich habe das Haus geerbt. Es gehörte meinen Großeltern, die ich sehr geliebt habe. Und …“ Ich hole tief Luft und greife nach dem nächsten Grashalm.

„… du greifst deinen Eltern immer noch finanziell unter die Arme?“

„Ja.“ Es ist mir peinlich, das zuzugeben, vielleicht deshalb, weil es meinen Vater vermutlich umbringen würde, wenn er davon wüsste. Jedes Mal, wenn ich zu Besuch bin, stecke ich alles, was ich an Bargeld entbehren kann, in die alte Zuckerdose, die meine Mutter als Haushaltskasse benutzt, seit ich denken kann. Wir haben eine Art stilles Übereinkommen, beide kein Wort darüber zu verlieren. So als würde es nie geschehen. Aber ich weiß, dass sie das Geld brauchen. Denn der Betrag, den sie von der Versicherung bekommen, ist zum Leben zu wenig und zum Sterben zu viel.

„Und das Haus, in dem du wohnst? Das kostet doch auch Geld!"

„Klar, aber es gehört mir, ich habe es ja von meinen Großeltern geerbt. Als sie damals gebaut haben, war das übrigens noch eine deutlich bessere Wohngegend. Ein Verkauf würde kaum Geld einbringen und ich hänge irgendwie an diesem Haus. Die Instandhaltungs- und Nebenkosten sind außerdem geringer, als es die Miete für irgendetwas anderes wäre."

„Verstehe …", murmelt er. Dann gehen wir eine ganze Weile weiter, einfach so, still nebeneinander her. Es fühlt sich gut an, mit ihm zu schweigen – so etwas habe ich noch nie erlebt.

Als ich über eine kleine Baumwurzel stolpere, fängt er mich auf. Seine Hände umfassen meinen Brustkorb an meinen Rippen, kurz unter meinen Brüsten. Mir wird warm, während mein Herz mit einem Mal schneller schlägt, als es sollte. Mein Blick findet den seinen und ich versuche darin zu lesen, irgendetwas zu lesen, aber er lässt mich nicht. Einen Moment länger als nötig bleibe ich in seinen Armen. Schließlich nimmt er meine Hand und hält sie fest, bis wir eine Stunde später wieder bei meinen Eltern ankommen.

Erst kurz vorher lasse ich ihn los. Oder er mich, ich bin mir nicht ganz sicher.

Der Mittag und der frühe Nachmittag verlaufen, wie Besuche bei Eltern eben verlaufen, wenn es gut ist. Das Essen schmeckt hervorragend, wir unterhalten uns angenehm und bevor wir gehen, packt meine Mutter uns die Reste ein. Außerdem organisiert sie irgendwoher noch ein bisschen Bekleidung für meinen Footballfan. Die wird ihm zwar vermutlich auch nicht viel besser passen als Freds Klamotten, aber zumindest hat er so etwas zum Wechseln.

+++

Auf der Fahrt zurück beobachtet er sie von der Seite, so unauffällig, wie es nur geht. Sie ist wirklich hübsch. Vielleicht nicht unbedingt im herkömmlichen Sinne, aber ihr Gesicht mit den schönen, braunen Rehaugen und dem üppigen Mund wirkt genauso einladend weiblich, wie alles andere an ihr auch.

Nur an ihrem Fahrstil sollte sie dringend arbeiten. Sie fährt wie der letzte Henker – und selbst das ist noch geschmeichelt. Als sie an ihrem kleinen Haus ankommen, ist ihm ein bisschen schlecht. Er ist sich allerdings nicht sicher, ob es wirklich an der Art liegt, wie sie bremst und anfährt. Oder die Kurven nimmt. Vielleicht ist es auch gar nicht ihre Schuld und die Unmengen an Essen sind dafür verantwortlich zu machen, dass er sich jetzt unwohl fühlt.

Allerdings kommt er ziemlich schnell wieder auf andere Gedanken – genau in dem Moment nämlich, als sie ihr dralles Hinterteil in dieser verdammt engen Jeans vor ihm her ins Haus bewegt.

Da ist ihm plötzlich gar nicht mehr übel.

Und er ist froh, dass seine Jeans im Gegensatz zu ihrer ziemlich locker sitzt und weitestgehend verbirgt, was sich dahinter gerade abspielt.

+++

Ich habe keine Ahnung mehr, wie man den Sonntagnachmittag mit einem Mann verbringt, wenn man in einer Beziehung ist. Ich hatte keinen festen Freund mehr, seit ich mit dem College aufgehört habe, und die paar Affären, die ich danach hatte, sind nie so eng geworden, dass es für mehr als ein paar wilde Stunden gereicht hätte.

Und wenn ich schon keine Ahnung habe, wie man so einen Sonntagnachmittag herumbringen kann, wenn man ein Paar ist, habe ich noch viel weniger Ahnung davon, was man macht, wenn man einen Mann zu Hause hat, mit dem man *keine* Beziehung führt. Kurzum: Ich bin etwas verlegen, als wir schließlich zusammen in meinem Wohnzimmer sitzen. Und während das Schweigen auf unserem Spaziergang vorhin angenehm gewesen ist, erfüllt es jetzt den Raum mit einer fast unerträglichen, peinlichen Stille. Schließlich nimmt sich Mr. Vergissmeinnicht seufzend sein Buch, das auf dem Couchtisch liegt und beginnt, darin zu blättern. Und als ich denke, die Situation könnte eigentlich kaum noch unangenehmer werden, klingelt es an der Tür. Dreimal kurz hintereinander. Was bedeutet: Gleich wird die Tür aufgehen und dann wird Lauren erscheinen, ohne dass ich sie hereingebeten hätte.

Keine Sekunde später ist sie da. Blond, quirlig und Kaugummi kauend. Interessiert legt Mr. Vergissmeinnicht das Buch weg, als Lauren mein Haus betritt.

„Rosie erzählt mir mysteriöse Geschichten über irgendwelche Engel, die bei dir wohnen und von der nahenden Apokalypse, die du in letzter Sekunde abgewendet haben sollst …“ Der Moment, in dem sie den Grund für Rosies Gefasel auf meinem Sofa sitzen sieht, ist deutlich an ihrem Gesicht abzulesen, denn der Ausdruck darin wechselt binnen einer Sekunde von *Interesse an Klatsch und Tratsch* über *Oha, wie lecker* zu *Vamp im Angriffsmodus.*

„Aber Hallo“, sagt Lauren gedehnt, grinst ein bisschen anzüglich und hebt eine Augenbraue an, während sie die Arme so verschränkt, dass ihre Brüste angehoben und zugleich zusammengequetscht werden.

Mr. Vergissmeinnicht sitzt währenddessen lässig auf dem Sofa, beugt sich vor und stützt die Unterarme auf den Knien ab.

„Hallo“, erwidert er mit einem Gesichtsausdruck, der zwischen amüsiert und gelangweilt hin und her wechselt. Vermutlich passiert es ihm des Öfteren, dass wildfremde Frauen versuchen, sich an ihn heranzuschmeißen – auch wenn ihm das im Moment nicht bewusst ist.

Selbst wenn es auf den ersten Blick einen anderen Eindruck machen mag, ist Lauren alles andere als doof. Sie kapiert sofort, das Mr. Vergissmeinnicht kein Interesse an ihr hat, lässt schlagartig die Arme wieder fallen und spricht wieder normal, als sie sich erneut mir zuwendet. Wenn ich sie nicht so gut kennen würde, hätte ich wahrscheinlich gar nicht wahrgenommen, dass sie da gerade den Beginn einer astreinen Anmache hingelegt hat.

„Erzählst du mir mal, wie du dazu kommst, gefallene Engel mit zu dir nach Hause zu nehmen?"

„Du hast es doch gehört: Ich wollte die drohende Apokalypse verhindern."

„Hör mit den Witzen auf. Was hast du dir dabei gedacht? Du kannst doch nicht einfach wildfremde Männer mit nach Hause nehmen!"

Sie klingt ein bisschen, als wäre sie meine Mutter, die mit mir schimpft, weil ich eine streunende Katze aufgelesen und vor ihr versteckt habe. Ohne es wirklich zu wollen, reagiere ich gleich patzig.

„Entschuldige bitte, aber ich war mir nicht im Klaren darüber, dass ich vorher mit dir absprechen muss, wenn ich Männer in mein Haus lasse."

„Was macht er denn noch hier? Du lässt doch sonst nie Männer in dein Haus."

„Und das weißt du woher genau?"

„Ich weiß es eben." Lauren sieht so trotzig aus, wie ich mich fühle. „Also, was macht er hier?"

Bevor ich antworten kann, räuspert sich Mr. Vergissmeinnicht laut und vernehmlich.

„Dürfte ich die Damen wohl darauf hinweisen, dass *er* anwesend ist? Ich kann euch hören. Falls euch das entgangen sein sollte."

Ich bin mir nicht sicher, ob er amüsiert oder verärgert ist, und spüre, wie ich wieder einmal rot werde, während Lauren schlagartig verstummt.

„Sorry ...", murmelt sie schließlich, sieht dabei aber nicht so aus, als wäre es ihr tatsächlich sonderlich unangenehm. „Und was macht ihr heute noch so?" Vermutlich will sie trotzdem ein bisschen vom Thema ablenken.

„Wir haben gerade darüber diskutiert, ob wir es lieber auf dem Sofa oder dem Küchentisch treiben." Ich antworte, ohne groß nachzudenken, einfach aus dem Gefühl heraus, ihr irgendeine doofe Antwort geben zu müssen. Erst als Mr. Vergissmeinnicht sich hustend an seinem Wasser verschluckt, wird mir klar, was ich da gerade eigentlich gesagt habe.

+++

Na, das kann ja noch spannend werden!

Die hübsche blonde Barbie ist nur halb so doof, wie sie tut, und June wird gerade knallrot. Und zwar nicht auf die Art, wie man rot wird, wenn man etwas Unbedachtes gesagt hat, sondern auf die Art, wenn man etwas Unbedachtes gesagt hat, das man eigentlich genauso meint.

Es wird also *noch* spannender.

Er kann sich ein breites Grinsen jetzt nicht mehr

verkneifen, was ihm aber schnell aufgrund des bitterbösen Blicks wieder vergeht, den er von June gerade zugeworfen bekommt.

Beschwichtigend hebt er beide Hände in die Luft.

„Schade, ich fand das einen interessanten Vorschlag. Allerdings hätte ich mich eh nicht zwischen Sofa und Küchentisch entscheiden können."

Gut gelaunt zwinkert er June zu, die erst zu lächeln und dann laut zu lachen anfängt.

Aber später, als sie in die Küche gehen, um zu Abend zu essen und Junes Blick am Küchentisch hängen bleibt, da wird sie zu seiner großen Freude wieder rot. Knallrot.

+++

Ich muss ja zugeben: Es ist schön, wenn man nach einem langen Arbeitstag nach Hause kommt und da ist jemand, der auf einen wartet. Auch dann, wenn derjenige, der dort wartet, dies vielleicht nicht so ganz hundertprozentig freiwillig tut.

Doch als ich die Tür aufschließe, kann ich meinen neuen Mitbewohner zunächst nirgends entdecken. Erst als ich in der Küche das Licht anmache, sehe ich ihn. Er hat sich einen Stuhl vors Fenster geschoben, dort Position bezogen und beobachtet offenkundig die Nachbarn. Im Dunkeln.

Ich muss lachen.

„Bist du unter die Spanner gegangen? Ich kann bei Mrs. Gordwell ja mal anfragen, wenn da näheres Interesse deinerseits bestehen sollte. Sie ist ein bisschen Frischfleisch bestimmt nicht abgeneigt!"

„Licht wieder aus! Schnell", zischt er zu mir herüber und ignoriert mich ansonsten komplett. Lachend folge ich seiner Anweisung und geselle mich dann zu ihm ans Fenster.

„Was ist denn da so spannend? Zieht sie sich etwa gerade aus?"

„Hör auf, mir wird ganz schlecht …", flüstert er mir über die Schulter hinweg zu. „Aber ihr Sohn hat, glaube ich, eine Freundin." Er deutet mit dem Finger auf das obere Fenster, hinter dem …

„Brennen da etwa Kerzen?“ Ich kann es kaum glauben, denn Kevin Gordwell ist achtunddreißig Jahre alt und lebt immer noch bei seiner Mutter, die brav seine Unterhosen wäscht und in der Sonne zum Trocknen aufhängt. Wer lässt sich denn mit so einem ein?

„Ja, ich glaube schon. Und jetzt …“ Er klatscht einmal kurz in die Hände, als wäre er ein kleines, aufgeregtes Kind. „Jetzt nimmt das Drama seinen Lauf. Mutti kommt heim. Wollen wir wetten, dass sie es nicht lustig finden wird, wenn sie ihr Söhnchen unter ihrem Dach beim Unzucht treiben erwischt?“ Mit einer Kopfbewegung deutet er auf den alten, klapprigen Ford, der gerade neben dem Haus anhält.

Unzucht treiben! Ich muss kichern.

Nur einen Augenblick später quält sich Mrs. Gordwell höchstpersönlich aus dem Gefährt. Ihren massigen Körper hat sie in ein paar pinke Leggins im Schlangenlederdesign gequetscht, die sie wiederum mit einem violett glänzenden Polyester-Shirt kombiniert hat, das perfekt zu den fliederfarbenen Strähnchen in ihrem weiß gefärbten Haar passt. Auf hohen Keilabsätzen stöckelt sie aufs Haus zu und sieht dabei von hinten wie eine dicke, lila-pink eingefärbte Henne aus.

„Jetzt pass auf! Da! Licht im Flur … Licht im Treppenhaus und jetzt … Hah!“

„Licht in Kevins Zimmer.“ Grinsend beiße ich mir auf die Lippe. Und dann geht es los –Fernsehen könnte nicht schöner sein. Als Erstes hört man einen Schrei. Laut und schrill und mit Sicherheit aus Mrs. Gordwells Mund. Dann hört man Gekreisch, gefolgt von Gezeter. Alles laut genug, sodass man es selbst hier noch … Moment …

„Hast du etwa das Fenster geöffnet?“

„Sonst verstehe ich doch nichts!“

Ich will etwas erwidern, bin aber abgelenkt, weil in genau diesem Moment die Haustür aufgerissen wird. Mrs. Gordwell erscheint und zerrt am Arm eine weibliche Person hinter sich her, die einen schwarzen Minirock, einen roten BH und sonst nicht sonderlich viel trägt.

„Oh, Scheiße, das ist ihre beste Freundin Lizzy-Jane Spelling.“ Ich presse mir die Hände auf den Mund, um ein verräterisches Lachen zu unterdrücken, das Fenster ist ja schließlich offen.

„Die sehen ja fast gleich aus“, flüstert der Mann an meinem Fenster fasziniert zurück.

Ich nicke heftig. „Lizzy-Jane ist nur ein bisschen schlanker und zehn Jahre jünger … Aber ansonsten … Die sieht aus wie seine Mutter! Wie pervers ist das denn bitte?!“

„Jetzt weißt du auch, warum der nie zu Hause ausgezogen ist. Wenn das mal kein bilderbuchreifer Ödipuskomplex ist …“ Er flüstert immer noch, obwohl das gar nicht mehr nötig wäre, ebenso wenig wie das offene Fenster. Denn mittlerweile ist das Geschrei so laut geworden, dass die Protagonisten der unfreiwilligen Privatvorstellung da draußen ohnehin nichts anderes mehr mitbekommen dürften. Mrs. Gordwell ist gerade damit beschäftigt, Lizzy-Jane Bluse und Schuhe hinterherzuschmeißen, während sie sie als „notgeile Schlampe“ beschimpft, die sich an ihrem „armen, kleinen Jungen“ vergriffen hat.

„Gleich ruft sie bestimmt Polizei und Jugendamt und die lachen sich tot, wenn sie den *armen, kleinen Jungen* sehen“, raunt es vom Fenster und wir beide kichern unterdrückt. Als Kevin von seiner Mutter am Ohr wieder ins Haus gezerrt wird, tut er mir tatsächlich ein bisschen leid.

Und dann ist Ruhe. Wir bleiben noch einen Moment am Fenster, fast so, als würden wir uns im Kino noch den Abspann ansehen. Erst jetzt fällt mir auf, wie nah ich bei ihm stehe. Um ihn zu berühren, bräuchte ich nur meine Fingerspitzen auszustrecken. Vorhin, als ich mich ans Fenster gestellt habe, hat er sich halb zu mir herumgedreht und jetzt kann ich sein Gesicht im Halbprofil betrachten. Er ist ein wirklich attraktiver Mann und gerade macht mich seine Nähe nervös. Als könne er das irgendwie spüren, dreht er sich noch ein Stück weiter zu mir um.

Selbst wenn er sitzt, ist er noch so groß, dass wir uns jetzt ohne Probleme küssen könnten.

Der Gedanke schießt durch meinen Kopf und trägt dafür Sorge, dass ich nervös über meine Lippen lecke.

Küss mich, bitte. Küss mich jetzt und dann treib's mit mir auf dem Küchentisch oder wo immer du es sonst willst!

Was wohl passieren würde, wenn ich diesen Gedanken laut aussprechen würde? Ich räuspere mich verlegen.

„Das Fenster – es klemmt übrigens manchmal beim Zumachen."

Feigling. Du bist ein erbärmlicher Feigling! Aber du könntest ihn immer noch einfach küssen.

Während der Gedanke sich noch in meinem Kopf breitmacht, ist der Rest meines Körpers schon beim Lichtschalter angekommen. In meiner nunmehr taghell erleuchteten Küche bemüht sich jetzt ein überaus attraktiver Mann, mein Küchenfenster wieder zu schließen, während ich mich an den Herd stelle und mechanisch damit beginne, das Essen vom Vortag aufzuwärmen.

Kapitel 7

Mein Auto ist mal wieder kaputt und ich muss den Bus nehmen, um zur Arbeit zu kommen. Die Busfahrt ist eine lange und umständliche Prozedur, die den Weg bis in die Kanzlei mehr als dreimal so lang dauern lässt. Das bedeutet deutlich früher aufstehen und später wieder zu Hause ankommen, sowie einen halbstündigen Fußmarsch pro Weg. An manchen Tagen macht mir das gar nichts aus, an anderen empfinde ich es als Tortur. Heute trifft eindeutig Letzteres zu. Meine Füße brennen, weil heute auf der Arbeit die Hölle los war und ich nur hin und her gerannt bin. Zu allem Übel fängt es jetzt auch noch an zu regnen. Bis ich zu Hause bin, bin ich durchnässt bis auf die Knochen und kalt ist mir auch.

Im ersten Moment bin ich ein bisschen irritiert, weil die Fenster hell erleuchtet sind, aber dann fällt mir ein, dass Mr. Vergissmeinnicht ja da ist.

Und als ich näher komme, stockt mir fast der Atem. Er ist nämlich nicht nur da, sondern er steht draußen und repariert mein kaputtes Fenster.

„Hi", murmle ich etwas atemlos, als ich bei ihm angekommen bin. Lächelnd dreht er sich zu mir um und kommt dann unter dem Dachvorsprung hervor, der mein Haus auf zwei Seiten umgibt.

„Hi“, erwidert er.

„Du reparierst mein Fenster?“

Er zuckt mit den Schultern. „Ich hab’s ja auch kaputt gemacht. Also habe ich mir von Fred ein bisschen Werkzeug geliehen, um es zu reparieren.“ Dann sieht er mich genauer an und sein Blick wird besorgt. „Du bist ja völlig durchnässt.“

„Ich hatte keinen Schirm dabei …“

Er macht einen Schritt auf mich zu und bleibt so nah bei mir stehen, dass ich beinahe fühlen kann, wie sich seine Brust mit jedem Atemzug hebt und senkt.

„Du hättest doch anrufen können – dann hätte ich dich vom Bus abgeholt. Mit Schirm.“

„Dort gibt es kein öffentliches Telefon.“

„Du hast kein Handy?“ Er klingt dabei so entsetzt, dass ich lachen muss.

„Nein, ich habe keins.“

„Das solltest du aber. Damit du jemanden anrufen kannst, wenn du mal Hilfe brauchst. Es kann schließlich auch mal etwas Schlimmeres passieren als so ein bisschen Regen!“

„Ich persönlich fand das heute eindeutig mehr als ein *bisschen* Regen.“

„Aber es steht dir hervorragend, das nasse Haar und so …“

Er streicht mir eine feuchte Strähne aus dem Gesicht und schaut zu den grauen Wolken am mittlerweile fast ganz dunkel gewordenen Himmel hoch. Wie auf Kommando beginnt es noch stärker zu regnen.

Und er? Er lacht. Lautstark und ansteckend.

„Raindrops keep falling on my head …“, beginnt er zu singen, seine Stimme ist tief und melodisch. Während er so dasteht, ist er einfach umwerfend sexy. Bevor ich auch nur Gelegenheit hätte, mich zu wehren, hat er mich in seine Arme gezogen und dreht uns beide im Kreis, tanzt mit mir und singt dazu. Er zieht mich so nah an sich heran, dass sich die Vibrationen seines tiefen Basses auf mich übertragen, während er singt.

Meine ganze schlechte Laune und meine Anspannung sind auf einmal wie weggeblasen und ich lache mit ihm, tanze mit ihm, fühle mich frei und … verdammt, auf einmal entsetzlich verliebt.

+++

Sie lacht! Und sie ist so absolut hinreißend, wenn sie lacht. Er kann sich gar nicht daran sattsehen und hat Probleme damit, sich auf das Tanzen und Singen zu konzentrieren, während er sie ansieht.

Weitermachen. Immer schön weitermachen!

Dieses Lachen ist einfach umwerfend. Guttural, sexy, unbefangen. Und es macht sie so schön. Noch schöner, als sie ohnehin schon ist. Nur ganz kurz hat sie Widerstand geleistet und jetzt ist sie weich und anschmiegsam in seinen Armen, lässt sich drehen ... und gleich noch einmal.

Sie lacht schon wieder und sieht dabei so wahnsinnig jung aus, glücklich, gelöst, ausgelassen. Nicht so ernst und müde, wie er sie in den letzten Tagen manchmal erlebt hat. Dazu diese nassen Haare – so als käme sie gerade aus der Dusche. Und dieser Duft, ihr umwerfender Duft, nach etwas Blumigem, Cremigem … Ob das wohl ihr Parfüm ist, oder ob sie von selbst so umwerfend riecht?

Egal. Sie riecht wundervoll.

Er drückt sie ein bisschen enger an sich, muss einfach mehr von ihr spüren. Sie ist weich und warm.

Eine Drehung noch, dann fällt ihm der restliche Text nicht mehr ein. Er beugt sie über seinen Arm weit zurück und sie kreischt laut auf, ausgelassen, fröhlich, wie ein kleines Mädchen. Als er sie wieder aufrichtet, sieht sie ihm direkt in die Augen. Braun, mit Einschlüssen von flirrendem Gold.

Und dann küsst er sie, er kann einfach nicht anders. Kostet ihren süßen, weichen Mund, taucht in sie ein, spürt, wie sich ihre Atmung beschleunigt …

Bis sich jemand hinter ihm räuspert.

+++

Wir schrecken zusammen wie zwei Kinder, die man beim Kekseklauen ertappt hat, und blicken in Freds breit grinsendes Gesicht.

„Lasst euch nicht stören …" Er räuspert sich noch einmal amüsiert, bevor er in Richtung meines Hauses geht. „Ich wollte nur schnell mein Werkzeug abholen …"

Der magische Moment, der Kuss, alles ist so schnell wieder vorbei, wie es gekommen ist.

Mit klopfenden Herzen lösen wir uns voneinander und gehen zurück ins Haus. Ich habe das Gefühl, seinen Kuss immer noch spüren zu können und auf einmal tanzen Schmetterlinge in meinem Bauch.

June! Du kannst dich doch unmöglich gerade in einen Mann verlieben, der nicht einmal selbst weiß, wer er ist.

Aber ich befürchte, ich kann es doch, denn anders kann ich das warme Gefühl in mir in diesem Moment kaum deuten.

Als ich zehn Minuten später mit einem Handtuch um den Hals und trockener Kleidung aus dem Bad ins Wohnzimmer komme, läuft der Fernseher. Die zu stark geschminkte Moderatorin blickt ernst in die Kamera.

„Seit inzwischen mehr als drei Tagen wird Thomas Elliot Summers, der Gründer und Inhaber von Summers Bionics, vermisst …"

Was sie erzählt, ist mir eigentlich egal, aber während sie spricht, erscheint ein Bild auf dem Bildschirm. Braunes Haar, vergissmeinnichtblaue Augen, eine Narbe in der rechten Augenbraue.

Der Rest des Berichts geht mehr oder weniger an mir vorbei.

„Ich glaube, es ist Zeit, es doch noch einmal mit der Polizei zu versuchen."

Ich schaue zu Thomas herüber, der stumm nickt und dabei eher erschrocken als erleichtert aussieht und gehe langsam zu dem kleinen Couchtisch, auf dem mein Telefon steht.

„Ja. Vielleicht haben sie ja diesmal etwas anderes für mich, als einen Platz im Obdachlosenheim."

Keine halbe Stunde später ist er weg und ich habe das Gefühl, dass man nicht nur sein Gedächtnis, sondern auch jegliche Empfindung für eine Weile verlieren kann. Denn genau das spüre ich gerade: nichts mehr.

Langsam stehe ich von meinem Sofa auf und stelle *Krieg und Frieden* wieder zurück an seinen angestammten Platz ins Regal.

+++

Seufzend blickt Thomas auf das kleine Haus und auf June, die in der Haustür steht und ihm fassungslos nachschaut. Er sitzt im Streifenwagen, der in diesem Moment anfährt und reibt sich erschöpft über die Augen. Als er die Hände wieder wegnimmt, sind June und ihr Haus schon nicht mehr zu sehen.

Es war so schön bei ihr.

Sie ist so schön. Paradoxerweise war es trotz seiner verlorenen Erinnerungen traumhaft unbeschwert bei ihr. Mit ihr.

Seit gestern Abend sind die ersten Erinnerungen zurückgekehrt und in groben Zügen weiß er mittlerweile, was ihn zu Hause erwartet. Deshalb ist ihm auch bewusst, wie unterschiedlich ihre beiden Lebenswelten sind.

Trotzdem – oder vielleicht gerade deshalb – war es mit June wie ein schöner Traum. Von dem es nun schweren Herzens gilt Abschied zu nehmen.

+++

Obwohl Thomas ja eigentlich nur ein paar Tage hier gewesen ist, fühlt sich mein Haus ohne ihn jetzt merkwürdig leer an. Das ist doch seltsam: Ich wohne hier schon seit sieben Jahren ganz allein, seit dem Tod meines Großvaters. Noch nie, nicht ein einziges Mal, habe ich mich hier einsam gefühlt. Im Gegenteil. Ich liebe die Ruhe und ich liebe es, wenn mich niemand stört. Sei es beim Lesen, beim Fernsehen oder beim Baden. Oder beim Nichtstun.

Und genau diesen Zustand will ich wiederhaben. Ich will so schnell wie möglich wieder meine Ruhe genießen können, statt sie auf einmal als unangenehm zu empfinden. Ich will meine ruhige Oase zurück und nicht stattdessen in einer Wüste der Einsamkeit wohnen müssen! Außerdem will ich Thomas zurück, aber ich bin zu stolz, das auch nur vor mir selbst zuzugeben.

Nachdem ich die Polizei gerufen habe, hat es keine zehn Minuten gedauert, bis sie ihn abgeholt haben. Wie freundlich sie plötzlich waren! Ständig haben sie ihm besorgte Blicke zugeworfen und ihn so oft gefragt, ob es ihm gut gehen würde, dass man den Eindruck bekommen konnte, ich hätte ihn entführt und nicht gerettet.

Und Thomas – er war so sehr damit beschäftigt, der Polizei zu beteuern, dass es ihm gut geht, dass er gegangen ist, ohne noch ein Wort an mich zu richten. Irgendwie ging plötzlich alles so schnell, dass es kaum Gelegenheit dazu gab, aber dennoch … Nicht, dass ich finde, dass er mir gegenüber jetzt zu unendlichem Dank verpflichtet wäre, mit Kniefall und Präsentkörbchen und so … Aber ein letztes Lächeln hätte es dann vielleicht doch sein dürfen.

Als ich am nächsten Tag aus dem Bus steige, steht Lauren schon dort und wartet auf mich.

„Was verschafft mir denn diese Ehre, Mademoiselle?"

Lauren zieht die Augenbrauen hoch.

„Du musst nicht immer gleich so raushängen lassen, dass du aus besseren Kreisen kommst, June. Da fühlt man sich immer ein bisschen so, als würde man mit den Strebern rumhängen. Dabei habe ich mir über die Jahre hinweg mühsam ein extra cooles Image aufgebaut …" Sie zwinkert mir lächelnd zu, aber nichtsdestotrotz kann ich an der Frequenz, mit der sie ihr obligatorisches Kaugummi kaut, erkennen, dass irgendetwas nicht stimmt.

„Okay, ich rede wieder normal. Was ist los?"

„Darf ich dich nicht einfach mal so abholen kommen?" Sie seufzt gespielt theatralisch.

„Klar darfst du. Machst du aber sonst auch nicht. Also vermute ich, dass irgendetwas nicht stimmt."

Wieder seufzt sie, dieses Mal klingt es ernst.

„Du kannst heute nicht nach Hause. Dein Haus wird von der Presse belagert."

„Mein Haus wird BITTE WAS?“ Ich kann kaum glauben, was ich da höre.

Lauren verdreht die Augen.

„Hast du heute keine Nachrichten gesehen? Dein Upperclass-Thomas ist in allen Medien!“

„Nein, habe ich nicht. Ich habe gearbeitet. Da war keine Zeit.“

„Du solltest dir dringend einen Job suchen, in dem du dazu kommst. Fernsehen bildet, weißt du …“

„Lauren! Komm auf den Punkt. Was hat das alles mit meinem Haus zu tun?“

Sie schaut mich an und wird wieder völlig ernst. „Na ja, irgendwie stellt es die Presse ein bisschen so hin, als hättest du ihn gefangen gehalten. Er selbst hat sich dazu nicht geäußert. Er hat es weder als richtig noch als falsch bestätigt. Aber jetzt will jeder die Frau sehen, die den Millionär im Haus hatte …“

Weil ich mir nicht sicher bin, ob ich sie wirklich richtig verstanden habe, unterbreche ich sie ziemlich unhöflich.

„Die Pressefuzzis stehen jetzt vor MEINEM Haus?“

Lauren bestätigt meine Frage mit einem eifrigen Nicken. „Ganz genau. Und weil ich mir dachte, dass du vermutlich nur ungern in allen lokalen Zwanziguhrnachrichten landen möchtest, bin ich hier. Damit du mit zu mir kommst, anstatt dich selbst der Meute zum Fraß vorzuwerfen.“

Das klingt ziemlich logisch, selbst für mich.

Wenig später sitze ich auf Laurens Sofa und umklammre mit zittrigen Fingern den doppelten Bourbon, den sie mir eingeschenkt hat. Dazu läuft das Lokalfernsehen.

„Lauren … Was erzählen die denn da bloß?"

Irgendwelche meiner Nachbarn, die ich nicht einmal namentlich kenne, erzählen abstruse Horrormärchen über mich. Zum Glück gibt es wenigstens keine Fotos von mir. Zwischendurch wird immer wieder ein kurzes Interview mit Thomas eingeblendet, der erzählt, wie furchtbar es gewesen sei, sich an nichts erinnern zu können.

Dass meine Nachbarn mich schlecht darstellen, kann ich ihnen nicht einmal übel nehmen. Sie sind alle arm und sie werden dafür bezahlt. Wenn man nicht weiß, wie man die nächste Rate, die nächste Miete oder gar die nächste Mahlzeit bezahlen soll, dann sind moralische Zimperlichkeiten meistens ein Luxus, den man sich kaum leisten kann.

Aber Thomas? Offenkundig ist ihm in seiner vertrauten Umgebung ziemlich schnell wieder eingefallen, wer er ist. Das ist natürlich schön für ihn. Dafür scheint er nun ganz andere Erinnerungslücken zu haben, denn mich erwähnt er mit keinem einzigen Wort. Ich bin mir nicht sicher, was ich schlimmer finden soll: dass er mich nicht vor der Presse in Schutz nimmt, oder dass er mich überhaupt gar nicht erst erwähnt.

Gerade wird er dazu befragt, wie es für ihn gewesen sei, in solch ärmlichen Verhältnissen leben zu müssen. Er setzt einen Gesichtsausdruck auf, der nach fasziniertem Ekel aussieht. Ungefähr so, als würde er seinem besten Kumpel nach einer Studentenparty erzählen, welch unglaubliche Menge dieser im Vollrausch erbrochen habe. Oder vielleicht sogar so wie bei einem schweren Unfall, bei dem man einfach nicht weggucken kann, obwohl man es gerne möchte. Bevor er zu einer Antwort ansetzt, schalte ich den Fernseher ab.

„Gestern war ich ihm zumindest nicht arm genug, um mich zu küssen", schnaube ich empört und stürze den restlichen Inhalt meines Glases auf ex herunter.

Lauren sieht mich entgeistert an und vergisst für einen Moment sogar, auf ihrem Kaugummi zu kauen.

„Oh", ist alles, was sie sagt, aber ihr Blick wird auf einmal ganz weich. „June?"

„Hm?"

„War der Kuss schön?"

Ich spüre, dass sich Tränen in meinen Augen sammeln und mir über die Wange laufen, aber ich habe keine Lust, sie zurückzuhalten. Das hier ist Lauren. Sie mag durchgeknallt sein und manchmal, wenn man nicht ganz genau hinsieht, mag man sie auf den ersten Blick für naiv halten. Oder vielleicht sogar für dumm. Aber ich kenne sie besser. Und ich weiß vor allem eins ganz genau: Sie ist der einfühlsamste und der loyalste Mensch, den ich kenne.

Also lasse ich die Tränen fließen, besser jetzt und bei ihr, als irgendwann später woanders. Lauren sitzt einfach neben mir, legt mir die Hand auf die Schulter und wartet, bis alles wieder vorbei ist.

„Der Kuss was also sehr schön." Es ist eine Feststellung und sie erwartet darauf keine Antwort von mir. Ich nicke trotzdem.

„Okay." Sie steht auf und kommt mit einem Taschentuch wieder. Nachdem ich meine Tränen weggewischt und mir die Nase geputzt habe, legt sie den Kopf schief und schaut mich aus ihren grünen Katzenaugen nachdenklich an. Dann lächelt sie.

„Ich kenne da von früher noch ein paar Jungs … Soll ich die mal anrufen? Die fahren bestimmt gerne bei Mr. Upperclass vorbei und vermöbeln ihn ein bisschen. Nur damit seine Mami weiß, was passiert, wenn man seine Kinder im falschen Viertel spielen lässt …" Ich muss lachen und Lauren lacht ebenfalls.

„So gefällst du mir gleich viel besser." Dann holt sie eine große Packung Schokoladenkekse aus ihrem Küchenschrank und spendiert mir noch mehr Bourbon.

Später geht Lauren ganz tapfer und allein zu meinem Haus, um Miz Mary aus der Hintertür nach draußen zu schleusen und mitzubringen, zusammen mit einer Tasche mit Wechselkleidung und anderen Dingen, die ich so brauche.

Zum Glück gehört Miz Mary zu den genügsamen Wesen, die beinahe überall zufrieden sind, wo sie genug Futter, ein trockenes Plätzchen und ein paar Streicheleinheiten vorfinden. Im Gegensatz zu mir ist sie an diesem Abend ganz schnell eingeschlafen.

Kapitel 9

Nachdem ich sieben Tage lang auf Laurens Sofa geschlafen habe, freue ich mich heute wieder auf mein eigenes Bett. Leider ist es wie so oft, wenn man sich Dinge vorher wunderschön ausgemalt hat: Ich bin enttäuscht. Nicht nur, dass ich Thomas immer noch vermisse – was ja schon ärgerlich genug ist. Jetzt vermisse ich auch noch Lauren, an deren munteres Geplauder ich mich in den letzten sieben Tagen so sehr gewöhnt habe – auch wenn ich es das ein oder andere Mal verflucht habe, weil sie einfach permanent redet. Sie redet so viel, dass ich manchmal das Gefühl hatte, keinen einzigen Gedanken mehr zu Ende denken zu können und laut nach Ruhe schreien wollte. Aber jetzt fehlt es mir. Denn ihr ewiges Gequatsche hat auch dazu geführt, dass ich mir kaum Gedanken über Thomas machen konnte. Und jetzt kehren sie mit aller Gewalt zurück. Während ich also in meinem Bett liege, denke ich abwechselnd: *Wie schön war es doch, als er noch hier war* und *wie schön war es doch auf Laurens Sofa.*

Wie doof man manchmal ist. Die meisten Dinge weiß man erst dann zu schätzen, wenn man sie nicht mehr hat. Statt sich darüber zu freuen und sie zu genießen, wenn man sie hat, trauert man ihnen später hinterher. Und das ist doch wirklich reichlich bescheuert.

Mit Grauen erwarte ich das nächste Wochenende und sehe mich schon sturzbetrunken und unglücklich mit Rosie um die Häuser wanken, nur um überhaupt etwas zu tun zu haben.

Aber schon wieder ist es Lauren, die mich rettet: Am Samstagmorgen klingelt sie drei Mal an meiner Tür und kommt dann, wie immer, ungefragt rein. Sie trägt eine weiße Bluse und eine schwarze Hose, über ihrem Arm liegt etwas Rotes, vermutlich die Schürze, die sie immer zum Arbeiten trägt.

„Los, zieh dich um!" Sie wirft mir das rote Ding über ihrem Arm zu und erst jetzt sehe ich, dass sie zwei davon hat. „Weiße Bluse, schwarze Hose, Haare hochgesteckt. Du hast zehn Minuten, dann müssen wir los."

„Verrätst du mir auch, was genau das soll?" Ein bisschen verwundert betrachte ich die Schürze in meiner Hand.

„Ich will, dass du mit mir arbeiten gehst."

„Das dachte ich mir schon ... Aber verrätst du mir auch, wie du auf diese Idee kommst?"

„Meine Kollegin ist krank und wir brauchen jemanden. Und du sitzt sonst nur das ganze Wochenende herum und bläst Trübsal. Das Geld kannst du ohnehin gebrauchen – also habe ich gesagt, ich bringe dich mit."

Einen Augenblick lang zögere ich noch. Ich kann es eigentlich nicht leiden, wenn so über mich bestimmt wird. Andererseits ... Lauren hat natürlich recht. Alles ist besser, als das ganze Wochenende allein hier herumzusitzen.

Als wir vor einem relativ noblen Restaurant aussteigen, bin ich ein wenig erstaunt. Ich habe mir eigentlich nie Gedanken darüber gemacht, wo Lauren genau arbeitet und immer eher an einen heruntergekommenen Diner gedacht, in dem sie Kaugummiblasen machend in einem zu knappen Kleidchen gelangweilt an den Tresen gelehnt steht.

Wie bist du denn drauf? Lauren ist immerhin eine Freundin! Deine einzige und beste noch obendrein.

Natürlich ist es irgendwie mies, einer Freundin zu unterstellen, na ja … irgendwie *billig* zu sein, aber normalerweise arbeitet Lauren tatsächlich hart an diesem Image.

Freundlich und immer noch für mich so unerwartet seriös stellt sie mich ihrem Chef und ihren Kollegen vor, bevor sie mir hilft, die lange Schürze korrekt umzubinden und mir alles erklärt.

„Heute haben wir im Saal eine kleine Veranstaltung. Irgendein Langweiler-Kongress. Es wird ein Buffet geben – du musst also keinen vollen Teller balancieren. Aber zu Beginn mit Getränken herumgehen und wenn alle essen, musst du mit darauf achten, dass das schmutzige Geschirr zurück in die Küche kommt. Am besten stellst du alles einfach auf einen dieser Geschirrwagen …"

Ich brauche eine ganze Weile, um mich daran zu gewöhnen, wie anders und wie seriös Lauren plötzlich wirkt. Sie scheint auch nicht nur eine kleine Angestellte zu sein, sondern ist offenkundig die rechte Hand des Chefs und es hat den Anschein, als würde ohne sie hier gar nichts laufen.

Auch ihre Anweisungen mir gegenüber sind klar und präzise, dabei bleibt sie ruhig und freundlich – sie ist einfach wahnsinnig kompetent in dem, was sie hier tut. Und tatsächlich macht mir die Arbeit wirklich Spaß. Lauren ist eine tolle Chefin, die Gäste sind nett und ich habe mich schnell an meine Aufgaben gewöhnt. Allerdings muss ich auch nichts sonderlich Kompliziertes vollbringen.

Gegen frühen Nachmittag verlassen Lauren und ich fröhlich und um Gehalt und Trinkgeld reicher das Restaurant.

„Und jetzt?" Ich schaue Lauren an, die ihr Trinkgeld zählt und keine Anstalten macht, wieder zurück zu ihrem Auto zu gehen.

„Jetzt, meine Liebe, gehen wir shoppen. Ich wette, es ist Jahre her, dass du dir das letzte Mal etwas geleistet hast."

Ich will Einwände erheben, aber sie wehrt sie schon ab, bevor ich überhaupt dazu gekommen bin, deswegen Luft zu holen.

„Ich will kein Wort von dir hören! Das Geld von heute ist Extrageld für dich und das wird jetzt ausgegeben! Wenn du es dringend für irgendetwas anderes brauchen solltest, leihe ich dir später welches und du kannst nächste Woche wieder mitkommen und deine Schulden bei mir abarbeiten.

Aber heute lasse ich keine Widerrede zu. Ab und an muss man auch mal unvernünftig sein und sich etwas gönnen."

Und so zerrt sie mich von einer Boutique in die nächste, zwingt mich, Sachen anzuprobieren, die ich weder haben will noch brauche, und irgendwann habe ich, ganz gegen meinen Willen, sogar tatsächlich ein bisschen Spaß bei der Sache.

„Schau mal hier!" Lauren zerrt ein Kleid aus der hintersten Ecke in einem Kaufhaus hervor.

„Was soll ich denn bitte damit?" Ich mustere den rauchblauen Fetzen Chiffon kritisch.

„Zuerst einmal: Anprobieren." Der gut gelaunte Befehlston meiner Freundin sorgt dafür, dass ich mich beinahe widerstandslos in die Umkleidekabine begebe. Ich bekomme das Kleid nur mit Mühe zu und traue mich gar nicht, in den Spiegel zu sehen. Ich müsste dringend ein paar Kilo abnehmen.

„Und, passt es?" Laurens mädchenhafte Stimme dringt durch den Vorhang der Umkleidekabine und fast im selben Moment reißt sie ihn einfach zur Seite.

Na super. Wenn ich jetzt nackt gewesen wäre …

Sie mustert mich kurz, geht zwei Schritte zurück und mustert mich dann erneut.

„So schlimm?" Ich seufze tief. „Ab morgen mache ich wirklich eine Diät."

„Nein. Auf keinen Fall. Du darfst bloß nicht abnehmen. Du siehst … wow! Du siehst gigantisch aus in diesem Kleid." Sie packt mich an den Schultern und dreht mich um, sodass ich mich selbst im Spiegel betrachten muss.

Das Kleid sieht tatsächlich toll aus. Auch oder gerade deshalb, weil es oben so eng anliegt. Das enge Oberteil zaubert ein traumhaftes Dekolleté, das durch den Wasserfallausschnitt sexy, aber nicht billig aussieht. Und darunter ist es weit genug, um meine Taille zur Geltung zu bringen, aber meine Hüften zu verstecken. Die Farbe ist auch toll, irgendwie lässt dieses Blau meinen Teint erstrahlen.

„Du musst es unbedingt kaufen!"

„Wann soll ich das denn anziehen?" Voller Bedauern drehe ich mich vor dem Spiegel hin und her.

„Das ist auch in zehn Jahren noch modern und irgendwann wird sich schon eine Gelegenheit ergeben. Und wenn nicht, dann gehe ich jetzt jede Woche mit dir aus."

„Als ob du irgendwohin ausgehen würdest, wo man solche Kleider tragen könnte …"

„Dann schon."

„Ich weiß nicht so recht …" Ich meine, was soll man mit einem Kleid, das man nie irgendwo wird tragen können?

„Ich aber schon. Außerdem ist es reduziert!" Lauren sagt das, als ob das den Kauf eines Kleidungsstückes, das eigentlich völlig unnütz ist, besser machen würde. Vermutlich ist es für sie sogar so.

„Du gibst immer nur Geld für die komischen Klamotten aus, die du im Büro trägst. Gönn dir doch auch mal so etwas."

Da hat sie schon recht, aber die *komischen Sachen, die ich im Büro trage* sind weniger komisch als elegant und seriös und eine Notwendigkeit, wenn ich meinen Job behalten möchte.

Schließlich macht Lauren kurzen Prozess. Ich habe das Kleid gerade ausgezogen, da hat sie es mir schon aus der Hand geschnappt und trägt es vor mir her zur Kasse, kaum dass ich die Umkleidekabine verlassen habe.

„Man muss sich auch mal etwas kaufen, das man nicht unbedingt braucht, June. Das nennt man Luxus."

Lachend bezahle ich meinen Luxus und lasse mich später sogar noch von Lauren zu einem Paar passender Schuhe überreden. Kleine, feine Sandalen mit hohen Absätzen und winzigen Blümchen darauf. Wenn schon, denn schon.

Irgendwie hat Lauren recht – es ist auch mal schön, etwas zu kaufen, das man eigentlich gar nicht wirklich braucht. Zu Hause hänge ich das Kleid von außen an meinen Kleiderschrank, stelle die Schuhe passend darunter und bevor ich abends schlafen gehe, gebe ich mich leisen Träumereien hin, wo ich es wohl anziehen könnte. Dass in diesen Träumereien fast immer Thomas Summers vorkommt, verdränge ich bis zum nächsten Morgen erfolgreich.

Die nächsten Wochen sind arbeitsreich und amüsant. Lauren nimmt mich fast jedes Wochenende mit, was meinem Bankkonto sehr gut tut – und mir ebenfalls. Selbst dann, wenn ich mich manchmal wundere, mit wie wenig Freizeit ein Mensch anscheinend auskommen kann.

Wobei: Heute Abend gehe ich mit Lauren aus. So ein bisschen Freizeit habe ich dann also doch. Ab und an zumindest. Allerdings gehen wir heute Abend nur in eine Bar in der Nähe – ich ziehe also Jeans an, Stiefel und ein dunkelgrünes Shirt dazu und lasse heute ausnahmsweise meine Haare mal offen.

Ich bin kaum mit meinem Make-up fertig, als Lauren schon vor der Tür steht. Sie sieht ein bisschen aus wie eine fleischgewordene Barbiepuppe und ich komme mir neben ihr wie die dicke, hässliche Freundin vor.

Trotz dieser Bedenken verläuft der Abend recht amüsant. Die Bar, in die Lauren mich geschleppt hat, könnte als Kulisse für einen Film dienen. Lokalitäten wie diese bilden die Eingangsszene zu einem Liebesfilm. Oder einem Krimi.

Viel dunkles Holz trifft hier auf alte Countrysongs, die sich mit der aktuellen Top Ten abwechseln, man kann Darts oder Billard spielen und ich würde mich niemals trauen, in einem Laden wie diesem Wein zu bestellen – der kann nur furchtbar schmecken. Also trinken wir Bier und tanzen, verlieren beim Billard und ich kann mich nicht erinnern, wann ich das letzte Mal so viel gelacht habe.

„Ich hätte schon viel früher regelmäßig mit dir abends feiern gehen sollen“, stelle ich fest, als wir nebeneinander am Tresen sitzen. Ich bin mittlerweile vorsichtshalber auf Cola umgestiegen – das viele Bier ist mir etwas zu Kopf gestiegen.

„Du wolltest ja nie!“ Lauren täuscht eine beleidigte Schnute vor.

„Aber jetzt bin ich ja mitgekommen.“

Ein zufriedenes Lächeln macht sich auf ihrem Gesicht breit. „Besser spät als nie!“

„Wohl wahr.“

In diesem Moment schiebt uns der Barkeeper zwei Drinks hin, die wir eindeutig nicht bestellt haben.

„Die sind von den Gentlemen dort drüben", sagt er augenzwinkernd auf unseren fragenden Blick hin und macht eine Kopfbewegung in die entsprechende Richtung.

Fast gleichzeitig drehen sich Laurens und mein Kopf in die Richtung in der unsere Gönner stehen.

Lässig und unauffällig funktioniert garantiert anders.

Die beiden *Gentlemen* sehen für meine Begriffe eher nach ausgewachsenen Lausbuben aus, die etwas in die Jahre gekommen sind, wirken dabei aber durchaus nicht unsympathisch.

Breit grinsend erwidern sie unsere Blicke und scheinen sie als Einladung anzusehen, zu uns herüberzukommen. Aus dem Augenwinkel sehe ich, wie Lauren sich neben mir rekelt und in Pose wirft, und plötzlich hat sie etwas Katzenhaftes an sich, geschmeidig und ganz sicher tödlich. Der arme Kerl, der es heute auf sie abgesehen hat, tut mir jetzt schon leid!

„Na, dann kommt mal spielen, Jungs." Ihre Stimme hat sie zu einem tiefen Schnurren gesenkt, so leise, dass sie außer mir niemand hören kann. Ihre Selbstsicherheit färbt auf mich ab und sorgt dafür, dass ich mich irgendwie verwegen fühle. Schummrige Bars, spendierte Drinks … Das ist doch eigentlich der Stoff, aus dem die Filme sind. Langsam richte ich mich auf, lehne mich gegen den Tresen und beobachte die sich nähernden Typen eingehend. Sie lächeln ein wenig großspurig, als sie bei uns ankommen.

„Hallo, Ladys!" Der Dunkelhaarige stellt sich neben Lauren, während der Blonde neben mir Stellung bezieht. „Was macht ihr zwei Hübschen denn so allein hier?"

„Wir sind zu zweit." Lauren lächelt süßlich. „Da ist man nicht allein. Sondern eben zu zweit."

Die beiden schauen einen Moment etwas dumm aus der Wäsche, fangen sich dann aber schnell wieder.

„Wollt ihr vielleicht tanzen?"

Natürlich wollen wir und so verbringen wir den restlichen Abend tanzend und giggelnd mit zwei Typen, die sich Bob und Ryan nennen, und sich tatsächlich als richtig nett herausstellen.

Ich weiß nicht, ob es der Alkohol ist oder die ausgelassene Stimmung oder vielleicht auch der pure Leichtsinn, der mich verleitet, aber als Ryan mich am Ende des Abends um meine Telefonnummer bittet, gebe ich sie ihm.

Ich habe vorher selten Telefonnummern verteilt und die wenigen Male, die ich es doch getan habe, hat mich nie jemand angerufen.

Umso erstaunter bin ich, als zwei Tage später das Telefon klingelt und Ryan dran ist.

Er bittet mich um ein Date – zusammen mit Lauren und Bob.

Ein Doppeldate. Als ich Lauren davon erzähle, ist sie gleich Feuer und Flamme.

Vor dem Treffen bin ich erstaunlich ruhig. Lauren kommt mich abholen und wir treffen uns mit den beiden Männern in einem kleinen Restaurant in Boston.

Wir lachen und quatschen über alles Mögliche. Ryan ist Inhaber einer kleinen Tischlerei und erzählt von den netten und den weniger netten Kunden, mit denen er es dort zu tun hat. Er kann toll erzählen, ist wirklich humorvoll und wenn er lacht, bilden sich lauter nette kleine Lachfältchen um seine Augen herum, die ihn wahnsinnig sympathisch werden lassen. Sein blondes Haar ist störrisch und fällt ihm immer wieder ins Gesicht. Er zeigt uns Bilder von seiner kleinen Nichte, die gerade zwei geworden ist und in die er ganz verliebt zu sein scheint. Als es Zeit ist zu gehen, bezahlt er mit Bob zusammen die Rechnung und zum Abschied hält er meine beiden Hände fest und küsst mich auf die Wange.

„Ryan ist wirklich toll. Wirst du dich wieder mit ihm treffen?“ Im wechselnden Licht der Straßenlaternen, das durch das Seitenfenster fällt, ist Lauren beinahe unwirklich schön. Und ausnahmsweise kaut sie mal kein Kaugummi.

„Vielleicht“, antworte ich vage. „Und du und Bob?“ Ich versuche schnell wieder vom Thema abzulenken, weil ich gerade selbst keine Lust habe, mir über Ryan und mich Gedanken zu machen.

„Nein. Er ist mir viel zu ruhig. Und einer der Typen, denen man sofort das Herz bricht, wenn man sich auf mehr als einen kleinen Kuss einlässt und dann nichts weiter von ihnen will. Das geht gar nicht.“

In der Tat war Bob ziemlich ruhig, eigentlich war es Ryan, der den ganzen Abend geredet hat. Und ich natürlich.

„Ja, vielleicht treffe ich mich noch mal mit ihm.“ Er ist wirklich ein netter Kerl und es wäre verrückt, das nicht zu tun.

Am nächsten Morgen ruft er mich tatsächlich an. Wir gehen zusammen mittagessen und danach noch ein Stück spazieren.

Ryan ist nett, wirklich nett. Und wenn er so lächelt … ich muss es zugeben, dann ist er obendrein beinahe sexy. Und jetzt gerade, da lächelt er. Dann greift er nach meiner Hand. Er hat gute Hände, groß, warm und trocken, seine Finger umschließen meine mit genau dem richtigen Maß an Druck. Nicht zu wenig, sodass es sich schlaff anfühlt und auch nicht zu fest, sodass man sich fühlt, als würde man eigentlich verhaftet werden. Dessen ungeachtet ist mein erster Reflex, ihm meine Hand wieder zu entziehen. Aber dann lasse ich sie ihm doch. Was soll das auch? Händchenhalten ist doch völlig unverfänglich. Oder vielleicht doch nicht so ganz? Ich bin mir auf einmal nicht mehr sicher. Aber meine Hand jetzt doch wieder wegzuziehen, würde seltsam wirken. Unentschlossen. Und ich kann Unentschlossenheit nicht leiden. Schweigend gehen wir eine ganze Weile nebeneinander her, meine linke Hand in seiner, meine rechte Hand in der Tasche meines leichten Mantels. Unauffällig spiele ich mit dem Schlüsselring darin, was ein Zeichen dafür ist, dass ich nervös bin. Aber ich sollte nicht nervös sein. Nervös sein ist nicht gut. Warum auch? Ich mache einen Spaziergang mit einem netten Mann. Wir halten Händchen und vielleicht küssen wir uns. Will ich das wirklich, diesen Mann küssen?

Verdammt!

Ich bin so in Gedanken versunken, dass ich fast über meine eigenen Füße gestolpert wäre.

„Alles okay?“ Ryan fängt mich auf und hält mich fest. Stumm nicke ich und sehe ihn an. Ich erkenne den Moment, in dem sich sein Blick verändert und mir endgültig klar ist: Wir werden uns tatsächlich küssen. Und zwar gleich. Sofort.

Langsam schließe ich meine Augen und warte. Dann ist der Kuss da. Seine Lippen fühlen sich ansprechend an. Gut, genau wie seine Hände. Nicht zu fest, nicht zu weich. Auch sein Kuss ist so. Gut. Angenehm. Er kann das. Drängt nicht, aber wartet auch nicht zu lange. Spielt mit seiner Zunge an meiner Unterlippe, bittet um Einlass, den ich ihm gewähre.

Es wäre perfekt. Alles.

Aber irgendetwas stimmt nicht. Ich überlege, was es ist, während er mich küsst und dann fällt es mir plötzlich auf: Mein Herz schlägt ganz normal. Meine Atmung ist langsam und regelmäßig. Nichts kribbelt. Und ich wünsche mir, dass es regnen würde.

Und dass Ryan Thomas wäre.

Der Gedanke erschreckt mich so sehr, dass ich Ryan um ein Haar in die Lippe gebissen hätte. Er bemerkt sofort, dass ich mich versteife und löst sich von mir, schaut mich an, nachdenklich und ein bisschen traurig. Dann räuspert er sich.

„Ich bin es nicht, nach dem du dich sehnst, oder?"

Stumm schüttle ich den Kopf.

„Ich dachte es mir schon. Aber ich wollte es trotzdem versuchen."

„Es tut mir leid …" Meine Stimme ist fast tonlos und erneut finde ich den Schlüsselring in meiner Manteltasche.

Ryan lächelt kurz, sieht dabei aber nicht fröhlich aus.

„Es braucht dir nicht leidzutun. So etwas kann man sich nicht aussuchen, oder? Unsere Gefühle können wir uns nicht aussuchen."

„Nein", flüstere ich. „Das können wir wohl nicht."

„Komm. Ich fahre dich nach Hause." Er legt seine Hand

auf meinen Rücken und selbst das fühlt sich angenehm an. Aber eben auch nicht mehr als das.

Die Rückfahrt zieht sich ewig hin.

Als wir ankommen, steigt Ryan zuerst aus und öffnet mir dann die Beifahrertür von außen.

Reichlich verlegen stehe ich da und weiß nicht, was ich sagen soll.

„Ich hoffe, er hat dich verdient."

Dann gibt er mir einen Kuss auf die Stirn, steigt in seinen Wagen und verschwindet.

Wie dumm muss man sein, um einen Mann wie Ryan einfach so wieder gehen zu lassen? Vor allem: Wie dumm muss man sein, wenn man dies wegen eines anderen Mannes macht, eines Mannes, der in einer völlig anderen Liga spielt als man selbst? Ein Mann, der völlig unerreichbar ist?

Unglaublich sagenhaft dumm!

Später liege ich allein in meinem Bett und weine mich in den Schlaf. Das habe ich das letzte Mal getan, als mein Hamster gestorben ist. Damals war ich sieben.

„Du hast Ryan gehen lassen? Einfach so?“ Lauren schaut mich völlig perplex an, während ich schmutzige Teller auf den Geschirrwagen staple. „Bist du denn von allen guten Geistern verlassen?“

Ich hätte ihre Frage, wie das Date mit Ryan gestern gelaufen sei, vielleicht einfach ignorieren sollen.

„Es hat sich einfach nicht richtig angefühlt“, erwidere ich müde.

„Wie kann sich denn ein Kerl wie Ryan bitteschön nicht richtig anfühlen? Konnte er nicht küssen?“

„Das ist es nicht.“ Ich schnappe mir den Geschirrwagen und schiebe ihn in Richtung Küche, um ihr zu entkommen. Aber Lauren wäre nicht Lauren, wenn sie mich so leicht davonkommen lassen würde.

„Was ist es denn dann? Erklär's mir bitte! Ich versteh's nämlich nicht.

Unwillig kaue ich auf meiner Unterlippe herum und schweige beharrlich. Gleich habe ich die Küche erreicht, dort sind zu viele andere Menschen, da wird sie mich nicht weiter löchern. Ich sehe die Türen schon vor mir, metallisch glänzend und rettend. Doch leider ist Lauren schneller als ich. Ein wenig unsanft hält sie mich am Arm zurück.

„Also?“

Ich seufze, ganz tief. Dabei schließe ich die Augen, öffne sie wieder und schaue Lauren fest an.

„Er ist nicht Thomas."

Den Moment ihres Erstaunens nutze ich aus, um ihr zu entkommen. Tatsächlich habe ich mich selbst ein bisschen erschrocken, als ich es laut ausgesprochen habe. Etwas zu denken und es sich laut sagen zu hören, ist irgendwie zweierlei; laut ausgesprochen bekommen manche Dinge plötzlich viel mehr Bedeutung, als wenn sie nur flüchtige Gedanken sind.

„Scheiße!", höre ich Lauren fluchen, als ich die Küchentür endlich erreicht habe.

Ja, verdammt, da hat sie wohl recht.

Den Rest des Tages ist mit mir nicht mehr viel anzufangen. Ich lasse Geschirr fallen und stehe auch sonst völlig neben mir. Um ein Haar hätte ich einer ziemlich üppigen Dame eine Ladung Champagner in ihr ebenfalls ziemlich üppiges Dekolleté geschüttet, weil sie sich genau in dem Moment zu mir umdreht, als ich ihr auf dem Tisch stehendes Glas auffüllen wollte.

Lauren schaut sich das alles eine Weile an, dann zieht sie mich zur Seite.

„Du gehst jetzt in den Pausenraum und bleibst dort, bis in einer halben Stunde alle Gäste weg sind." Ihr Ton duldet eigentlich keinen Widerspruch, doch ich versuche es dennoch.

„Aber du brauchst mich doch hier!"

„Wenn du so neben dir stehst wie heute, brauche ich dich nicht. Du bist eindeutig mehr Hindernis als Hilfe. Jetzt verschwinde, bevor du noch irgendeinen der Gäste mit Rotwein bekippst oder noch Schlimmeres passiert."

Ich schleiche mich in den Pausenraum und fühle mich ein bisschen, wie sich ein Hund fühlen muss, der wegen schlechten Benehmens vor die Tür gesetzt wird. Obwohl ich Lauren zum allerersten Mal so erlebe, wird mir eins ziemlich schnell klar: Ich kann sie nicht leiden, wenn sie so *bossy* ist. Andererseits hat sie natürlich recht und ich bin heute tatsächlich eher Gefahr denn Hilfe. Aber trotzdem!

Ich würde gerne die Arme verschränken und mit dem Fuß aufstampfen wie ein kleines, trotziges Kind. Aber so ganz ohne Publikum wäre das irgendwie albern. Wenn ich genauer darüber nachdenke, wäre es sogar noch viel alberner, wenn ich dabei tatsächlich Publikum hätte. Also lasse ich es lieber bleiben, so oder so.

Leise stöhnend lasse ich mich auf einen Stuhl fallen, stütze die Ellenbogen auf die Knie und vergrabe mein Gesicht in meinen Händen.

Obwohl ich schwören könnte, dass ich nur ein paar Minuten lang so dagesessen habe, kommt irgendwann Lauren in den kleinen, fensterlosen Raum und setzt sich neben mich.

Eine ganze Weile mustert sie mich schweigend, dann kramt sie aus ihrer Tasche einen Kaugummi hervor und schiebt ihn sich in den Mund.

„Warum kaust du eigentlich ständig Kaugummi?“, frage ich, während ich beobachte, wie ihre Kiefer zu arbeiten beginnen. Lauren legt den Kopf ein bisschen schief und sieht aus wie eine verschmitzte Katze.

„Zum einen mag ich den Geschmack. Und zum anderen ist es wissenschaftlich erwiesen, dass das Gehirn besser mit Sauerstoff versorgt wird, wenn man Kaugummi kaut. Wenn du so willst, dann hilft es mir also beim Denken.“

„Aber du kaust nahezu *immer* Kaugummi.“

„Ich denke ja auch nahezu *immer.“* Langsam beugt sie sich vor, legt ihre Unterarme auf den Oberschenkeln ab und verschränkt ihre Finger ineinander. „Und weil ich gerade also besonders gut denken kann, drängt sich mir eine Frage beinahe auf: Warum, verdammt noch mal, meldest du dich nicht einfach bei Thomas, wenn du immer noch an ihn denkst?“

„Er hat sich doch auch nicht bei mir gemeldet …“ Ich klinge genauso trotzig, wie ich mich noch immer fühle.

„Das ist natürlich ein Grund. So kann man sich bis in alle Ewigkeiten nacheinander sehnen, weil sich nie einer traut, den ersten Schritt zu machen.“ Mit vor der Brust verschränkten Armen lehnt Lauren sich auf ihrem Stuhl zurück.

Ich fühle mich auf einmal irgendwie erschöpft und reibe mir mit beiden Händen über die Augen.

„Selbst wenn ich mich bei ihm melden würde … Eigentlich kenne ich ihn doch gar nicht. Er wusste ja selbst nicht, wer er war. Wenn ich an die Interviews mit ihm denke … Ich weiß doch auch nicht. Ich denke an meinen Mr. Vergissmeinnicht. Den es wahrscheinlich gar nicht mehr gibt."

„Meinst du nicht, in Thomas Summers *muss* es etwas von ihm geben? Er hatte schließlich nur seine Erinnerungen verloren und nicht seine Persönlichkeit."

„Ach Lauren … Ich habe mir da inzwischen schon so oft Gedanken drüber gemacht. Er und ich, wir kommen aus völlig unterschiedlichen Welten, wir führen so unterschiedliche Leben … Wie sollte das funktionieren? Es hat ja doch keine Zukunft. Bei aller Romantik: Ich kann nicht daran glauben." Mit geschlossenen Augen lasse ich den Kopf nach hinten auf die hohe Stuhllehne sinken. „Außerdem ist es ja ziemlich deutlich geworden, was er von mir und meinem Umfeld hält, seit er wieder er selbst ist – wenn ich dich da an seinen angewiderten Gesichtsausdruck im Interview erinnern darf."

Nachdenklich nickt Lauren, bevor sie mich wieder ansieht.

„Kann ich alles verstehen. Aber du kannst dich trotzdem nicht auf Ryan einlassen, auch wenn du sagst, dass das mit Thomas und dir ohnehin nie etwas werden würde?

Und du schaust dennoch jeden Bericht im Fernsehen, den du über Thomas entdecken kannst? Und streite das jetzt bitte nicht ab. Neulich, als ich dich besucht habe, hast du schnell versucht umzuschalten. Aber ich habe es doch gesehen."

„Ich denke, ich brauche wohl einfach noch ein bisschen Zeit", sage ich ziemlich kleinlaut.

„Wenn du meinst, dass dir Zeit hilft ..." Sie steht auf und streckt mir die Hand hin, um mich vom Stuhl hochzuziehen. Dass sie so verdammt skeptisch klingt, passt mir gar nicht.

+++

Gelangweilt streift Thomas' Blick durch den Raum. Auf seinem Schreibtisch stapelt sich die Arbeit, während er hier seine Zeit damit verschwendet, einem schwitzenden, glatzköpfigen Mann zuzuhören, der über Themen referiert, die er schon in- und auswendig kennt. Und all das an einem Samstag!

Normalerweise wäre er hier niemals hingegangen, aber er hatte es einem Studienkollegen versprochen und außerdem geht es um einen wohltätigen Zweck.

Wenigstens ist das Essen halbwegs genießbar und das Personal freundlich. Angenehm, unkompliziert, nicht so gekünstelt, wie es bei etwas nobleren Veranstaltungen manchmal der Fall ist.

Vorsichtig streckt Tom seine langen Beine aus und versucht so unauffällig wie möglich zu gähnen. Er braucht dringend einen Kaffee!

Während er sich noch überlegt, wo er den nun am schnellsten herbekommt, entdeckt er sie plötzlich. In der gegenüberliegenden Ecke des Raumes sammelt sie schmutziges Geschirr ein.

Fast ruckartig richtet Tom sich auf und widersteht dem Bedürfnis, sich ungläubig die Augen zu reiben. Dort drüben, mit einer weißen Bluse und einer roten Schürze ausstaffiert, steht tatsächlich June. Sie stellt gerade einen letzten Stapel Teller auf einen Geschirrwagen und streicht sich mit dem Handrücken eine Haarsträhne aus dem Gesicht. Dabei ist sie so in Gedanken versunken, dass diese einfache Geste irgendwie anmutig wirkt.

Verdammt, wie hat er nur vergessen können, wie schön sie ist? Plötzlich nervös reibt er sich über die Brust.

Verdrängung ist wohl der passendere Begriff.

In Junes Ausdruck liegen etwas Verträumtes und etwas Trauriges. Immer noch. Oder vielleicht hat dieser Ausdruck sich sogar noch verstärkt, seit er sie das letzte Mal gesehen hat. Tom kann seinen Blick nicht von ihr lassen.

Sie hat ihn nicht bemerkt und rechnet hier wohl auch kaum mit ihm. Wie sollte sie auch? Er hat ja hier genauso wenig mit ihr gerechnet.

„Mr. Summers, Sir?“ Wie aus weiter Ferne dringt die Stimme zu ihm durch und sein Blick wandert wieder nach vorne. „Ich würde das Wort gerne an Sie übergeben.“ Ein Mikrofon wird ihm hingehalten.

Als er es ergreift, kann er noch einen letzten Blick auf June erhaschen, die ihn jetzt mit geöffnetem Mund anstarrt.

+++

Bestimmt fünf Sekunden lang glaube ich, Halluzinationen zu haben. Aber spätestens als *Mr. Summers* nach dem Mikrofon greift und ich seine tiefe Stimme höre, die über irgendein Thema zu referieren beginnt, wird mir klar, dass das dort drüben tatsächlich Thomas ist.

Im Anzug wirkt er so fremd. Nicht dass es ihm nicht stehen würde, ich habe ihn mir ja immer genau so vorgestellt. Aber er hat jetzt so wenig mit meinem Mr. Vergissmeinnicht mit den zu kurzen Ärmeln gemein. Er wirkt so selbstbewusst und souverän, so weit weg, machtvoll und … trotzdem ist er es.

Mein ganzer Körper stellt sich schlagartig auf Flucht ein, aber bedauerlicherweise brauchen meine Beine eine ganze Weile, bis sie umsetzen, was mein Gehirn ihnen befiehlt. Dann endlich setzt sich der Geschirrwagen zusammen mit mir klappernd und klirrend in Bewegung. Ich habe keine Ahnung, wie ich es schaffe, den Wagen unfallfrei in die Küche zu bugsieren, und ich habe auch keine Ahnung, wie ich es schaffe, Lauren zu finden.

„Ich würde jetzt gerne meine Pause nehmen." Meine Stimme hört sich seltsam schrill an, aber Lauren ist gerade zu beschäftigt damit, die Menüfolge für die Hochzeit nächste Woche durchzugehen, also nickt sie nur und murmelt eine Zustimmung.

Als ich endlich den kleinen Pausenraum erreiche, schaffe ich es gerade noch, die Tür hinter mir zu schließen, bevor meine Beine so sehr zu zittern anfangen, dass sie einfach unter mir nachgeben. Direkt neben der Tür lasse ich mich auf den Boden sinken, das Licht lasse ich ausgeschaltet, irgendwie ist die Dunkelheit gerade tröstlich. Wie eine kleine Höhle, in der ich mich verkriechen kann. Ich kauere mich zusammen und versuche, meine Gedanken wieder in den Griff zu bekommen und meine Gefühle zu sortieren. Aber statt ruhiger und konzentrierter zu werden, wird mir auf einmal schwindelig.

Das liegt vermutlich daran, dass du gerade hyperventilierst, du hysterische Ziege. Wie ein Teenie, dem bei einem Konzert einer Boygroup ihr Star zugezwinkert hat und der jetzt ohnmächtig wird …

Krampfhaft versuche ich mich zu erinnern, wann ich mich das letzte Mal so sehr über mich selbst geärgert habe, aber es will mir einfach nicht einfallen. Vermutlich habe ich mich einfach noch nie so sehr über mich selbst geärgert.

Fast gewaltsam muss ich mich dazu zwingen, wieder ruhiger zu atmen. Schließlich habe ich nicht den geringsten Grund, mich so aufzuregen. Oder panisch zu werden. Da draußen sitzt Thomas. Und er sieht hinreißend gut aus. Aber eigentlich müsste er derjenige sein, der panisch wird, wenn er mich sieht und nicht umgekehrt. Schließlich habe ich mir nichts zu Schulden kommen lassen, während er einfach …

Ich schüttle über mich selbst den Kopf; selbst meine Gedanken hören sich schon an, wie die einer alten, unzufriedenen Frau, die ihren Lebtag damit zubringt, anderen Leuten Vorwürfe darüber zu machen, dass sie ihr

Leben nicht besser gemacht haben. Mein Kopf sinkt gegen die harte, kühle Wand und ich schließe die Augen, obwohl das keinen Unterschied macht, weil es hier drinnen ja ohnehin stockdunkel ist. Abgesehen von den tanzenden, hellen Flecken vor meinen Augen natürlich. Zumindest bekomme ich langsam wieder Luft. Sehr langsam zwar, aber immerhin. Luft ist schließlich Luft, oder nicht? Ich zwinge mich, weiterhin ganz ruhig ein- und auszuatmen. Keine Ahnung, wie lange ich das mache, als es schließlich an der Tür klopft.

„June?“ Lauren klingt irgendwie anders als sonst, eine Spur nervös. Bestimmt habe ich meine Pause überzogen.

„Ich bin hier drinnen, Lauren.“ Ich höre, wie sie langsam die Tür aufzieht und ich höre das Geräusch der anspringenden Neonröhren, als sie das Licht anmacht, aber ich lasse meine Augen noch geschlossen.

„Stell dir vor, Lauren, Thomas ist hier. *Mein* Mr. Vergissmeinnicht. Der Arsch ist hier und hält in aller Seelenruhe irgendwelche Vorträge über die Wirksamkeit irgendwelcher Medikamente unter Berücksichtigung irgendwelcher Faktoren. Und was mache ich? Wegrennen und fast ohnmächtig werden. Ich bin wirklich eine Heldin!“

Langsam, ganz langsam öffne ich meine Augen. Zuerst fällt mein Blick auf Laurens Gesicht, das den Ausdruck zwischen panisch und amüsiert wechselt. Ich kann mir keinen triftigen Grund dafür ausmalen, bis ich mich ein bisschen weiter vorbeuge. Als ich in die belustigt funkelnden Augen von Thomas Summers blicke, kenne ich den Grund – und fühle mich, als würde ich jetzt auf der Stelle doch noch ohnmächtig werden.

Lauren räuspert sich. „Ja, äh … Ich muss dann mal wieder an die Arbeit."

Eine Sekunde später bin ich wieder allein. Nein, das stimmt nicht. Allein wäre gut. Aber ich bin auf geschätzten acht Quadratmetern eingesperrt mit Thomas Summers.

Ganz deutlich kann ich spüren, dass mein Herz wieder zu rasen beginnt und es kann nicht mehr lange dauern, bis ich wieder zu hyperventilieren beginne.

Hier so vor ihm auf dem Boden zu hocken, ist irgendwie unwürdig.

Kurz überlege ich mir, wie ich es am elegantesten zustande bringen könnte, aufzustehen.

Wenn du das versuchst, dann wirst du bestimmt tatsächlich noch ohnmächtig. Und DAS wäre dann wirklich unwürdig.

Also bleibe ich sitzen. Wenn man keine wirkliche Wahl hat, kann es manchmal ganz leicht sein, eine Entscheidung zu treffen.

„Hi!“ Thomas lächelt dieses umwerfende Lächeln von oben auf mich herunter. Zum Glück kann es mich momentan nicht mehr umwerfen – ich sitze ja schon.

„Hi“, erwidere ich und hebe meine Hand zu einem Gruß, der so lässig ist, wie eben möglich.

Obwohl … eigentlich kann ich mir das auch sparen. Er hat schließlich gerade alles mit angehört, was ich Lauren erzählt habe, und das war eindeutig alles andere als lässig.

Egal. Man muss ja nicht noch tiefer sinken, als man es sowieso schon ist.

„Möchtest du dich vielleicht setzen?“ Mit einer, wie ich finde, sehr nonchalanten Geste deute ich auf den freien Platz neben mir auf dem Fußboden und Thomas zieht grinsend eine Augenbraue in die Höhe. Aber dann kommt doch Bewegung in seinen Körper und tatsächlich setzt er sich neben mich auf den Fußboden. In seinem sauteuren Designeranzug.

Nachdem er so nah neben mir ist, komme ich allerdings ziemlich schnell zu der Erkenntnis, dass das keine wirklich kluge Idee von mir war. Zusammen mit Thomas hat sich eine Wolke seines Dufts mit zu mir auf den Fußboden bewegt und er riecht wirklich *ziemlich* gut. Er riecht nach Zitronenschale und Ingwer, Wacholder und Leder, zusammen mit dem fantastischen Duft nach ihm selbst.

Außerdem ist er mir jetzt so nahe, dass ich mir einbilde, seine Wärme spüren zu können. All das trägt nicht unbedingt dazu bei, dass sich mein blöder Herzschlag wieder beruhigt. Einige Sekunden lang, die sich mindestens so lange hinziehen, als wären es mehrere Stunden, sitzen wir nebeneinander und sagen einfach nichts. Schließlich ist mir das aber zu doof.

„Also …", ich muss mich zweimal räuspern, bevor ich weitersprechen kann, „was verschafft mir die Ehre deines Besuchs während meiner Pause?"

Wieder schnellen seine Augenbrauen in die Höhe, diesmal ist es, glaube ich, aus Überraschung.

„Ich …", jetzt muss er sich ebenfalls räuspern, was mich nahezu diebisch freut. „Ich … ähm … Leider muss ich gleich schon wieder weg und draußen noch ein bisschen … Wie war das? Irgendwelche Vorträge über die Wirksamkeit irgendwelcher Medikamente unter Berücksichtigung irgendwelcher Faktoren halten. Aber ich würde dich gerne wiedersehen. In Ruhe. Würdest du heute Abend vielleicht mit mir essen gehen? Ich schicke einen Fahrer, der dich abholt. So um acht?"

„Was soll das werden, Thomas?" Sein Name fühlt sich immer noch fremd an. „Ein Date?"

Er neigt seinen Kopf in meine Richtung, bevor sich seine Lippen zu einem strahlenden Lächeln teilen.

„Ich glaube, so nennt man das wohl, wenn ein Mann eine Frau zum Essen einlädt." Offenbar hat er seine Fassung relativ schnell wiedergefunden und ist nun über meine Unsicherheit amüsiert. Ich hätte mit vielem gerechnet, aber bestimmt nicht damit, dass er mich ohne weitere Umschweife und geradeheraus um ein Date bittet.

Wie ein geblendetes Reh starre ich ihn an und nicke dann. Verdammt, ich nicke! Ich sollte ihn zum Teufel jagen, statt es ihm so leicht zu machen. Thomas scheint da anderer Meinung zu sein. Mit einem zufriedenen Lächeln steht er wieder auf.

„Wunderbar. Dann bis heute Abend. Ich freue mich."

Fassungslos starre ich ihm hinterher. Seine schwarze Anzughose ist am Hintern weiß eingestaubt, was irgendwie lächerlich und merkwürdig deplatziert auf dem teuren Stoff aussieht. Der Boden hier scheint nicht sonderlich sauber zu sein. Aber ich sage es ihm nicht. Soll er ruhig damit rumlaufen. Wenn es nach mir ginge: Mindestens eine ganze Woche lang.

Zum Glück schickt Lauren mich nach meiner Pause zum Helfen in die Küche. Manchmal glaube ich fast, dass sie Gedanken lesen kann, denn Thomas jetzt unter Umständen zuckersüß lächelnd bedienen zu müssen, das wäre für mich ein echter Graus gewesen. Vielleicht kann sie aber auch doch keine Gedanken lesen und geht nur auf Nummer sicher, weil sie Sorge hat, dass ich nach dem Zusammentreffen mit ihm so verpeilt sein könnte, dass ich irgendwen mit heißem Kaffee überschütten oder noch schlimmere Katastrophen verursachen könnte. Was auch immer sie sich aber tatsächlich dabei gedacht oder auch nicht gedacht haben mag – ich bin ihr dankbar dafür.

„Thomas hat mich für heute Abend zum Essen eingeladen", verkünde ich, als ich später mit Lauren im Auto sitze.

„Und? Hast du zugesagt?" Sie klingt gar nicht erstaunt und sieht mich nicht an, während sie rechts abbiegt.

„Ja, habe ich."

„Du klingst selbst nicht sonderlich erfreut darüber."

„Bin ich auch nicht." Ich seufze tief und versuche mich im sehr begrenzten Raum ihres Autos irgendwie zu strecken.

„Ich finde es gut." Lauren blickt stur weiter geradeaus auf die Straße, was ja beim Autofahren eigentlich lobenswert ist, mich aber für einen Augenblick irritiert, weil sie mich bei unserer Unterhaltung nicht ansieht.

„Warum findest du das gut?"

Jetzt wandert ihr Blick doch kurz zu mir, bevor sie den Kopf schnell wieder zurück in Blickrichtung der Straße dreht.

„Die Frage sollte doch eher sein: Warum findest du es nicht gut? Du denkst seit Wochen nur an ihn, oder? Und davon mal abgesehen ist er attraktiv und bestimmt ziemlich begehrt. Ich bin mir sicher, andere Frauen würden den restlichen Tag quietschen vor Glück, wenn er sie zum Essen einladen würde."

„Ich bin aber nicht andere Frauen ...", gebe ich ein bisschen verstimmt zurück.

Lauren lächelt. „Ich weiß. Und Thomas weiß das auch, denke ich."

Den Rest der Fahrt verbringen wir mit Schweigen und außerdem noch mit Grübeln.

Genauso wie den restlichen Nachmittag.

Eigentlich ist er doch ein doofer Vollidiot. Küsst mich und verschwindet dann. Ich hätte ja nicht gleich einen Heiratsantrag erwartet, aber dass er mich vor der Presse nicht nur nicht, sondern auch gar nicht in Schutz genommen hat, nehme ich ihm wirklich übel. Und auch sonst: Natürlich muss er mir nicht auf Knien dafür danken, dass ich ihm geholfen habe, und natürlich muss er sich auch nicht wöchentlich bei mir melden. Aber wäre, ich weiß auch nicht genau, eine kleine Postkarte frei nach dem Motto „Danke für Deine Hilfe und mir geht's wieder gut, mach Dir keine Sorgen" wirklich zu viel verlangt gewesen? Sind das nicht eigentlich die Mindestanforderungen, die man an die guten Manieren eines Menschen stellen kann?

Warum, verdammt noch mal, kommt er also auf die Idee, mich nach alldem einfach um ein Date zu bitten? Und, noch viel wichtiger: Warum, verdammt noch mal, komme ich auf die Idee, diesem Date auch noch zuzustimmen?

Vielleicht weil du immer noch total in ihn verschossen bist.

Daran könnte es natürlich liegen. Allerdings: Sollte in solchen Momenten nicht eigentlich der Selbsterhaltungstrieb siegen? Wo soll das schon hinführen, mit ihm und mit mir? Wenn ich ihn jetzt wiedersehe, mit ihm Essen gehe, dann ist hinterher doch alles noch viel schlimmer für mich, als es bisher ohnehin schon war.

Neugierig bin ich trotzdem. Wiedersehen will ich ihn dennoch – entgegen aller Vernunft. Ich habe in den letzten Wochen manchmal so eine verdammte Sehnsucht nach ihm gehabt, dass ich mir eingebildet habe, sie tatsächlich körperlich zu spüren. Leider kann man sich nicht aussuchen, in wen man sich verliebt – oder auch nicht verliebt. Das scheint unser verdammtes Schicksal für uns zu übernehmen. Und meins scheint manchmal ein Arschloch zu sein.

Seufzend gehe ich ins Bad und bereite mich auf den Abend vor.

Kapitel 15

Ich habe mein rauchblaues Kleid an, als ich nervös auf die schwarze Limousine vor meinem Haus zugehe. Es ist draußen schon fast dunkel, die Dämmerung lässt die Gegend noch grauer erscheinen, als sie tagsüber schon ist. Beinahe bedrohlich blicken mir die kahlen Fenster des leer stehenden Nachbarhauses entgegen. Ich wickle den Schal enger um mich, den ich mir zum Schutz gegen die Kälte mitgenommen habe. Am liebsten würde ich gleich wieder ins Haus zurückgehen. Vielleicht war es doch keine gute Entscheidung, mich auf dieses Date einzulassen.

Leider hat mich der Fahrer in diesem Moment schon entdeckt und steigt aus, um mir die hintere Tür zu öffnen.

„Ms. Denning, Mr. Summers schickt mich, um Sie zu Ihrer Verabredung zu fahren." Er ist vielleicht um die fünfzig Jahre alt, hat einen kleinen Bauch, trägt einen dunklen Anzug und lächelt freundlich, als ich auf ihn zukomme.

Mit dem rechten Absatz meiner neuen Schuhe bleibe ich fast noch in dem ziemlich kaputten Straßenpflaster hängen, aber Toms Chauffeur hält mich am Ellenbogen fest, bevor er mir höflich in den Wagen hilft. Zum Glück sind die Scheiben hinten getönt, sodass ich den neugierigen Blicken meiner Nachbarn schnell entkomme. Ein Auto, das mehr wert ist, als ein Großteil der Häuser hier zusammengerechnet, muss einfach Aufsehen erregen. Ich achte lieber gar nicht genauer darauf, an welchen Fenstern sich überall mehr oder weniger diskret die Vorhänge bewegen.

Wenigstens konnte ich so auch mal zur Unterhaltung meiner Nachbarschaft beitragen.

Jeden Tag eine gute Tat – meine wäre dann hiermit für heute erledigt.

Zitternd, sowohl vor Nervosität als auch vor Kälte, sinke ich in das weiche Leder der Sitze im Fond.

Nach einer guten halben Stunde halten wir vor einem kleinen Restaurant, das von außen eher unscheinbar wirkt.

Im Inneren erwarten mich Wärme und jede Menge Kerzenschein. Wo man auch hinsieht: Überall stehen hier Kandelaber herum, auf denen Kerzen brennen und die den ganzen Raum in goldenes Licht tauchen. Im Hintergrund spielt leise Jazzmusik.

Ich werde von einer Dame in Empfang genommen, die ein knielanges Etuikleid trägt und mich, hinter ihrem kleinen Pult stehend, skeptisch mustert. Umgehend komme ich mir gar nicht mehr so elegant vor. Gegen die noble Schlichtheit ihres Kleides wirkt meins auf einmal irgendwie schäbig. Vermutlich hat es auch nur einen Bruchteil des ihren gekostet.

„Guten Abend. Kann ich Ihnen helfen?"

„June Denning. Ich bin hier mit Mr. Summers verabredet."

Gleich wird ihr Blick viel freundlicher und sie hat sogar ein Lächeln für mich übrig.

„Natürlich, Ms. Denning, wenn Sie mir bitte folgen würden?“

Die hohen Absätze meiner Schuhe stellen sich als echte Herausforderung dar, als ich unsicher hinter ihr hertapse. Da meine Beine vor Aufregung so furchtbar zittrig sind, wird die Umschreibung „mörderische Höhe“ plötzlich zu einem ganz neuen Begriff, denn ich bin mir gerade wirklich nicht sicher, ob ich es lebend bis zu dem Tisch schaffen werde, den die nun sehr freundliche Dame vom Empfang mir gerade zeigt. Der dicke Teppich, der jeden meiner Schritte dämpft und der mich bei jedem Schritt einsinken lässt, erhöht zusätzlich den Schwierigkeitsgrad. Ich bin umgeben von noch viel mehr Kerzen, weißen Tischdecken, dunklen Holzmöbeln und es gibt eine kleine Tanzfläche.

Dann sehe ich Thomas am Tisch sitzen und bleibe einfach stehen. Er sitzt am Tisch und liest in einem Buch, genau wie er es ständig gemacht hat, als er noch bei mir war. Als ich näher komme, schaut er auf einmal zu mir hoch, legt sein Buch zur Seite und steht auf, um mir die letzten Meter entgegenzukommen. Sein dunkler Anzug sitzt wie angegossen, zumindest die Teile davon, die er trägt. Das Jackett hängt über seiner Stuhllehne und das graue Hemd mit Nadelstreifen lässt das Spiel seiner Muskeln erkennen, während er langsam auf mich zukommt.

Mein Mund wird trocken und in meinem Magen scheint irgendetwas Kapriolen zu schlagen – aber nicht auf die angenehme Art. Es ist eher das Modell Elefant als das Modell Schmetterling, das da gerade in meinem Bauch herumtanzt.

Als Thomas bei mir ist, ergreift er meine Hände mit seinen und zieht mich ein bisschen näher zu sich heran, um mir einen Kuss auf die Wange zu hauchen. Ich merke, wie ich unwillkürlich die Augen schließe. Auch als er mir zuvorkommend beim Hinsetzen hilft und mich dabei wie zufällig berührt, habe ich das Gefühl, dass all die Stellen meines Körpers, die mit ihm in Kontakt gekommen sind, plötzlich zu kribbeln beginnen.

„Es ist schön, dass du meine Einladung angenommen hast.“ Er lächelt so strahlend und unbekümmert, als würden wir uns jeden Tag sehen, einfach so. „Übrigens siehst du absolut hinreißend aus, June“, setzt er dann noch hinzu. Um seine Augen herum bildet sich ein Netz aus winzigen, feinen Lachfältchen, wenn er lächelt.

„Danke, Thomas“, murmle ich, weil mir nichts Besseres einfällt.

„Sag doch bitte Tom. Thomas nennt mich eigentlich nur meine Mutter …“

Ich ärgere mich über ihn, ohne überhaupt wirklich zu wissen warum. Doch: Eigentlich weiß ich sogar genau warum. Ich ärgere mich, weil er sich wie ein Arsch verhalten hat, nachdem er sich bei mir von der Polizei hat abholen lassen. Weil er sich nicht ein Mal bei mir gemeldet, geschweige denn bedankt hat, und jetzt einfach so tut, als wäre es ein x-beliebiges Date, das wir hier haben.

Er berät mich bei der Essensauswahl, er bestellt einen Aperitif und Wein für uns, er betreibt Small Talk. Es fällt nicht ein Wort darüber, wie es ihm ergangen ist, seit er wieder zu Hause ist. Genauso wie nicht zur Sprache kommt, wie es ihm eigentlich bei mir ergangen ist oder gar, was da zwischen uns gewesen ist.

Vielleicht hat er ja immer noch Gedächtnislücken – dieses Mal wohl bewusst gewollte …

Mit viel Mühe kann ich mir ein sarkastisches Lächeln gerade noch so verkneifen, doch als er tatsächlich anfängt, über das *Wetter* zu reden, platzt mir schließlich der Kragen.

„Verdammt, was soll der Mist?" Ich fauche ihn an, obwohl ich den unfreundlichen Ton gar nicht beabsichtigt hatte. Nicht, dass er es nicht verdient hätte, aber ein bisschen cooler zu wirken, wäre mir dann doch lieber gewesen.

So cool wie Tom beispielsweise, der nur leicht amüsiert eine Augenbraue hochzieht. Die mit der Narbe. Er ist dabei so gelassen, dass ich ihn gerne verprügeln würde, um ihn zu irgendeiner Reaktion zu zwingen.

„Von welchem Mist sprichst du bitte?" Mit einer trägen Bewegung beugt er sich mir entgegen. Ich bin mir sicher, dass er genau weiß, wovon ich spreche, und einen kurzen Moment lang macht mich das so wütend, dass ich ernsthaft darüber nachdenke, ihm mein volles Weinglas in sein lächelndes Gesicht zu kippen.

„Hast du eigentlich Nachrichten gesehen, nachdem du bei mir … abgehauen bist? Ich konnte wochenlang mein Haus nicht betreten! Und dann dieser Kuss und dieses Date und … dein albernes Getue, als wäre nie etwas gewesen. Was, zum Henker SOLL DER GANZE MIST?“

„Tanz mit mir!“ Er unterbricht mich mitten im Satz und mitten in meiner Rage und ich schaue ihn, völlig aus dem Konzept gebracht, verwundert an.

„Tanz mit mir“, sagt er noch einmal. Diesmal ist seine Stimme sanfter, gleichzeitig dunkler und gefährlicher.

Die feinen Härchen in meinem Nacken stellen sich auf und wie ferngesteuert erhebe ich mich von meinem Stuhl. Meine Hand legt sich ohne mein bewusstes Zutun in die von Tom, während er schon neben meinem Stuhl steht und wartet. Ich bin so erstaunt, so überrumpelt, dass ich ihm einfach Folge leiste wie ein dummer, dressierter Hund. Und dann ist alles zu spät, denn nur einen kurzen Augenblick später finde ich mich an seinen festen, warmen Körper gedrückt wieder und ich muss mich zusammenreißen, um nicht die Augen zu schließen, meinen Kopf an seine Schulter sinken zu lassen und tief und ergeben zu seufzen. Ich habe mich nach diesem Mann so sehr gesehnt, dass ich ihn gerade einfach nicht wieder loslassen mag.

Darf ich dich daran erinnern, dass du diesen arroganten Mistkerl nie wieder sehen wolltest?

Mein Körper überhört die Ermahnungen meiner inneren Stimme und wird weich und geschmeidig, lässt sich von Tom führen, als hätte ich keinen eigenen Willen mehr. Beinahe meine ich, ihn überall gleichzeitig zu spüren. Als seine Hand, die vorher auf meinem Rücken geruht hat, ein Stück tiefer rutscht, fast schon unanständig tief, und kurz vor meinem Po zum Liegen kommt, bereue ich es einmal mehr, nicht etwas anderes angezogen zu haben. Einen schönen, dicken Schneeanzug vielleicht, denn durch den dünnen Stoff meines Kleides hindurch spüre ich die Wärme seiner Hand, die sich zu unglaublicher Hitze zu steigern scheint und sich erst in meinem Bauch und von dort aus zwischen meinen Beinen einnistet.

Ich versuche, mich auf irgendetwas anderes zu konzentrieren. Wie lautet noch mal die Quadratwurzel von 3136? Und die korrekte Reihenfolge der Außenminister nach dem Zweiten Weltkrieg?

Alles vergebens. Sosehr ich mich auch zu konzentrieren versuche, ich nehme trotzdem noch Toms Körper an meinem wahr, seine Hand über meinem Po … und … oh, diesen Duft! Er duftet nach einem teuren Aftershave und darunter nach sich selbst. Nach meinem Mr. Vergissmeinnicht und nach purem Sex.

Die Hitze in meiner Mitte nimmt zu, und als Tom mich bei der nächsten Drehung noch etwas enger an sich drückt, fühlt es sich an, als würde mein ganzer Körper plötzlich in Flammen stehen. Meine Brust ist eng gegen die seine gedrückt, ich kann seine Atmung spüren und seinen Herzschlag, beide sind deutlich beschleunigt.

Das kommt bestimmt vom Tanzen …

Und dann, bei der nächsten Drehung, als sein Griff *noch* ein bisschen enger wird, da spüre ich etwas, hart und groß an meinem Bauch, das unmöglich einfach nur vom Tanzen kommen kann.

Es ist seine Erektion, die sich da gegen mich drückt. Die Erkenntnis, dass er offensichtlich gerade genauso scharf auf mich ist, wie ich es auf ihn bin, sorgt dafür, dass ich leise aufkeuche und den Kopf zurücklege. Tom bemerkt die Veränderung in mir sofort. Meinen Hals, den ich einer Einladung gleich entblößt habe, als ich den Kopf habe zurückfallen lassen, bedenkt Tom nun mit einem Kuss, von dem ich mir sicher bin, dass er in einigen Staaten bestimmt verboten sein muss.

Ich sollte damit aufhören. Einfach von hier verschwinden.

Halbherzig versuche ich ihn von mir wegzuschieben, was mir aber nicht gelingt, da ich mich gleichzeitig an ihn presse, ganz eindeutig will mein Körper andere Dinge als mein Verstand. Als Tom mir schließlich in die Augen sieht, ist sein Blick dunkel und verhangen.

„June …“ Seine Stimme ist rau, aber im Gegensatz zu mir ist er wenigstens noch dazu in der Lage, überhaupt ein klar verständliches Wort zu formulieren. Ich versuche ihm irgendwie zu antworten, aber meine Stimme versagt völlig und alles, was ich zustande bringe, ist ein leises Stöhnen, als seine Lippen auf meine treffen. Fest und fordernd küsst er mich, während ich mich an seinen Schultern festklammere, um nicht den Halt zu verlieren.

Vermutlich werden wir gerade von allen Seiten angestarrt und vermutlich wird der ein oder andere denken, dass ich irgendein geldgeiles Flittchen bin, das sich hier schamlos einem reichen Typen an den Hals wirft. Ich bin mir sogar ziemlich sicher, dass das so ist.

Trotzdem ist es mir gerade egal. Mir ist im Augenblick nämlich so ziemlich alles egal, solange Tom nur nicht mit dem aufhört, was er da gerade tut. Ich habe mich so lange nach ihm gesehnt, dass ich ihn jetzt haben will. Koste es, was es wolle.

Und er hört nicht auf. Er küsst mich, küsst mich weiter, während das Blut in meinen Ohren rauscht und nur noch von meinem laut schlagenden Herzen übertönt wird. Tom bugsiert mich irgendwie nach draußen und in seine Limousine, die mysteriöserweise auf ihn gewartet haben muss. So wirklich bewusst wird mir das alles erst, als ich mich auf der Rückbank seines Wagens wiederfinde, der sich gerade in Bewegung setzt.

+++

June!

Sie liegt unter ihm, warm, weich und schwer atmend.

Seine June.

Toms Gedanken und Gefühle überschlagen sich nahezu.

Bis sie ihr Becken erwartungsvoll gegen seines kreisen lässt und dieses leise, stöhnende Geräusch von sich gibt und ihm dabei direkt in die Augen schaut. In diesem Moment verabschieden sich alle Gedanken aus seinem Kopf, weil sein Körper andere Stellen mit Blut versorgen muss. Alles löst sich in einer Welle aus Gefühlen auf, als er sie wieder küsst. Und wieder. Und dann noch einmal.

+++

Irgendwo in einem kleinen, verborgenen Winkel meines Gehirns ist mir klar, dass ich mich wie eine notgeile Schlampe aufführe. Ändern will ich es in diesem Moment trotzdem nicht. Ich reibe mein Becken an seinem, um der pulsierenden Nässe zwischen meinen Beinen mehr von dem zu geben, was sie will. Als er meinem Verlangen entgegenkommt, indem er seine Erektion fester gegen mich presst, stöhne ich laut und hemmungslos auf. Ich ziehe ihn näher an mich heran, will ihn spüren und zwar am besten überall gleichzeitig. Meine Hände krallen sich in seinem Haar fest. Ich bin ungeduldig. Ich bin gierig. Nach seinen Küssen, seinem Geruch, nach seiner Nähe, nach ihm. Meine Gedanken drehen sich nur noch einzig und allein darum, wie sich seine Haut wohl auf meiner anfühlen mag, ohne die störenden Schichten von Kleidung zwischen uns. Und, verdammt, ich will wissen, wie er sich in mir anfühlt!

Als könne er meine Gedanken lesen – oder vielleicht ist auch einfach nur mein Verhalten mehr als eindeutig –, beginnt Tom mein Kleid nach oben zu schieben. Seine Hände erkunden meine Waden und dann meine Knie, alles quälend langsam. Ich will es nicht langsam, sondern schnell, jetzt und sofort, aber ich bin nicht mehr dazu in der Lage, auch nur ein einziges, sinnvolles Wort zu artikulieren. Toms Hände erreichen meine Oberschenkel, während er sündige Küsse auf meinem Hals und meinen Schlüsselbeinen verteilt; ich bin mir fast sicher, jeden Moment den Verstand verlieren zu müssen.

Und dann … dann bremst seine Limousine so heftig ab, dass ich unsanft mit meinem Kopf gegen die Tür knalle. Ich höre ein lautes Hupen, gefolgt von einem Moment der Ruhe, dann setzt sich der Wagen wieder in Bewegung, so als wäre nichts gewesen.

Trotzdem reicht es aus. In mir geschieht etwas, das sich anfühlt, als würde ich aus einem Traum aufwachen, schlagartig wieder nüchtern werden, oder so etwas in der Art.

Was, verdammt noch mal, treibe ich hier eigentlich?!

Energisch schiebe ich Tom von mir weg und ziehe mein Kleid an meinen Beinen herunter.

„Sag deinem Fahrer, er soll anhalten. Sofort." Meine Stimme klingt rau und ist viel zu leise. Ich beobachte, wie Tom sich langsam aufsetzt, und begegne seinem ungläubigen Blick.

„Sag ihm, er soll anhalten!", wiederhole ich, dieses Mal lauter. Plötzlich habe ich das Gefühl, es keine Sekunde länger mehr mit diesem Mann auf so engem Raum zusammen aushalten zu können. Er hat nichts dagegen unternommen, dass ich in aller Öffentlichkeit erniedrigt werde, und hat dann nichts Besseres zu tun, als meine Schwäche für ihn bei nächster Gelegenheit auszunutzen. Ich bin wütend. Auf Tom, auf mein beschissenes Leben, und am meisten auf mich selbst.

„June …“ Toms Hand legt sich auf meinen Arm, doch ich schüttle ihn ab.

„Anhalten! Sofort!“

Ich will hier raus und zwar so schnell wie möglich. Ich habe das Gefühl, jeden Moment ersticken zu müssen.

+++

Er schaut ihr nach, während sie aus dem Auto stolpert, und muss den Drang niederkämpfen, ihr hinterherzurennen.

Er hat Mist gebaut – das ist ihm selbst klar.

Er hätte sich bei ihr melden müssen.

Statt zu versuchen, sie zu vergessen, weil er der Meinung war, es wäre zu kompliziert, sie in sein Leben zu lassen.

Ohnehin hat sie sich als verdammt hartnäckig erwiesen, sich in seinem Kopf festgesetzt, und ist immer wieder in seinen Gedanken aufgetaucht, in allen möglichen und unmöglichen Situationen.

Spätestens, als er sie gestern wiedergesehen hat, war ihm endgültig klar, dass sie sich nicht einfach so würde vergessen lassen.

Er hat wirklich Blödsinn gebaut. Ganz großen Blödsinn.

Er hätte mit ihr reden sollen, statt zu versuchen, sie zu

verführen. Eigentlich müsste er sie gut genug kennen, um zu ahnen, dass das nicht funktionieren wird.

Aber wie soll man jemandem etwas erklären, was man selbst nicht richtig versteht? Wie ein Verhalten vor einem anderen rechtfertigen, das man nicht einmal vor sich selbst rechtfertigen kann?

Fuck!

Fluchend reibt er sich sein Brustbein, hinter dem sich ein dumpfer Schmerz auszubreiten scheint.

Na dann, Kumpel, wirst du wohl um sie kämpfen müssen!

Doof nur, dass er keine Ahnung hat, wie man das eigentlich anstellt, um eine Frau zu kämpfen.

+++

Kapitel 17

Die Nacht wird lang und schlaflos. Ruhelos wälze ich mich in meinem Bett hin und her, und ärgere mich. Wie kann man nur so dumm sein?

Ich habe schließlich von Anfang an gewusst, dass Tom und ich nicht zusammenpassen. Und ich habe auch von Anfang an gewusst, dass mir nur ein einziges Mittel dagegen helfen wird, seinetwegen an jahrelangem Liebeskummer zu leiden: Mich schlicht und einfach von ihm fernzuhalten.

Nicht sonderlich kompliziert, sollte man meinen, keine große Schwierigkeit. Vor allem dann nicht, wenn man im Alltag keine Überschneidungspunkte hat, es keine Orte gibt, an denen man sich aus Versehen über den Weg laufen könnte. Von dem Kellnerjob mal abgesehen, aber den könnte ich ja einfach so aufgeben. Ich hätte lediglich inaktiv bleiben müssen, als er mich sehen wollte. Einfach Nein sagen und mit meinem Hintern zu Hause bleiben. Auf meinem Sofa sitzen, statt mich aufzubrezeln. So wie an zig anderen Abenden auch. Ich kann das. Ich weiß, dass ich das kann. Auf dem Sofa sitzen zu bleiben ist schließlich nichts, für das man einen universitären Abschluss brauchen würde, ich habe das schon oft gemacht.

Aber obwohl ich genau wusste, dass es ein Fehler sein würde, habe ich mich trotzdem auf das dämliche Date mit

Tom eingelassen. Man kann mir nicht mal zugutehalten, dass ich es nicht besser gewusst hätte. Ich bin sozusagen sehenden Auges in mein eigenes Unglück gerannt.

Das hat man eben davon, wenn man dumm ist. Man muss leiden.

Über mich selbst verärgert, stehe ich mit Schwung aus meinem Bett auf und gehe in die Küche. Ich suche im Gefrierschrank nach einer Flasche Wodka und nachdem ich fündig geworden bin, gieße ich mir ein halbes Glas davon ein. Draußen scheint der Vollmond so hell, dass ich es fast schon als störend empfinde. In silbriges Licht getaucht, wirkt die Welt vor meinem Küchenfenster kalt und ein wenig bizarr, unfreundlich und unwirklich.

Der erste Schluck Wodka ist eiskalt in meinem Mund, dann rinnt er brennend meine Kehle hinunter und breitet sich heiß in meinem Bauch aus. Ich schüttle mich, es ist eine billige Sorte und er schmeckt pur scheußlich. Dann nehme ich gleich noch einen zweiten Schluck. Und einen dritten. Der Alkohol sorgt dafür, dass sich mein Bauch dumpf und warm anfühlt, was ich gerade irgendwie als angenehm empfinde. Lieber wäre es mir allerdings, wenn sich mein Kopf ebenso anfühlen würde.

Beim nächsten Schluck werden meine Gedanken durch eine Bewegung draußen abgelenkt. Irgendwer drückt sich an der Hauswand gegenüber herum. Ich beuge mich ein Stück vor, um besser sehen zu können, was genau dort vor sich geht und brauche nicht lange, bis ich Rosie erkenne, die sich, vom Licht des Vollmonds sanft beleuchtet, gerade übergibt und dabei auf ihre eigenen Füße kotzt. Angewidert und entschlossen kippe ich meinen Wodka in den Ausguss. Dann starre ich weiter nach draußen und beobachte Rosie, wie sie sich langsam wieder aufrichtet und in Richtung ihres Hauses torkelt. Zweimal fällt sie beinahe hin und in mir regt sich mein schlechtes Gewissen. Eigentlich sollte ich rausgehen und ihr helfen. Aber da sie inzwischen ihre Eingangstür erreicht hat, hat sich das jetzt auch erledigt.

Was man wohl erlebt haben muss, um so zu enden? Oder reichen da einfach ein paar dumme Zufälle in Kombination mit Perspektivlosigkeit aus?

Das Schlimmste ist: Ich fühle mich heute Nacht genauso elend, wie Rosie aussieht. Manchmal ist man dem Abgrund viel näher, als man es wahrhaben möchte.

Kapitel 18

Der nächste Morgen ist alles andere als angenehm. Mein Kopf dröhnt, als hätte ich die halbe Flasche Wodka getrunken und nicht nur wenige Schlucke davon, und ich fühle mich völlig ausgelaugt. Außerdem bin ich traurig und fühle mich einsam. Auch wenn ich das nicht wahrhaben möchte.

Zum Frühstück gibt es eine Kopfschmerztablette, mehr bekomme ich nicht herunter. Anschließend räume ich auf. Nicht, dass es viel aufzuräumen gäbe, hier ist ja kaum Platz, um etwas in Unordnung zu bringen, aber der Vorgang des Ordnungschaffens hilft mir manchmal dabei, auch meine Gedanken zu ordnen.

Heute hilft jedoch leider alles nichts. Alle Gefühle, alle Gedanken bleiben in Aufruhr, mein Kopf fühlt sich an, als würde eine Rugbymannschaft auf Speed darin randalieren. Über mein Herz will ich lieber gar nicht nachdenken.

Nach einer halben Stunde gebe ich auf. Zum einen ist alles aufgeräumt und wenn ich jetzt weitermachen würde, würde ich mir eingestehen müssen, dass ich Liebeskummer habe. Ernsthaften Liebeskummer. Zum anderen hilft es eh nicht. Es geht mir beschissen. Was genau genommen noch hoffnungslos untertrieben ist.

Ich lege mich auf mein abgenutztes Sofa, wickle mich in Grannys alte Patchworkdecke und starre an die Decke, die eindeutig mal wieder einen neuen Anstrich bräuchte. Ich betrachte die kleinen Flecken und Unebenheiten in dem einst strahlenden Weiß, bis ich das Gefühl habe, dort überall kleine Augen zu sehen, die zurückstarren.

Ganz toll, June. Jetzt wirst du endgültig irre.

Seufzend drehe ich mich auf die Seite, kneife die Augen fest zusammen und ziehe die Knie fast bis an die Brust hoch. In dieser Position bleibe ich so lange liegen, bis Miz Mary auf mich springt und mich schnurrend mit beiden Vorderpfoten rhythmisch zu bearbeiten beginnt.

Gezwungenermaßen mache ich also meine Augen wieder auf und streichle der Katze über den Kopf, woraufhin sie selbigen zufrieden schnurrend fester in meine Hand schiebt und mich mit ihrem einen Auge erwartungsvoll ansieht.

„Hast du Hunger, kleine Miezekatze?“ Das sind die ersten Worte, die ich heute spreche und ich klinge noch ein wenig heiser. Mary scheint das nicht zu stören und statt einer Antwort läuft sie in Richtung Küche und maunzt erwartungsfroh. Also quäle ich mich vom Sofa hoch, um ihr etwas zu fressen zu geben.

Nachdem ich den Futternapf auf die alten Holzdielen gestellt habe und Miz Mary nun zufrieden frisst, gehe ich an die Spüle und gieße mir ein Glas Wasser ein. Als ich gerade den ersten Schluck trinken will, fällt mein Blick aus dem Fenster und ich bekomme einen heftigen Hustenanfall. Direkt vor meinem Haus hält ein Auto. An sich ist das ja nichts Ungewöhnliches, aber der Wagen, der dort hält, ist keine alte Karre, die eigentlich auf den Schrott gehören würde, sondern eine schwarze Limousine mit ganz viel poliertem Chrom von irgendeinem Hersteller, der so teure Wagen produziert, dass ich ihn nicht einmal namentlich kenne. Obwohl ich weiß, wer in diesem Auto sitzt, lasse ich vor lauter Schreck mein Glas fallen, als ich sehe, wie Tom gemächlich aussteigt. Mit der Selbstsicherheit eines Menschen, dem im Leben fast immer alles gelungen ist, bewegt er sich in Richtung meiner Haustür.

Und ich? Ich ergreife die Flucht. Wie ein feiger Hund verkrieche ich mich, so schnell ich nur kann. Bevor mir überhaupt bewusst wird, was ich da eigentlich tue, finde ich mich schon in meinem Schlafzimmer wieder, versteckt hinter dem langen Vorhang, fluchend und mit einer Glasscherbe in meinem nackten Fuß.

Scheiße.

Um nicht alles vollzubluten, ziehe ich hektisch ein altes T-Shirt aus einer Schublade hervor, entferne, noch lauter fluchend und mit zusammengebissenen Zähnen, die Scherbe, wickle das Shirt um meinen geschundenen Fuß und postiere mich dann vorsichtig seitlich des Fensters, sodass ich zwar beobachten kann, was draußen vor sich geht, aber selbst nicht gesehen werden kann.

Kaum dass ich meinen Spionageplatz bezogen habe, klingelt Tom auch schon an der Tür. Obwohl ich damit hätte rechnen müssen, zucke ich trotzdem zusammen, als das Geräusch der Klingel die Stille meines Hauses durchbricht.

Ich kann sehen, wie er vor meiner Haustür steht. Er trägt eine dunkle Stoffhose und ein Hemd ohne Jackett, obwohl es draußen immer noch recht frisch ist. In einer Hand hält er ein längliches Paket und er steht da, als wäre er die Gelassenheit in Person. Zumindest glaube ich das. Bis mir etwas auffällt: Der Daumen seiner rechten Hand reibt über die Innenseite der restlichen Finger. Vom kleinen Finger bis zum Zeigefinger, immer und immer wieder.

Er ist nervös!

Diese Erkenntnis erfüllt mich mit unbändiger Freude, kann mich aber trotzdem nicht dazu bewegen, die Tür zu öffnen. Auch beim dritten Mal Klingeln nicht. Schon aus Prinzip nicht. Wenn ich beim ersten und zweiten Mal nicht reagiert habe, warum sollte ich beim dritten Mal? Tom scheint da irgendwie anders zu denken, denn er versucht es auch ein viertes, fünftes und sechstes Mal. Dann erst stellt er das kleine Paket vor meiner Tür ab, dreht sich um und geht weg.

Jetzt wirkt er nicht mehr ganz so, als würde ihm immer alles gelingen. Er wirkt beinahe ein bisschen frustriert. Oder niedergeschlagen. Vielleicht auch beides.

Wahrscheinlich bin ich ein schlechter Mensch, weil ich so schadenfroh bin, aber in diesem Moment gönne ich ihm das von Herzen.

Kapitel 19

Keine zehn Minuten nachdem Tom wieder weg ist, steht Lauren vor der Tür. Dass ihre Manieren weniger gut sind, als die von Tom, kommt ihr nun zugute. Sie klingelt dreimal kurz hintereinander und kommt dann einfach herein, es war gar nicht abgeschlossen. In den Händen hält sie das Paket, das Tom vor meiner Tür deponiert hatte.

„Ich frage mich, wofür die Oberschichtjungs wohl so teure Schulen und noch teurere Unis besuchen, wenn sie hinterher sogar zu blöd sind, eine simple Tür zu öffnen. Was lernen die da wohl? Zehn verschiedene Arten, sich einen Schlips zu binden und überheblich auszusehen?“ Sie lässt sich neben mich aufs Sofa fallen, wirft mir das Paket auf den Schoß und kaut ein bisschen heftiger auf ihrem Kaugummi herum. „Du solltest so etwas nicht einfach vor der Tür stehen lassen. Du weißt doch, dass hier alles verschwindet, das nicht bewacht wird oder niet- und nagelfest ist. Leichtsinnig genug, dass du nie die Tür abschließt.“ Ihr dunkelblau lackierter Fingernagel fuchtelt in der Luft herum, bevor er vorwurfsvoll auf das kleine Päckchen deutet.

„Mir egal. Ich will weder wissen, was da drin ist, noch will ich es haben. Es ist von Tom!“ Ich werfe das Päckchen zurück zu Lauren.

„Mir ist es nicht egal. Ich will wissen, was da drin ist.“

Ohne auch nur einen Moment zu zögern, öffnet sie die graue, seidig aussehende Schleife und wickelt das cremefarbene Papier ab. „Blumen." Fast klingt sie ein bisschen enttäuscht, so als hätte sie einen Verlobungsring erwartet. Oder vielleicht die abgeschnittenen Köpfe meiner Feinde in Formaldehyd – bei Lauren kann man das nie so genau wissen. „Oh, aber das hier sieht interessant aus." Sofort klingt sie viel versöhnlicher und hebt etwas in einer schwarzen Pappverpackung hoch, die sie anschließend öffnet. „Oh là là, na sieh mal einer an! Das ist ein Handy, June. Ein ziemlich cooles noch dazu."

Ich will gar nicht wissen, was es ist. Trotzdem werfe ich einen kurzen Blick auf das kleine, weiße Gerät, das sie gerade in der Hand hält. Aber wirklich nur einen ganz kurzen. Meine Hand zuckt, um danach zu greifen, aber ich widerstehe.

„Schmeiß es weg." Zu meinem großen Stolz klinge ich ganz ernst und ruhig, als ich das sage.

„Bist du irre?" Im Gegensatz zu meiner Stimme überschlägt sich Laurens beinahe. „Weißt du, was so ein Ding ungefähr kostet? Das kannst du doch nicht wegschmeißen!"

Tatsächlich habe ich keine Ahnung, was das kleine Teil wert sein mag, und ich will es auch gar nicht wissen. Oder vielleicht doch, aber das gebe ich lieber nicht zu.

„Dann nimm du es. Ich schenke es dir."

„Du hast wirklich einen absoluten Dachschaden, meine

Liebe!“ Kopfschüttelnd betrachtet sie mich und ich muss über ihren fassungslosen Blick lachen.

„Das erstaunt dich jetzt? Das weißt du doch schon lange.“

„Auch wieder wahr.“ Sie grinst ein bisschen schief und steht dann auf, nimmt die Blumen mit und stellt sie in meiner Küche in eine Vase. Sie schneidet die Mistdinger sogar vorher frisch an, vermutlich, weil sie genau weiß, dass ich sie nicht wegwerfen werde, wenn sie sich so viel Mühe damit gegeben hat. Es ist ein Strauß Vergissmeinnicht. Ein schlichter, kleiner Strauß Vergissmeinnicht und das ist – ich muss es leider zugeben – eindeutig der schönste Blumenstrauß, den ich jemals bekommen habe.

Das könnte daran liegen, dass dies die einzigen Blumen sind, die du in deinem Leben je bekommen hast.

Ja, das auch. Aber schön sind sie trotzdem.

Bevor Lauren geht, versorgt sie meinen Fuß noch mit ein bisschen Jodlösung und einem Pflaster. Sie steht schon im Türrahmen, als sie sich noch einmal umdreht, um mich dann nachdenklich zu betrachten.

„Du kannst dir vielleicht selbst einreden, dass dich das alles kaltlässt, June. Aber ich kenne dich gut genug, um zu wissen, dass es nicht so ist. Wer nicht wagt, der nicht gewinnt! Oder bist du seit Neuestem ein Feigling?“

Ich sehe sie schweigend an und sage nichts.

„June …“ Lauren seufzt schwer. „Weißt du, manchmal

sitze ich da und frage mich: Was werde ich mal erzählen können, wenn ich alt bin? Was kann ich meinen Enkelkindern erzählen?“ Sie dreht sich komplett zu mir herum und auch die vielen Schichten von Lidschatten und Mascara können in diesem Moment nicht über die Intelligenz in ihren schönen, grünen Augen hinwegtäuschen. „Zwischen all dem ‚wenn nur …, dann hätte ich‘ in unserem Leben, da vergessen wir manchmal, dass wir voraussichtlich nur dieses eine Leben haben. Wenn man später mal sagt: Ich habe mich darauf eingelassen und es war ein Fehler – dann ist das die eine Sache. Es ist eine Erkenntnis, die man gewonnen hat. Aber sagen zu müssen: Ich habe Hunderte von Gelegenheiten vertan zu leben – einfach nur deswegen, weil ich zu feige war und aus lauter Vorsicht habe ich völlig verpasst zu leben … Das ist etwas, wofür ich mich schämen würde. Denk mal darüber nach. Du bist doch sonst so sparsam und gegen jegliche Verschwendung. Dabei bist du selbst momentan fleißig dabei, das Wertvollste zu verschwenden, was du hast: nämlich dein Leben.“

Einen kurzen Moment lang betrachtet sie mich noch nachdenklich, dann fängt sie wieder an, ihren Kaugummi zu bearbeiten, wirft mir, nun wieder gut gelaunt, eine Kusshand zu und verschwindet genauso ungebeten wieder, wie sie erschienen ist.

Mir wäre es lieber gewesen, sie wäre noch geblieben und hätte mich ein bisschen abgelenkt, selbst wenn das durch weitere Vorträge gewesen wäre. So sitze ich hier, wieder mit mir selbst allein gelassen, und fühle mich elend. Über Laurens Worte will ich lieber gar nicht genauer nachdenken – ich befürchte nämlich, dass sie recht haben könnte.

Ich reibe meine brennenden Augen und stehe dann humpelnd vom Sofa auf. Wenigstens habe ich jetzt wieder etwas aufzuräumen. Das Geschenkpapier sieht so edel aus, dass es eigentlich zu schade ist, um einfach so im Müll zu landen. Trotzdem werfe ich es weg. Auf dem Weg zurück zu meinem Sofa sehe ich eine kleine Karte auf dem Fußboden liegen. Sie ist kaum größer als eine Visitenkarte, aber man kann sie aufklappen – was ich tue, um es gleich darauf wieder zu bereuen. Ich blicke auf eine energische, schwungvolle und eigenwillige Handschrift, die, ich würde jede Wette eingehen, zu Tom gehört.

June,
damit Du mich anrufen kannst,
wenn Du mich brauchst.
Oder wenn es regnet.
Damit ich wieder im Regen
mit Dir tanzen kann.
Tom

Mit der Karte in der Hand lege ich mich zurück aufs Sofa. Ich muss zugeben, dass ich gerührt wäre, dass ich mich freuen würde, wenn ich nicht so sauer auf ihn wäre, und wenn ich nicht schon längst erkannt hätte, dass das mit ihm und mir niemals etwas werden kann.

Und trotzdem drücke ich die verdammte Karte an mich wie ein verliebter Teenager und fange an zu lächeln.

Kapitel 20

Fast mein ganzes Leben lang habe ich mich auf den Freitag gefreut. Genauer gesagt auf den Feierabend am Freitag. Den Moment, an dem man ein Gebäude verlässt, tief durchatmet und weiß: Jetzt ist endlich Wochenende und man kann wenigstens zwei Tage lang alles in seinem eigenen Rhythmus machen. Und vor allem: Man kann mehr oder weniger machen, was man will. Man hat Zeit. Sogar Nichtstun.

Und jetzt? Jetzt sitze ich hier und betrachte das Pflaster an meiner Fußsohle, auf dem sich ein kleiner roter Fleck gebildet hat, der sich langsam bräunlich verfärbt. Es ist erstaunlich, wie lange es dauert, bis Blut trocknet und sich verfärbt. Ich weiß das ganz genau, weil ich mich nämlich seit über einer Stunde damit beschäftige, dieses Phänomen zu beobachten. Und dabei wünsche ich mir sehnlichst, dass schon wieder Montag und obendrein bei der Arbeit die Hölle los wäre. Es soll so viel zu tun sein, dass ich keine Sekunde dazu komme, mich hinzusetzen, auszuruhen oder gar dazu, nachzudenken.

Wenn doch nur jetzt schon morgen wäre …

Ich habe keine Ahnung, wie ich es schaffe, den Tag rumzubringen, aber irgendwann ist endlich Abend und ich kann schlafen gehen – wenn ich denn schlafen könnte. Den größten Teil der Nacht liege ich wach im Bett und wenn es mir zwischendurch doch gelingt einzuschlafen, dann träume ich von Sex mit Tom.

Trotzdem bin ich hochzufrieden, als es Zeit zum Aufstehen ist – einfach deshalb, weil Zeit zum Aufstehen ist. Und als endlich Zeit zum Arbeiten ist, bin ich noch viel zufriedener.

Manchmal im Leben hat man wirklich Glück – bei der Arbeit ist so viel los wie schon lange nicht mehr. Und so beruhige ich aufgebrachte Mandanten, die der Meinung sind, zu lange warten zu müssen, bekomme das Telefon kaum vom Ohr und den Stift kaum aus der Hand, sortiere ganze Berge von Akten und verpasse sogar meine Mittagspause.

Gegen Feierabend bin ich so müde, dass ich auf den wenigen Metern zu meinem Auto fünfmal gähnen muss. Aber ich bin pervers genug, mich über diesen Zustand der totalen Erschöpfung zu freuen. Es ist genau das, was ich wollte. Gerade fühle ich mich tatsächlich so müde, dass ich heute Nacht eventuell wirklich ein paar Stunden Schlaf finden könnte, vielleicht sogar ohne dass Tom mich dabei in meinen Träumen besucht.

Aus meinen Plänen, nach einer heißen Dusche sofort ins Bett zu gehen, wird allerdings nichts, denn vor meiner Tür wartet Besuch.

Mit verschränkten Armen und Kaugummi kauend wie immer sitzt Lauren auf den zwei Stufen vor meinem Haus und sieht mich mit hochgezogenen Augenbrauen an.

„Hi, Lauren!" Es gab durchaus schon Momente, in denen ich mich mehr gefreut habe, sie zu sehen, und sie erkennt das sofort.

„Ich störe nicht lange", bemerkt sie mit einem schelmischen Grinsen, während sie aufsteht und mir ins Haus folgt. „Ich wollte dir nur dein Handy zurückgeben."

Skeptisch drehe ich mich zu ihr um. Sie ist in zu ärmlichen Verhältnissen aufgewachsen, um solche Geschenke einfach so zurückzugeben. Das soll nicht bedeuten, dass sie ein schlechter und gieriger Mensch ist – ganz im Gegenteil. Aber wenn man sein Leben lang nie genug hatte und jeden Penny zweimal umdrehen musste, dann überlegt man es sich einfach doppelt und dreifach, ob man zu solchen Dingen wirklich Nein sagt, ob man sich das wirklich leisten kann. Die Sache muss einen Haken haben.

„Stimmt etwas nicht mit dem Handy?"

„Es kommen Kurznachrichten. Mindestens im Stundentakt! Manchmal auch fast minütlich."

„Vielleicht hättest du nicht jedem deiner zahlreichen Verehrer deine neue Nummer geben sollen."

„Ich habe die Nummer noch überhaupt niemandem gegeben." Mit schief gelegtem Kopf sieht sie mich so an, als ob mir deswegen irgendein Licht aufgehen müsste. Aber ich tappe in völliger Dunkelheit. Weil ich anscheinend genauso dumm schaue, wie ich mich gerade fühle, verdreht Lauren schließlich genervt die Augen.

„Die Nachrichten kommen allesamt von Tom. Nach der zehnten habe ich es aufgegeben, sie zu lesen. Sein Gesäusel ist so süß, dass ich Zahnschmerzen davon bekomme.“ Sie streckt mir das Handy hin und als ich es nicht nehme, wird sie ärgerlich.

„Seit wann bist du eigentlich so verbohrt, June? Jeder Mensch macht mal Fehler. Manche kann man verzeihen, andere nicht. Letztendlich bleibt das ganz dir überlassen. Aber meinst du nicht, du solltest dir wenigstens mal anhören, was Tom dazu zu sagen hat? Ich finde, das zumindest hat er verdient. Was ist denn nur los mit dir?“ Mit einer energischen Geste legt sie das Handy auf meinen Couchtisch und verlässt dann grußlos mein Haus.

Ich seufze tief. Denn irgendwie … hat sie ja recht. Wie aufs Stichwort vibriert in diesem Moment Toms, äh, *mein* Handy auf dem Tisch. Ich beäuge es kritisch und nähere mich ihm, um es dann doch nicht anzufassen. Stattdessen gehe ich in die Küche und koche mir einen Tee. Aber auch als dieser fertig ist, liegt der kleine weiße Kasten noch immer auf meinem Tisch – und vibriert schon wieder.

Ohne das Handy aus den Augen zu lassen, setze ich mich mit dem Tee in der Hand aufs Sofa und verfluche Lauren stumm dafür, dass sie das Ding nicht trotzdem behalten hat, Tom, weil er es mir geschenkt hat, und mich selbst, weil ich mich einfach nicht entscheiden kann, was ich denn nur will.

Dabei halte ich Unentschlossenheit doch für eine der schlimmsten Charakterschwächen überhaupt.

Als das blöde Teil zum dritten Mal binnen weniger Minuten vibriert, halte ich es nicht mehr aus. Wie von selbst wandert es in meine Hand und ich brauche nicht lange, bis ich dahintergekommen bin, wie man es entsperrt und die ungeöffneten Nachrichten aufruft.

June,
ich denke an Dich.
Seit ich Dich kenne,
denke ich nur noch an Dich.

Dann öffne ich die nächste Nachricht:

Es regnet.
Ich glaube, ich werde nie
wieder Regen sehen können,
ohne an unseren Kuss zu denken.

Mit zittrigen Fingern öffne ich auch noch die letzte:

Du bringst mich um den Verstand.
Ich habe das Gefühl, Dich überall

zu sehen, überall zu hören, zu riechen.
Und ich könnte schwören, dass sogar mein
Essen nach Dir schmeckt.

Ich komme mir albern dabei vor, aber ich presse das Handy mit beiden Händen fest an meine Brust. Es muss noch ein paar Mal vibriert haben, aber das bemerke ich erst am nächsten Morgen, als ich die eingegangenen Nachrichten sehe. Ich bin nämlich eingeschlafen, mit dem Handy im Arm, als wäre es ein Teddybär, auf meinem Sofa. Tief und traumlos.

Kurz mache ich mir Gedanken darüber, ob es wohl schlecht fürs Herz sein könnte, wenn man das Handy die ganze Nacht dicht davor presst. Wegen der Strahlung und so. Obgleich ich schnell einsehen muss, dass so ein bisschen Strahlung das geringste Problem ist, das mein armes Herz gerade hat.

Ich fühle mich erstaunlich gut und ausgeruht, als ich am nächsten Morgen zur Arbeit fahre. Obwohl ich es nicht wollte, habe ich immer mal wieder heimlich nachgesehen, ob ich neue Nachrichten bekommen habe. Ich wurde nie enttäuscht. Tom schreibt mir manchmal sogar mehrmals in der Stunde. Keine Ahnung, ob er irgendwie erkennen kann, ob ich das alles lese oder nicht.

Zu Hause nehme ich das Handy mit ins Bad, als ich duschen gehe, und mit aufs Sofa, als ich den Fernseher anschalte. Ich nehme es mit in die Küche, als ich mir einen Tee koche, und zwinge mich dazu, es wenigstens liegen zu lassen, als ich zur Toilette muss. Doch als ich zurückkomme, brummt es schon wieder.

June. Ich sitze schon wieder
im Auto. Immer, wenn ich im Auto sitze,
denke ich an Dich. An Deinen warmen
Körper und … Ach June, ich habe
es wirklich verbockt, oder?
Es tut mir leid. Dass ich mich nicht mehr
gemeldet habe und auch, dass ich
bei unserem Date so getan habe, als wäre
nichts gewesen. Aber weißt Du was?

Ich habe keinen unserer Küsse
bereut. Nicht einen einzigen.

Ohne es wirklich zu wollen, tippe ich auf „Antworten".

Du solltest dich lieber aufs Fahren
konzentrieren, statt mir zu schreiben.
Das ist verboten, wenn man
hinterm Steuer sitzt.

Seine Antwort folgt so unmittelbar, dass ich fast einen Schrecken bekomme.

Ich schreibe an jeder
roten Ampel, an der
ich stehe. Und auf
jedem Parkplatz.

Früher konnte ich rote Ampeln nie leiden. Komisch, wie schnell sich solcherlei Einstellungen ändern können …

Den ganzen nächsten Tag schreibt er mir weiterhin SMS. Ich kann mich kaum auf meine Arbeit konzentrieren, weil ich ständig auf mein Handy schaue, um zu kontrollieren, ob er mir vielleicht schon wieder eine neue Nachricht geschickt hat.

Irgendwann muss ich mich regelrecht dazu zwingen, das Handy in meiner Handtasche zu verstauen und dort zu lassen, damit ich überhaupt noch dazu komme, wenigstens ein bisschen zu arbeiten.

Seit letzter Woche hat meine Chefin einen zweiten Anwalt mit in der Kanzlei. Sie ist schwanger und will weniger arbeiten, schon jetzt hat sie ihre Stunden deutlich reduziert und geht bereits mittags nach Hause, weil ihr der Arzt gesagt hat, sie müsse sich dringend ein bisschen schonen.

Ich kann meinen neuen Chef nicht leiden.

Ich kann das gar nicht mal begründen. Manche Leute sind einem einfach auf Anhieb unsympathisch und er gehört ganz eindeutig in diese Kategorie Mensch, auch wenn mir das leidtut.

Ich schätze, dass er auf viele Frauen attraktiv wirken dürfte, aber mir ist er einfach zu sehr von sich selbst überzeugt. Selbstsicherheit ist ja etwas Schönes, aber wenn sie in Selbstverliebtheit abdriftet, ist das etwas, das ich kaum ertragen kann, ohne permanent den Drang zu verspüren, heimlich die Augen zu verdrehen.

Ich muss zugeben, dass ich nicht mehr ganz so gerne zur Arbeit gehe, seitdem der neue Chef da ist. Andererseits bedeuten doppelt so viele Anwälte für mich auch doppelte Arbeit – das wiederum ist etwas, das ich im Augenblick tatsächlich begrüße. Je mehr zu tun ist, desto schneller geht der Tag vorbei und desto weniger Gelegenheit habe ich, über irgendetwas nachzugrübeln – vor allem nicht über Tom. Und diese Ablenkung wiederum ist ein Umstand, der mir in dieser Woche sehr willkommen war.

Auch heute ist der Tag angenehm schnell vorbeigegangen und ich habe es geschafft, in den letzten beiden Stunden nur viermal auf mein Handy zu starren und nicht wie vorher alle fünf Minuten. Ein paar Stunden noch, dann ist Wochenende und ich kann mich zwei freie Tage lang damit beschäftigen, wenn ich nur will.

Als es endlich 17:00 Uhr ist, packe ich meine Sachen zusammen und hole dabei, wie sollte es anders sein, mein Handy aus der Tasche. Tom hat mich nicht enttäuscht, ich lese die erste von drei Nachrichten.

Es regnet.
Es regnet!
Soll ich Dich besuchen
kommen?

Ich kann das Lächeln nicht unterdrücken, das sich bei diesen Zeilen auf meinem Gesicht breitmacht. Gerade will ich die nächste von Toms Nachrichten öffnen, als sich vor mir jemand laut räuspert.

„Sie sehen ja richtig hübsch aus, wenn Sie so lächeln, Ms. Denning. Was muss ich tun, damit Sie meinetwegen auch mal so erstrahlen?“

Dir einen anderen Job suchen.

Ich beiße mir auf die Lippe, um das bloß nicht laut zu sagen und suche verzweifelt nach einer möglichst diplomatischen Antwort – es handelt sich ja immerhin um meinen Chef.

„So verlegen gefallen Sie mir übrigens auch ganz gut.“ In seiner Stimme hat sich etwas verändert, das mich aufhorchen lässt. Unsere Unterhaltung hat auf einmal nichts mehr mit einem normalen, bürokonformen Gespräch zu tun und ein Blick in das Gesicht meines Chefs lässt mich erahnen, in welche Richtung das hier führen wird, wenn es nach ihm ginge.

Jetzt ist es an mir, mich laut zu räuspern, während mein Gehirn immer noch krampfhaft versucht, irgendeinen Ausweg zu finden, bei dem niemand von uns sein Gesicht verliert – denn seinen Chef irgendwie bloßzustellen, ist niemals eine gute Idee, wenn man einen Job hat, an dem man hängt.

Leider kommt er jetzt auf mich zu, mit einem Gang, den er selbst vermutlich als geschmeidig bezeichnen würde, der mich aber eher an einen betrunkenen Pavian denken lässt. Ich weiche so weit zurück, bis der Schreibtisch in meinem Rücken mich an einem weiteren Rückzug hindert, was meinen Chef allerdings völlig unbeeindruckt lässt. Wahrscheinlich denkt er, dass mein Zurückweichen zu irgendeinem bescheuerten Spiel gehört und ich mich lediglich ein bisschen ziere, aber heimlich doch auf ihn stehe. Also kommt er unerbittlich weiter auf mich zu und steht dann direkt vor mir.

Ich bekomme latente Platzangst – hinter mir der Schreibtisch, vor mir mein Chef und keine wirkliche Fluchtmöglichkeit in Sicht.

„Was ist denn das hier für eine kecke, kleine Haarsträhne?“ Ungebeten streicht er meine eine verirrte Locke aus dem Gesicht. So etwas kennt er vermutlich nicht, seine eigenen Haare sind so stark mit Gel behandelt, dass sich da nie eine Strähne irgendwohin verirren könnte. Und keck ist an ihm sowieso mal rein gar nichts.

„Würde es Sie vielleicht zum Lächeln bringen, wenn wir mal miteinander essen gehen würden?“

Zum Lächeln? Bestimmt nicht. Eher zum Kotzen.

Ich hole tief Luft und schüttle dann den Kopf.

„Ich glaube nicht, dass das eine gute Idee wäre. Ich finde, dass man bei der Arbeit einen professionellen Abstand zueinander wahren sollte.“

Ich finde das wahnsinnig diplomatisch, aber er scheint zu den Typen zu gehören, die nicht hören wollen, was man ihnen sagt.

„Es muss doch niemand mitbekommen …“ Er kommt noch ein kleines Stückchen näher und ich überlege mir gerade, ob ich ihm eine runterhauen oder ihm lieber in die Eier treten soll, wenn er es jetzt wagt, mich anzufassen. Chef hin oder her, irgendwann muss man schließlich eine klare Grenze ziehen und meine ist eigentlich schon lange überschritten. Er ist zwar, zumindest gehe ich davon aus, völlig harmlos, aber so schwer, wie er von Begriff zu sein scheint, muss ich wohl langsam ein bisschen deutlicher werden. Sehr viel deutlicher.

Zum Glück muss ich mich letztendlich doch weder für das eine noch für das andere entscheiden, denn während ich noch immer mit mir ringe, was ich nun machen soll, höre ich eine Art Knurren aus Richtung der Tür und mein Blick fällt auf Tom, der sich mit gefährlicher Langsamkeit auf uns zubewegt.

„Ich glaube, die Lady hat deutlich klargemacht, dass sie nicht mit Ihnen ausgehen möchte!“

Mein Chef scheint zwar ein Idiot zu sein, aber er ist ganz offensichtlich zumindest kein lebensmüder Idiot. Denn als er Tom sieht, weicht er sofort zurück und ich warte eigentlich nur darauf, dass er sich wahlweise hinter mir oder unterm Schreibtisch zu verstecken versucht.

Erst als ich kurze Zeit später bei Tom im Auto sitze, wird mir klar, dass ich vielleicht auch ihm gegenüber ein bisschen mehr Widerstand hätte leisten sollen. Aber ich war so erleichtert, dass er plötzlich da war, dass ich einfach mit ihm mitgegangen bin.

Jetzt sitze ich in seinem Auto, während er am Steuer sitzt. Er hat schlechte Laune. Was dazu führt, dass ich mich frage, warum er eigentlich bei mir aufgekreuzt ist, wenn es anscheinend nicht das war, was ihn glücklich macht oder ihm doch zumindest ein wenig Freude bereitet.

„Hast du nicht erzählt, du hättest eine Chefin?“ Seine Kiefer pressen sich so fest aufeinander, dass ich den kleinen Muskel an seiner Wange deutlich hervortreten sehe.

Aha, daher weht der Wind!

„Und jetzt habe ich zusätzlich einen Chef.“

„Du solltest kündigen.“

„Und du solltest rechts ranfahren, damit ich aussteigen kann!“

Der spinnt wohl! Er ist bestimmt einer der Letzten, von denen ich mir Vorschriften machen lasse.

Einen kurzen Moment sieht er mich an.

„Fuck!“, flucht er laut, dann setzt er tatsächlich den Blinker und fährt rechts ran. Ich spüre, wie mir Tränen in die Augen schießen. Natürlich habe ich ihn darum gebeten, genau dies zu tun, aber trotzdem habe ich Sorge, dass es ein für alle Mal das Aus zwischen uns bedeuten würde, wenn ich jetzt aussteige. Mein Blick ist verschwommen, als ich den Sicherheitsgurt löse. Das an sich kleine Geräusch, das dabei entsteht, erfüllt den gesamten Wagen. Ich will nach der Tür greifen, als ich seine Hand auf meinem Arm spüre.

„Bitte bleib“, sagt er fast tonlos. „Lass mich dich wenigstens nach Hause fahren.“ Er klingt beinahe verzweifelt und ich werde weich.

„Okay“, flüstere ich und schnalle mich wieder an. Der Drang, ihn zu berühren, ist plötzlich so groß, dass ich meine linke Hand ausstrecke und sie auf seinen Oberschenkel lege.

+++

Ihre Hand liegt unvermittelt auf seinem Bein. Einen flüchtigen Moment lang ist er erstaunt, dann durchflutet ihn das Gefühl von Erleichterung. Kurz nimmt er ihre Hand in seine und hebt sie an seinen Mund, um ihre Fingerknöchel zu küssen, dann legt er sie zurück auf sein Bein und bedeckt sie mit seiner eigenen Hand. Ihre Berührung fühlt sich gut an. Warm und ganz einfach richtig.

Im Gegensatz dazu hat sich schon lange nichts mehr so falsch angefühlt, wie beobachten zu müssen, dass sie von einem anderen Mann angegraben und sogar von ihm bedrängt wird. Am liebsten hätte er dem dämlichen Wichser den Kopf abgerissen. Oder wenigstens die Eier. Aber June hat ihn nicht gelassen, sondern ihn ziemlich bestimmt nach draußen geschoben. Dass sie diesen dämlichen Pisser auch noch in Schutz genommen hat, hat ihn noch wütender gemacht.

„Er ist mein Chef“, hat sie ihm zugezischt. Als ob das irgendwas besser machen würde oder eine Entschuldigung wäre. Das Gegenteil ist der Fall: Gerade weil es ihr Chef ist, sollte er sich ihr nicht auf diese Art und Weise nähern. Und sie sollte unter solchen Bedingungen nicht arbeiten müssen. Klar, der dämliche Pisser hat eigentlich nichts weiter gemacht. Bisher! Aber wer weiß, was er noch gemacht hätte, wenn Tom nicht dazwischengegangen wäre.

Wut steigt erneut in einer heißen Woge in ihm hoch und am liebsten würde er laut schreien. Stattdessen konzentriert er sich auf Junes Hand, die noch immer warm und angenehm auf seinem Oberschenkel ruht. Er malt jeden einzelnen ihrer Finger mit seinem Daumen nach und die Fahrt bis zu ihrem kleinen Haus ist viel zu schnell vorbei. Am liebsten würde er sie gar nicht aussteigen lassen. Zum einen, weil er sich nicht von ihr trennen will. Und zum anderen … Sie sollte nicht so wohnen. Ihr Haus ist sauber und gemütlich von innen, das ist nicht das Problem. Aber hier ist alles so ärmlich, so heruntergekommen, dass es beinahe farblos wirkt. Alles, was in dieser Gegend mal weiß gewesen ist, ist schon lange vergilbt. Und alles, was mal Farbe hatte, hat diese schon lange eingebüßt.

Wie ein altes Foto, das man zu lange in der Sonne hat liegen lassen.

Das alles passt gar nicht zu ihr. Sie selbst ist so strahlend, so schön, dass sie hier völlig fehl am Platze wirkt.

Jetzt sieht sie ihn an, mit einem Lächeln, das fast dafür sorgt, dass ihm das Herz stehenbleibt.

Was macht sie nur mit ihm?

Das Gefühl, sie unbedingt beschützen zu müssen, sie ganz für sich haben zu wollen, sie überhaupt unbedingt haben zu wollen … haben zu *müssen*, das hat er vorher noch nie gehabt. Bei keiner Frau. Niemals zuvor.

Und dieses schüchterne Lächeln ... dieser Mund, rot und süß … Seit Wochen denkt er daran, wie süß sie geschmeckt hat, wie wundervoll ihr Kuss war.

„Kommst du noch mit rein?“, fragt sie unerwartet und unterbricht damit die Stille.

Er muss sich räuspern, um überhaupt ein Wort herausbringen zu können. Dass sie ihn das fragt, hatte er heute gar nicht mehr zu hoffen gewagt.

„Gerne, wenn du magst“, antwortet er schließlich.

Sie lacht leise und das Geräusch … Aus welchen seltsamen Gründen auch immer: Es erregt ihn.

„Sonst hätte ich nicht gefragt.“ Sie legt den Kopf leicht schief und sieht nach einer unwiderstehlichen Mischung aus Unsicherheit und widerständischem Aufruhr aus.

Fügsam steigt er aus und folgt ihr ins Haus. Schon allein deshalb, weil sein Schwanz es ihm nie verziehen hätte, niemals, wenn er sich den Blick auf ihren prallen Hintern in diesem engen Rock hätte entgehen lassen.

+++

Ich spüre seine Blicke auf mir, als er mir ins Haus folgt, und es fühlt sich an, als würde er damit ein Feuer in mir entfachen. Lodernd und heiß. Ich bin plötzlich nervös.

Nein, nervös war ich auch vorher schon. Aber jetzt bin ich *noch* nervöser. Zwischen knisternder Spannung und sich gehörig die Finger verbrennen besteht nur ein sehr, sehr schmaler Grat. In dem Moment, in dem wir das Haus betreten, fühlt es sich an, als wäre die Luft zwischen uns auf einmal elektrisch aufgeladen, die Anspannung zwischen uns ist beinahe greifbar.

„Setz dich doch." Ich deute auf das Sofa und weiche seinem Blick aus, der mir mit einem Mal so intensiv erscheint, dass ich es kaum ertragen kann. Sein vergissmeinnichtblauer Blick. „Ich bin gleich zurück", murmle ich und verschwinde im Badezimmer, weil ich das Gefühl habe, ganz dringend ein bisschen Abstand zu brauchen. Und ich muss aus diesen Klamotten raus, irgendetwas anziehen, worin ich mich unter seinen Blicken weniger nackt fühle.

Dabei gefällt es dir doch, dich nackt zu fühlen, wenn er da ist!

Verärgert betrachte ich mein Spiegelbild, während ich den Wasserhahn aufdrehe und mir die Hände wasche. Ich lasse das kalte Wasser über meinen Puls laufen, um mich ein bisschen zu beruhigen und abzukühlen, aber es hilft nicht, es zeigt keinerlei Wirkung. Das Feuer in mir brennt lichterloh und ich weiß, dass es nur eine Art gibt, es zu löschen, nur einen Menschen, der das bewerkstelligen kann.

Was ich nicht weiß, ist, ob ich wirklich bereit dazu bin.

Langsam streife ich die Bürokleidung von meinem Körper und ziehe mir ein weites Sweatshirt und eine Jeans an, die einzigen Kleidungsstücke, die im Bad herumliegen. Ich will nicht erst noch ins Schlafzimmer gehen müssen, um mir von dort etwas anderes zu holen.

Bei allem lasse ich mir viel mehr Zeit als nötig, obwohl ich gleichzeitig so schnell wie möglich wieder bei ihm sein möchte.

Schließlich kann ich es nicht mehr länger aufschieben und gehe zurück ins Wohnzimmer, wo er auf meinem Sofa sitzt und die Katze auf seinem Schoß hat, die es sich dort bereits gemütlich gemacht hat und sich genussvoll von ihm den Kopf kraulen lässt.

„Möchtest du einen Tee?“ Meine Frage klingt hohl und sinnlos, aber ich brauche eine Beschäftigung, irgendeine, die mich aus der Verwirrung löst, die seine Nähe gerade in mir auslöst.

„Gerne“, antwortet er und sein Blick brennt sich in mich. Ich sehe seine Zunge, die kurz über seine Lippen leckt, während er mich nicht aus den Augen lässt, und um ein Haar hätte ich laut gestöhnt.

Was diese Zunge wohl mit mir …

Ich versuche diesen Gedanken aus meinem Kopf zu verbannen und mich auf meine Schritte zu konzentrieren, die mich in die Küche führen – und danach auf die Zubereitung des Tees. Leider ist keine der Handlungen kompliziert genug, um mich davon abzulenken, dass ich den Mann, der da in meinem Wohnzimmer auf meinem Sofa sitzt, will. Ich will ihn. Und selbst, wenn ich mich mit Kernphysik beschäftigen würde oder mit den kompliziertesten Tanzfiguren: Nichts könnte mich davon ablenken. Schon gar nicht so ein schnöder Tee. Ich koche ihn trotzdem, unruhig und mit zittrigen Händen, und schaffe es sogar, ohne mir die Hände zu verbrühen oder etwas herunterfallen zu lassen.

Im Wohnzimmer sitzen wir schließlich schweigend nebeneinander. Die Spannung zwischen uns ist so groß, dass ich das Gefühl habe, sie müsse mich jeden Moment zerreißen. Das Schweigen zwischen uns ist so laut, dass es in meinem Kopf dröhnt. Selbst Miz Mary scheint das zu spüren und hat das Schnurren eingestellt, obwohl sie immer noch auf Toms Schoß sitzt. Sie wirft mir einen skeptischen Blick zu, bevor sie sich in die Küche zurückzieht.

Aber keinem von uns gelingt es, ein Wort zu sagen. Wir sitzen da, als wären wir in eine Art Starre verfallen, die lediglich dadurch unterbrochen wird, dass wir unseren dämlichen Tee trinken.

Doch der ist irgendwann leer. Und immer noch redet keiner von uns. Bis Tom aufsteht.

„Ich denke … ich gehe dann mal langsam. Hab Dank für den Tee.“ Er steht auf und geht zur Tür, ich will, dass er geht, ganz schnell. Und ich will, dass er bleibt. Am besten für immer. Aber ich sitze immer noch hier und fühle mich wie paralysiert, als wäre ich zu einer Marmorstatue geworden. Ich will meinen Mund öffnen, um etwas zu sagen, bringe aber nur ein leises Flüstern zustande. Nichts passiert. Er geht einfach weiter und ist schon fast bei der Tür.

Ich versuche es noch einmal.

„Tom.“ Und setze dann heiser hinterher: „Bitte.“

Er dreht sich zu mir um. Einen quälenden Moment lang schaut er mir in die Augen, ohne sich auch nur einen Millimeter zu bewegen. Dann ist er bei mir, umfasst mein Gesicht mit beiden Händen und küsst mich. Hart, leidenschaftlich, rau, kompromisslos.

Mein Herz beginnt zu rasen und ich vergesse zu atmen. In mir breitet sich ein diffuses Kribbeln aus, eine immer intensiver werdende Hitze; in meinem Brustkorb, meinem Bauch, zwischen meinen Beinen, bis hinunter zu meinen Zehen, während in meinen Ohren laut das Blut rauscht.

Sein Kuss … Oh verdammt, warum muss er nur so unglaublich gut küssen können? Er macht mich schwach und völlig willenlos. Und dann ist da seine Hand, die mein Gesicht loslässt und sich stattdessen im Haar in meinem Nacken festkrallt, um meinen Kopf weiter nach hinten zu ziehen, damit seine Zunge tiefer in meinen Mund eindringen kann. Er hält mich so fest, dass ich mich kaum noch bewegen kann, dominiert mich völlig und ich … ich genieße es. Ich genieße es, mich ihm hinzugeben, ihm alles zu überlassen, ihm mich selbst zu überlassen.

Irgendwann löst er auch seine zweite Hand von meinem Gesicht, lässt sie tiefer wandern, malt die Kontur der angespannten Muskulatur meines Halses nach, dann die meines linken Schlüsselbeines. Ich bekomme eine

Gänsehaut, meine Brüste fühlen sich auf einmal heiß und schwer an und ich dränge mich ihm entgegen, will mehr von ihm, alles von ihm. Durch den weichen Stoff meines Shirts tastet er nach meinen Brüsten, drückt sie erst sanft und dann fester und lacht an meinem Mund leise auf.

„Du trägst keinen BH." Seine Stimme ist noch tiefer als sonst, ich selbst bringe kein Wort mehr zustande, nicke nur stumm als Zustimmung. Beinahe im selben Moment zieht er mir das Sweatshirt einfach über den Kopf und ich stehe mit entblößtem Oberkörper vor ihm. Mit schief gelegtem Kopf betrachtet er mich, sein wunderschöner Mund verzieht sich zu einem zufriedenen, leicht wölfischen Grinsen. Dann zieht er mich komplett aus. Viel hatte ich ja ohnehin nicht mehr an, aber es geht so schnell, dass ich kaum weiß, wie mir geschieht.

„Du bist schön, June. Wunderschön. Anbetungswürdig schön."

Ein etwas ungläubiger Laut verlässt meinen Mund und Toms Augen funkeln dunkel.

„Glaubst du mir etwa nicht?", fragt er mich und lässt mir keine Gelegenheit, eine Antwort zu geben. Sofort ist er bei mir und umfasst mein rechtes Handgelenk, um meine Hand in seinen Schritt zu ziehen.

„Spürst du das, June? Das passiert mir immer. Ich muss nur in deiner Nähe sein. Oder an dich denken, um hart zu werden. Spürst du es?"

Ich weiß nicht genau, ob die Frage nur rhetorisch gemeint war, aber ich vermute es stark. Denn das, worauf er da meine Hand drückt, wäre kaum *nicht* zu spüren. Seine Erektion ist hart und groß. Ich presse meine Handfläche darauf, versuche dann, ihn zu umfassen, aber der Stoff seiner Anzughose ist zu straff gespannt. Kurzerhand öffne ich sie und ziehe sie herunter, mitsamt den dunklen Boxershorts, die er trägt. Sein Schwanz springt mir entgegen, stolz und groß, ich kann meinen Blick nicht von ihm abwenden. Nur kurz suche ich seinen Blick, um nach seinem Einverständnis zu fragen, und als ich dort keine Ablehnung erkennen kann, lasse ich mich auf die Knie sinken. Ich umfasse ihn ganz, lasse die samtige Haut ein paar Mal über den harten Kern gleiten und als ich langsam über seine glatte Kuppe lecke, höre ich, wie Tom scharf die Luft einzieht.

Er schmeckt so gut! Salzig und nach Mann und einen Moment lang glaube ich, allein davon schon zum Höhepunkt kommen zu können. Mein Mund wandert tiefer an ihm herab, ich lecke ihn von der Wurzel bis zur Spitze, einmal, zweimal, ein drittes Mal. Ich erkunde ihn mit Lippen und Zunge, widme mich dem kleinen Schlitz auf der seidigen Spitze. Während ich ihn ganz in meinem Mund aufnehme, suche ich Toms Blick, der dunkel und voller Begehren auf mir ruht. Obwohl ich ungeduldig bin und mehr will, immer mehr, zügle ich mich und lasse mir Zeit, nehme ihn wie in Zeitlupe in meinem Mund auf und lasse ihn wieder herausgleiten, schaue ihm dabei in die Augen, lasse mich von seinem Blick gefangen nehmen. Erst als ich an Tempo zulege und an ihm zu saugen beginne, schließt er seine Augen und lässt den Kopf in den Nacken fallen. Er stöhnt auf, aber gleichzeitig hält er mich plötzlich mit beiden Händen fest und stoppt mich, obwohl ich das nicht will.

„June …“ Seine Stimme klingt heiser, rau, atemlos. Dann zieht er mich zu sich hoch, um mich zu küssen, und erst, als er sich dabei Hose, Schuhe und Strümpfe versucht von den Beinen zu streifen, wird mir klar, dass ich völlig nackt bin, während er noch fast ganz bekleidet ist. Vielleicht hätte ich das in einer anderen Situation als erniedrigend empfunden, aber gerade erregt es mich. Trotzdem will ich ihn spüren, Haut auf Haut, ohne störende Kleidung dazwischen.

„Lass mich das machen“, flüstere ich in sein Ohr und will mich wieder hinknien, aber er lässt mich nicht.

„Ich will dich vögeln, hörst du? Ich will in dir sein. Jetzt. Und wenn du weitermachst, wird es dazu nicht mehr kommen. Du machst mich wahnsinnig …“ Irgendwie schafft er es, sich seiner restlichen Unterbekleidung zu entledigen, während ich sein Hemd aufknöpfe und es ihm ausziehe.

Schließlich sind wir beide nackt. Als er mich an sich zieht, meine nackte Haut auf seine trifft, halte ich die Luft an und meine Knie beginnen zu zittern. Er hält mich fest und hebt mich hoch – zum Glück. Ich weiß nicht, ob meine wackligen Beine mich auch nur noch eine Sekunde länger gehalten hätten.

Mit sparsamen, schnellen Bewegungen trägt er mich zum Sofa hinüber und legt mich dort ab. Er drängt sich zwischen meine Beine, die ich so weit ich kann für ihn spreize. Ich vergesse alles. Denke nur noch an ihn. Ich will ihn, will ihn so sehr, dass es beinahe wehtut.

Er beginnt meine Brüste zu küssen, lässt meine Knospen hart und klein zurück, saugt daran, spielt mit mir. Mir reicht das nicht, bei Weitem nicht. Ich will ihn, ganz und gar, mit jeder Faser meines Körpers, jetzt. Endlich finden seine Finger den Punkt zwischen meinen Beinen, der für ihn heftig und heiß pulsiert, während Zeige- und Mittelfinger seiner anderen Hand gemächlich, aber mit Nachdruck in mich eindringen.

„Du bist so nass, June …“ Seine Stimme enthält ein Versprechen auf mehr und ich stöhne auf, presse mich gegen ihn, kann nicht genug von ihm bekommen. Dann zieht er seine Finger aus mir zurück und ich spüre stattdessen seinen harten Schwanz an meinem Eingang. Wieder will er sich Zeit lassen, aber diesmal lasse ich es nicht zu. Ich schlinge meine Beine um ihn, drücke meine Fersen gegen seinen Po, damit er in mich eindringt. Ganz. Hier. Jetzt. Sofort! Und zwar schnell!

Er füllt mich aus und als wir einen gemeinsamen Rhythmus gefunden haben, ist es um mich geschehen. Obwohl ich mich gerne noch zurückhalten würde: Es funktioniert einfach nicht. Eine heiße, mich verschlingende Welle greift nach mir und reißt mich mit sich. Ich stöhne, schreie seinen Namen und explodiere in süßen Krämpfen und unbekannten Rhythmen um ihn herum, bis ich merke, dass auch er sich verkrampft, die Augen fest zusammenkneift und in mir zum Höhepunkt kommt.

Völlig außer Atem liegen wir noch eine Weile aufeinander, bevor ich mich widerwillig von ihm löse, weil mein rechtes Bein eingeschlafen ist.

Ich weiß nicht, was ich sagen soll. Es ist so ein komischer *Danach*-Moment, der mit einer gewissen Beklommenheit verbunden ist. Denn wenn es sich um ein *Danach* handelt, bedeutet das, dass es ja nun irgendwie weitergehen muss, in die eine oder in die andere Richtung. Alles, was nach dem Sex kommt, läuft entweder in Richtung einer Beziehung oder einer Affäre oder es verläuft sich im Nichts. Und nichts ist peinlicher, kränkender und verletzender, als wenn man selbst auf der Beziehungs-Schiene fährt, während der andere etwas ganz anderes will.

Einen schier endlosen Moment lang schauen wir uns einfach nur an. Ich weiß nicht, ob Sekunden verstrichen sind oder ein ganzes Leben, bevor Tom mich an sich zieht und meine Schläfe küsst. Er lächelt sein Piratenlächeln, als er aufsteht und ohne jegliche Scham seine Kleidung zusammensucht und sich seelenruhig anzieht.

„Ich habe heute Abend leider noch einen wichtigen Termin …" Er knöpft sich gerade sein Hemd zu und bückt sich, um sein Jackett vom Boden aufzuheben.

Na klar. Ich auch. Mit meinem Fernseher, einer großen Packung Eis und einem XXL-Paket Taschentüchern.

Gut, dass ich nichts gesagt habe. Mir und ihm den peinlichen Moment erspart habe, in dem ich ihm meine unsterbliche Liebe gestehe oder so etwas in der Art, während er innerlich schon einen Fluchtplan ausheckt, nachdem er nun bekommen hat, was er wollte und mich flachgelegt hat. Ich bin so blöd, so unendlich blöd …

In meinem Bauch bildet sich ein fester, eiskalter Klumpen und meine Augen füllen sich mit Tränen. Ich blinzle heftig und greife nach der Decke auf meinem Sofa, um meine Blöße vor ihm zu verstecken. Ich fühle mich mit einem Mal entsetzlich nackt. Innerlich und äußerlich.

Während ich ihn weiter beim Anziehen beobachte, schaffe ich es gerade eben so, meine Tränen zurückzuhalten. Ich finde ohnehin, dass ich schon mehr als genug wegen dieses Mannes geweint habe.

Jetzt ist er fertig. Ich sehne mir den Moment herbei, in dem er endlich zur Tür hinaus ist, damit ich es einfach hinter mir habe. Er dreht sich zu mir herum, mit einem unbekümmerten Lächeln auf dem Gesicht, etwa so, als hätten wir wirklich nur einen Tee zusammen getrunken und nicht atemberaubenden, leidenschaftlichen Sex miteinander gehabt.

„Verzeih … Ich muss jetzt wirklich los." Ein schneller Kuss, während er gleichzeitig seine Krawatte richtet. „Das war heute alles nicht so geplant …"

Na danke, du Arschloch!

Am liebsten würde ich ihm gerade eine reinhauen, schon

allein, um dieses unsägliche, unbekümmerte Lächeln aus seinem Gesicht zu vertreiben. Damit wäre er dann heute schon der zweite Mann, gegen den ich gerne Gewalt anwenden würde.

„Ich melde mich bei dir, Baby!“

Na klar doch! Und dein Baby *kannst du dir gefälligst sonst wohin stecken!*

Ich schweige beharrlich, während er sich noch einmal mit diesem widerlich attraktiven Lächeln umdreht, um dann aus der Tür zu verschwinden.

Miz Mary schaut ihm, genau wie ich, dabei zu und maunzt beleidigt, als die Tür ins Schloss fällt, ohne dass er sie noch einmal beachtet hätte.

„So ist das halt, meine Süße … Nicht einmal mehr kuscheln wollen sie heutzutage.“

Wütend entdecke ich das verdammte Handy auf dem Couchtisch und schmeiße es in die Ecke.

Mary maunzt noch einmal und ich fange an zu heulen. Schon wieder.

„So eine Scheiße, Miz Mary." Meine Katze sitzt neben mir auf dem Sofa und sieht genauso fassungslos aus, wie ich es gerade bin. „Ein Handy, das er vermutlich aus der Portokasse bezahlt hat ... Ach, was sag ich: vom Klopapiergeld! Ein paar nette SMS und schon lasse ich mich von diesem Mistkerl besteigen, als wäre ich ein rolliges Kätzchen, das es mit jedem bereitwillig treibt." Mary kneift ihr eines Auge missbilligend zusammen und ich muss lachen. „Tut mir leid, das war unpassend. Du hast es bestimmt nur mit ganz besonderen Katern getrieben, bevor ich dich hab kastrieren lassen, stimmt's?" Ich seufze tief und reibe mir die Augen. Ich werde alt und wunderlich und rede mit meiner Katze, als wäre sie ein Mensch. Dabei sind es noch zehn Monate, bis ich überhaupt dreißig werde. Ich dachte immer, das machen nur alte Frauen.

„Ach Mary ... Wo soll das nur hinführen? Gleich morgen rufe ich alle Klöster an, die ich im Telefonbuch finde, und frage nach, ob es eins gibt, in dem Katzen zugelassen sind. Und vielleicht noch ein Vibrator. Was meinst du: Sollen wir zwei ins Kloster gehen?" Sie schnurrt jetzt zufrieden und ich muss erneut lachen, auch wenn ich mich alles andere als fröhlich fühle.

Ich schalte den Fernseher an und lasse mich erschöpft in die bunten Kissen fallen, die eigentlich für gute Laune sorgen sollten. Seufzend schließe ich die Augen. Jedes einzelne Kissen scheint nach Toms Aftershave zu riechen. Genau wie ich. Ich rieche nach ihm, überall. Morgen, gleich morgen früh werde ich die Kissen in die Waschmaschine schmeißen und mich unter die Dusche stellen. Aber heute Abend … Da werde ich mich dem Luxus hingeben, ihm nachzutrauern und ein bisschen im Selbstmitleid versinken. Und das geht nun mal viel besser, wenn ich seinen Duft immer noch in der Nase habe. Anders täte es nur halb so weh.

Manchmal bist du wirklich ein bisschen pervers, June! Und zwar nicht auf die versaut-geile Art.

Mein eigenes Genörgel ignorierend kuschle ich mich an meine Katze und schaue sinnlose Sendungen im Fernsehen an, bis ich irgendwann eingeschlafen bin.

Ich werde davon geweckt, dass es an meiner Tür klingelt, morgens um halb neun. Grummelnd schiebe ich die Katze von meinen Beinen, um zu öffnen. Vor der Tür steht ein Bote von irgendeinem Kurierdienst mit einer großen, weißen Schachtel in der Hand.

„Ms. June Denning?“

Ich nicke bestätigend. „Die bin ich.“

„Ich habe eine Lieferung für Sie. Wenn Sie mir den Empfang bitte hier bestätigen würden?“ Er hält mir eines von diesen komischen Geräten hin, bei denen man auf einer Art kleinen Bildschirm unterschreiben muss und es immer wirkt, als wäre man eigentlich Analphabetin, wenn man seinen Namen dort hinschreibt. Oder vielleicht auch Ärztin. Auf alle Fälle ist das Ergebnis immer unleserlich – nicht einmal ich selbst würde meine eigene Unterschrift wiedererkennen. Natürlich unterschreibe ich trotzdem, bevor ich das Paket neugierig in Empfang nehme, um es anschließend in meine Küche zu tragen. Es steht kein Absender darauf. Und ich hoffe … Nein, ich will nicht hoffen, damit ich hinterher nicht enttäuscht bin … Und doch …

Bitte, lieber Gott, lass es von Tom sein!

Ich bin schwach. Ich bin so unendlich schwach und dumm und naiv. Ich sollte einen Schlussstrich unter die Sache ziehen und ihn vergessen, statt mich wie ein Hund zu verhalten, der unterwürfig und freudig jedes Häppchen entgegennimmt, das man ihm hinwirft.

All das Geschimpfe mit mir selbst nutzt nichts, mein dummes Herz will ganz andere Dinge als mein Verstand und ich bin so nervös, dass ich kaum das Paket geöffnet bekomme.

Als es endlich geöffnet ist, würde ich am liebsten auf die Knie sinken, denn es ist tatsächlich von Tom. Ganz zuoberst liegt eine Karte, seine Handschrift ist so einprägsam, dass ich sie sofort wiedererkenne.

Liebe June,

bitte verzeih, dass ich gestern so übereilt aufbrechen musste. Ich hatte noch einen Termin, den ich leider nicht absagen konnte, schon gar nicht so kurzfristig. Ich wäre so gerne zum Frühstück geblieben, aber ich stecke immer noch bis zum Hals in Arbeit. Du musst es Dir also ohne mich schmecken lassen.

Thomas

P.S.: Ich melde mich später bei Dir, wie versprochen.

Dümmlich und glücklich grinsend lege ich die Karte zur Seite und schaue nach, was noch in dem Paket ist – und traue meinen Augen kaum.

Croissants, herrlich duftend und noch warm, sowie ein Thermobecher mit Kakao! Als ich alles herausgenommen habe, finde ich noch etwas: nämlich eine kleine Dose mit irgendeinem noblen Katzenfutter für Miz Mary.

Ich bin gerührt. Während ich genussvoll in mein Croissant beiße, richte ich das Futter für Mary auf einem kleinen Tellerchen an. Normalerweise frisst sie aus einem Napf, aber ich will ihr das teure Futter schließlich standesgemäß darreichen. Als sie sieht, dass ich ihr etwas auf den Boden stelle, kommt sie sofort angelaufen und maunzt freudig. Um dann kurz vor dem Tellerchen abzubremsen, innezuhalten … zu schnuppern … noch mal zu schnuppern … zu scharren und wieder zu verschwinden.

Vorher wirft sie mir allerdings noch einen ziemlich vorwurfsvollen Blick zu, in etwa so, als hätte ich sie vergiften wollen. Mindestens. Ich muss lachen. Um sie nicht zu sehr zu enttäuschen, nehme ich ihr ein Päckchen ihres gewohnten Supermarktfutters aus dem Schrank – und umgehend hat sie mich wieder lieb. Das Futter von Tom stelle ich vor der Küchentür nach draußen. Vielleicht ist der Nachbarskater ja weniger wählerisch.

Ich suche nach meinem Handy, um mich bei ihm zu bedanken und finde es irgendwann in der Ecke wieder, in die ich es gestern gepfeffert habe. Hätte ich mal schon früher danach gesucht – dann hätte ich eine angenehmere Nacht gehabt. Bei meiner Wurfaktion muss es nämlich ausgegangen sein und als ich es nun wieder anschalte, entdecke ich drei SMS von Tom, in denen er beteuert, wie leid es ihm tut, dass er so überstürzt aufbrechen musste und dass er sich ganz bestimmt bei mir melden wird.

Gegen späten Vormittag ruft er mich dann tatsächlich an.

„Hallo, June.“ Seine Stimme ist tief und samtig.

„Hi!“ Ich bin mir sicher, dass ich gerade grinse wie eine ganze Herde von Honigkuchenpferden, aber durchs Telefon hindurch kann er mich ja zum Glück nicht sehen.

„Ich habe gerade nicht sehr viel Zeit, deshalb komme ich gleich auf den Punkt. Heute Nachmittag habe ich einen Termin in New York. Allerdings dauert der nicht sehr lange. Hättest du Lust, mich zu begleiten?“

„Heute?" Ich klinge wie ein Trottel.

„Ja, heute. Ich würde dir in einer Stunde einen Fahrer schicken und dich dann am Flughafen treffen – wenn dir das passt. Wir bleiben bis morgen. Gegen Abend sind wir wieder zurück."

„Klar. Ich freue mich." Ich antworte, ohne groß darüber nachzudenken. Einfach deshalb, weil ich nichts lieber machen würde, als Zeit mit ihm zu verbringen und weil ich neugierig bin.

„Ich freue mich auch. Bis später, June." Wieder dieser samtige Tonfall, der mich lauter Dinge denken lässt, die alles andere als jugendfrei sind. Bevor ich tief durchatmen und doch noch jede Menge Bedenken äußern kann, hat er auch schon aufgelegt. Ob das nun Zufall oder Berechnung war, kann ich nicht so genau sagen, auf alle Fälle ist es jetzt zu spät, es mir noch einmal anders zu überlegen. Zumindest nicht, ohne dass es irgendwie seltsam wirken würde.

Ich habe Schmetterlinge im Bauch. Mit Tom nach New York!

Schnell packe ich ein paar Sachen zusammen. Packe sie wieder aus und wieder neu ein. Ich habe nicht den leisesten Schimmer, was ich mitnehmen soll. Oder was ich anziehen soll. Vor allem sollte ich überhaupt mal etwas anziehen!

Plötzlich bekomme ich Panik. Eine Stunde Zeit, ich bin nicht geduscht, nicht geschminkt, habe nicht gepackt und … ich habe niemanden für Miz Mary, wenn ich nicht da bin.

Völlig aufgelöst rufe ich schließlich Lauren an, die fünf Minuten später bei mir ist.

Sie beruhigt mich, weil ich plötzlich so entsetzlich aufgedreht bin, schickt mich duschen, während sie mir ein paar Outfits aus meinem Schrank zusammenstellt und aufs Bett legt, sucht mir etwas zum Anziehen für den Flug heraus, krault Miz Marys Öhrchen und verspricht, sich um sie zu kümmern.

Ich könnte sie küssen. Wirklich.

Ich packe alles so ein, wie sie es mir zurechtgelegt hat und schlüpfe in das dunkelblaue Wickelkleid inklusive der niedlichen Ballerinas, die sie mir für den Flug ausgesucht hat. Nachdem ich zum dritten Mal meinen Lidstrich versaut habe, nimmt Lauren mir grinsend mein Make-up-Täschchen aus der Hand und schminkt mich kommentarlos. Dann wirft sie auch mein Schminkzeug in meine kleine Reisetasche und packt Zahnbürste, Duschgel, Deo und Parfüm dazu.

„Und jetzt sei nicht mehr so nervös, es ist doch nur ein stinknormales Date mit einem stinknormalen Mann!" Sie umarmt mich kurz, haucht mir einen Kuss auf die Wange und schiebt mich in Richtung Haustür, weil es in diesem Moment an der Tür klingelt.

„Bist du dir sicher?" Ich muss lachen. „Selbst Rosie behauptet, er sei ein gefallener Engel …"

Lauren lacht jetzt auch und schiebt mich an der Garderobe vorbei.

„Nimm den Trenchcoat. Der ist klassisch und geht

immer.“ Sie hilft mir in den kurzen Mantel, bevor sie mich aus der Tür schiebt. „Und ich bin mir ganz sicher. Und im Gegensatz zu Rosie bin ich meistens nüchtern. Wem willst du also glauben?“ Aufmunternd zwinkert sie mir zu und drückt mir meine Reisetasche in die Hand.

„In vino veritas …“, flüstere ich, als ich zur Tür herausgehe, und muss über mich selbst den Kopf schütteln.

Kapitel 28

Mit klopfendem Herzen steige ich am Flughafen aus der Limousine und falle beinahe in Toms Arme, weil er direkt vor der Wagentür steht und schon auf mich wartet.

„Du siehst toll aus." Er umfasst mein Kinn mit Daumen und Zeigefinger und küsst mich sanft.

„Das Kompliment kann ich zurückgeben." Ich versuche tapfer zu lächeln. Zu Hause halb zusammenzubrechen, weil er mich nach New York einlädt, ist das eine. Mich vor ihm zu verhalten, als wäre ich ein verknallter Teenager, der fast ohnmächtig wird, weil er von seinem Idol angelächelt wird, ist etwas ganz anderes. Also ziehe ich den Bauch ein, strecke die Brust heraus und versuche es noch einmal mit Lächeln. Und da Tom es diesmal strahlend erwidert, scheint es halbwegs gelungen zu sein.

Gutes Mädchen. Nur keine Schwäche zeigen.

Tom nimmt dem Chauffeur meine Tasche aus der Hand, die andere, freie Hand legt er auf meinen Rücken, kurz oberhalb meines Pos.

„Ich freue mich, dass du hier bist und mich begleitest." Seine Hand wandert höher bis in meinen Nacken und er küsst mich, halb auf die Wange, halb auf den Mundwinkel, bevor er sanft beginnt, meinen Nacken zu massieren, während wir auf dem Weg zum Check-in sind.

All das sollte mich vermutlich beruhigen, ich sollte ruhiger werden und mich freuen, aber es klappt nicht.

Tom scheint meine Nervosität zu spüren. „Hast du Flugangst, June?“

Flugangst?

Ich habe keine Ahnung. Sollte man davor Angst haben?

Ich werde noch ein bisschen nervöser.

„Ich … äh … bin noch nie geflogen“, gebe ich ein bisschen widerwillig zu.

Der Blick, der mich jetzt trifft, ist irgendwie ungläubig, aber netterweise verkneift er sich jeden Kommentar.

Ja, mein kleiner Upperclass-Junge, so etwas gibt es. Willkommen im Leben der Normalsterblichen …

Keine Ahnung, warum die Leute sich immer über mangelnde Beinfreiheit und schlechtes Essen im Flugzeug beschweren, in der ersten Klasse sind die Sitze jedenfalls bequem, die Beinfreiheit ist grandios und das Essen ist gigantisch. Sogar der Whisky, den Tom mir bestellt, um meine Nervosität ein bisschen abzumildern, gehört eindeutig zu den besseren Sorten und wohl eher nicht zu denen, zu denen ich im Supermarkt normalerweise greifen würde.

All das ist luxuriös und gleichzeitig irgendwie beängstigend. Es fühlt sich immer ein bisschen so an, als wäre es eine Welt, in die ich nicht hineingehöre.

Das Hotel, in das wir fahren, ist einfach wunderschön und mir fehlen beinahe die Worte, als wir das Foyer betreten. Auch das Zimmer, das Tom für uns gebucht hat, ist absolut toll. Es ist modern, gemütlich und geschmackvoll, ohne dabei künstlich, kalt oder überkandidelt zu wirken. Braun, Beige und ein helles Grasgrün wechseln sich harmonisch ab und lassen sich überall finden, von der Tapete über die Bettwäsche bis hin zu den Vorhängen und den Möbeln. Staunend bleibe ich stehen und sehe mich um, streiche über die seidig glatte Bettwäsche und bleibe dann beinahe ehrfürchtig am Fenster stehen, um hinauszublicken und die beeindruckende Aussicht auf New York zu genießen. Die roten Backsteingebäude aus dem letzten Jahrhundert haben einen ganz eigenen, morbiden Charme und bilden einen beeindruckenden Kontrast zu den Hochhäusern im Hintergrund.

„Gefällt es dir hier?" Tom ist hinter mir stehen geblieben und legt seine Hände auf meine Schultern.

„Es ist einfach wunderschön hier!" Schwungvoll drehe ich mich zu ihm um, um ihn zu küssen, erst seinen Mund, dann verteile ich voller Übermut unzählige, kleine Küsse auf seinem Gesicht, bevor ich wieder seinen Mund küsse und ihn gleichzeitig nach hinten dränge, bis wir beide auf das Bett fallen und ich breitbeinig über ihn klettere, um ihn weiter zu küssen.

Er lacht leise und scheint sich über meinen Angriff zu freuen, hält mich fest und vertieft den Kuss, als meine Lippen irgendwann wieder auf seinen landen.

„Ich danke dir“, flüstere ich schließlich ein bisschen atemlos an seinem Mund und spüre sein Lächeln.

„Ich habe zu danken“, erwidert er, „dafür, dass du mir die Ehre erweist, mich zu begleiten.“

„Diese Ehre erweise ich dir mehr als gerne.“ Ich küsse ihn, lang und intensiv, bis er mich von sich herunterschiebt.

„Ich würde das hier ja wirklich nur allzu gerne fortsetzen, aber in einer halben Stunde habe ich einen wichtigen Termin. Und ich bin ziemlich stolz darauf, in einer halben Stunde normalerweise nicht fertig zu sein …“ Sein Grinsen hat etwas Wölfisches und ich mustere ihn mit schief gelegtem Kopf.

„Ach so? Nicht, dass ich gestern die Zeit gestoppt hätte … Aber das war eindeutig kürzer.“ Ich sitze auf dem Bett und beobachte, wie er ein frisches Hemd aus seiner Reisetasche sucht und das, welches er gerade trägt, demonstrativ langsam aufknöpft.

„Sie wollen sich doch wohl nicht etwa beschweren, Ms. Denning?“, fragt er mit samtig tiefer Stimme und beobachtet mich unter halb geschlossenen Augenlidern, während er sich das Hemd von seinen Schultern streift. Stück für Stück kommt seine glatte Haut mit den kräftigen Muskeln darunter zum Vorschein und ich muss schlucken, bevor ich antworte.

„Niemals. Ich bin ein bescheidenes Mädchen aus bescheidenen Verhältnissen. Mich zu beschweren ist mir völlig fremd."

„So, so …" Er nähert sich mir langsam und schiebt mich zurück aufs Bett, während er über mich krabbelt, die Hände neben meinen Schultern aufgestützt, und mich so unter sich gefangen hält.

„Dann bin ich aber froh …" Er küsst die empfindliche Stelle hinter meinem Ohr. „Sicherheitshalber sollten wir für heute Abend aber dennoch ausreichend Zeit einplanen. Ich will auf keinen Fall, dass es eventuell doch noch zu Beschwerden kommt." Ich keuche viel zu laut auf, als er mir sanft in den Hals beißt. Beinahe im selben Moment ist er auch schon wieder von mir heruntergekrabbelt, während ich ein wenig atemlos auf dem Bett liegen bleibe.

Als ich mich wieder aufsetze, hat er sein frisches Hemd schon wieder zugeknöpft und bindet sich gerade lächelnd die Krawatte um.

Weil du auch immer so langsam sein musst, jetzt hast du alles verpasst …

Irgendwie scheint ihm der Knoten blind nicht zu gelingen und leise fluchend schaut er sich nach einem Spiegel um.

„Lass mich das machen." Ich stehe vom Bett auf und nehme ihm die Krawatte aus der Hand. Mit schnellen Handgriffen binde ich ihm einen astreinen, doppelten

Windsorknoten, passend zu dem etwas weiter auseinanderstehenden Hemdkragen.

„Ich bin beeindruckt.“ Er hat endlich einen Spiegel gefunden und beäugt den Knoten kritisch. „Und ich will doch wohl nicht hoffen, dass du mit einer ganzen Horde von Anwälten, Bankern und anderen Anzugträgern geschlafen hast, um das zu lernen?“

„Nein, natürlich nicht.“ Für den dramatischen Effekt lege ich eine kleine Pause ein. „Es war keine ganze Horde – nur zehn oder elf Stück.“

Ich drehe mich um und stolziere ins Bad, aber er ist schneller und hält mich von hinten fest, während ich halb vor Lachen und halb vor Erschrecken aufquietsche.

„Mistkröte!“ Er lacht jetzt ebenfalls. „Mach mir eine Liste, damit ich weiß, wen ich alles umbringen muss.“

Lachend drehe ich mich in seinen Armen um. „Das werde ich bestimmt nicht tun.“ Ich küsse seine Nasenspitze. „Und die Krawattenknoten hat mir übrigens mein Vater beigebracht. Früher hat er jeden Tag ein Hemd mit Krawatte getragen und ich fand es als Kind völlig faszinierend, dass es so unterschiedliche Knoten gibt. Als ich acht war, konnte ich alle gängigen. Mein Vater hat sich extra Hemden und Krawatten gekauft, zu denen die verschiedenen Knoten passten und dann haben wir geübt …“

„Du liebst deine Eltern sehr, oder?“ Nachdenklich sieht Tom mich an.

„Ja, sehr. Ich hatte eine tolle Kindheit und auch heute sind sie immer für mich da. Früher war ich manchmal neidisch auf die Mädchen, deren Mütter wie ihre Freundinnen waren. Meine war eben immer meine Mutter. Aber ich habe ziemlich schnell erkannt, dass man eine Menge Freundinnen haben kann. Und nur eine einzige Mutter. Das ist viel mehr wert."

„Ich hatte so richtig weder das eine noch das andere …" Nachdenklich mustert er mich und küsst dann halb meine Wange, halb meinen Mundwinkel. „Darf ich dich heute Abend zum Essen einladen? Dann können wir weiterreden."

„Sehr gerne, aber reicht denn dann die Zeit, die wir für andere Aktivitäten einplanen wollten, noch aus?", schnurre ich, während ich mich auf Zehenspitzen stelle und an seinem Ohr knabbere.

Tom quittiert meine Bemühungen mit einem leisen Knurren. „Zur Not schlafen wir einfach weniger." Von seinem Tonfall bekomme ich eine Gänsehaut, eine der angenehmen Art. „Aber jetzt muss ich wirklich los. Ich muss in die City, willst du mitkommen und ein bisschen shoppen gehen?"

Ich muss innerlich schmunzeln. Der Monat ist fast vorbei und ich habe kein Geld mehr fürs Shopping übrig, aber das sage ich ihm lieber nicht.

„Ich würde gerne eine Bustour machen, so eine für Touristen. Ich war noch nie in New York."

„Du willst wie ein gewöhnlicher Tourist durch New York

fahren?“ Er sieht ein klein wenig entsetzt aus und ich muss lachen.

„Aber genau das bin ich doch!“

Ganz Gentleman hilft Tom mir in meinen Mantel und ich schnappe mir noch schnell meine Handtasche, bevor wir das Zimmer verlassen.

Kapitel 29

Eine Dreiviertelstunde später sitze ich in einem Doppeldeckerbus, dem man tatsächlich schon von außen ansieht, dass er voller Touristen ist – er ist nämlich dementsprechend bedruckt. Oder ist so ein Bus wohl eher beklebt? Ich habe keine Ahnung, wie man Beschriftungen auf solchen Objekten anbringt.

Toms Fahrer hatte anscheinend ziemlich genaue Anweisungen, denn obwohl Tom nur sehr kurz mit ihm gesprochen hat, hat er mich an einer bestimmten Touribusstation abgesetzt und darauf bestanden, das Ticket für mich zu bezahlen, auch wenn mir das unangenehm war.

Ich finde es schön, in diesem Bus zu sitzen, denn eigentlich passt er viel besser zu mir als Toms Limousine, beziehungsweise die, die er hier geliehen hat.

Auch wenn es wirklich jedes Klischee einer New-York-Touri-Tour erfüllt, genieße ich die Fahrt. Ich wähle einen Platz in der oberen Etage und in der letzten Reihe, lehne mich zurück, schaue aus dem Fenster und lausche den schlechten Witzen und durchaus brauchbaren Informationen, die mich aus dem Lautsprecher beschallen. Es ist eine von den Bustouren, bei denen immer wieder angehalten wird und Leute ein- oder aussteigen können und ich lasse mich einlullen von den Geräuschen, dem Stoppen und Anfahren und den vielen, vielen Eindrücken, die auf mich einprasseln.

Wie alle Großstädte ist New York zugleich hässlich und faszinierend. Vermutlich liebt oder hasst man diese Stadt, aber ich bin viel zu kurz hier, um mich für das eine oder das andere entscheiden zu können.

Als wir an der nächsten Station anhalten, beginnen die zwei Teenagermädchen, die in der vordersten Reihe sitzen, laut zu kichern und ich verdrehe die Augen.

Bis ich den Grund für ihre plötzliche Fröhlichkeit bemerke: Thomas Elliot Summers höchstpersönlich ist gerade in den Bus eingestiegen und sieht umwerfend aus in seinem dunklen Anzug und mit der von mir gebundenen Krawatte. Allerdings wirkt er hier genauso fehl am Platze, wie ich mich vorher in seinem Wagen gefühlt habe. Ich beobachte, wie er den beiden kichernden Mädchen im Vorbeigehen zuzwinkert, und schlagartig sind sie ruhig. Vielleicht sind sie ja ohnmächtig geworden – stören würde es mich nicht.

Und als sich Tom schließlich neben mich setzt und mich mit diesem umwerfenden Lächeln ansieht ..., da muss ich mich deutlich auf meine Atmung konzentrieren, um nicht ebenfalls in Ohnmacht zu fallen. Ich bin für solche Faxen schließlich schon viel zu erwachsen.

„Hi!“ Er streckt seine langen Beine halb in den Gang und zieht mich an sich, um mich zu küssen. „Mit meinem Termin ging es deutlich schneller, als ich gedacht hatte. Also wollte ich auch mal die einzigartige Erfahrung machen, New York als Tourist zu entdecken. Da es ganze Unternehmen gibt, die nur davon leben, muss es ja eine interessante Erfahrung sein." Grinsend legt er einen Arm um mich und schaut aus dem Fenster und es dauert nicht lang, bis er die Augen über die Kommentare verdreht, die aus den Lautsprechern kommen.

Stattdessen fängt er selbst an zu kommentieren, ahmt die Stimme des Sprechers nach, macht im selben Tonfall unanständige Witze und blöde Bemerkungen und irgendwann lache ich so laut, dass sich die ersten anderen Passagiere schon verärgert nach uns umdrehen.

„Ich glaube, wir sollten beim nächsten Halt aussteigen …", flüstert Tom mir ins Ohr und ich nicke zustimmend.

Bis wir wieder am Hotel angekommen sind, ist es schon beinahe Abend geworden. Nachdem wir uns kurz frisch gemacht haben, führt Tom mich in ein dem Hotel gegenüberliegendes Restaurant.

„Ich wollte hier schon immer mal hin – aber Victoria war es nie schick genug und allein essen zu gehen macht mir keinen Spaß." Kaum hat er es ausgesprochen, erstarrt er förmlich. Victoria ist seine Exfrau – ich weiß das, weil ich wie eine verrückte Stalkerin jeden Bericht über Tom gesehen habe, der im Fernsehen lief, nachdem er von mir weggegangen war. Und besagte Victoria hat es sich nicht nehmen lassen, sich möglichst oft interviewen zu lassen und ihr durchaus hübsches Gesicht jeder Kamera zu präsentieren. Aber Tom weiß natürlich nicht, dass ich das weiß.

Ein bisschen genieße ich es, ihn zappeln zu lassen, weil er nicht weiß, wie ich auf diese Enthüllung, die gar keine mehr ist, reagieren werde.

„Was passte ihr hier denn nicht?“ Ich will ihn ja nicht zu lange quälen, außerdem bin ich neugierig. Das Restaurant ist klein, das Personal ein bisschen überheblich und ganz eindeutig ist es teurer als die Restaurants, in denen ich in meinem Leben bisher gewesen bin. Es mag zwar kein Sterneniveau haben, aber die Karte liest sich zumindest ziemlich gut.

Ganz offensichtlich erleichtert über meine gelassene Reaktion, entspannen sich Toms Gesichtszüge wieder.

„So ganz genau weiß ich das nicht. Aber an erster Stelle, vermute ich mal, passte ihr nicht, dass es hier Essen auf der Karte gibt, das weniger als achtzig Dollar kostet. Und dass es hier Leute gibt, die weniger als 100.000 Dollar im Monat verdienen oder mit jemandem verheiratet sind, der das tut. Und dann – es ist Essen. Und das enthält Kalorien.“

Ich verschlucke mich beinahe an meinem Wasser. Was würde seine Exfrau wohl über mich denken? Ich will es lieber gar nicht so genau wissen. Ich verdiene nicht einen Bruchteil dessen und Essen … Ich liebe Essen! Was man leider auch sehen kann ...

„Ich habe sie ein paar Mal im Fernsehen gesehen." Nachdenklich schaue ich in die Karte, aber ich kann mich weder so richtig für etwas Bestimmtes zum Essen entscheiden noch dafür, ob ich ihm die unangenehmen Fragen, die mir auf der Zunge liegen, wirklich stellen soll oder lieber doch nicht. Wie so oft siegt letztendlich meine Neugier.

„War sie schon immer so?"

Sie erschien mir so oberflächlich, ich kann es gar nicht richtig in Worte fassen. Doch, ich kann: Die richtigen Worte sind *eingebildet, aufmerksamkeitsgeil* und *hohl.* Ich muss gestehen, dass ich ernsthaft schockiert gewesen bin, dass Tom je mit dieser Frau verheiratet war, aber diesmal halte ich wirklich lieber meinen Mund.

Der Kellner kommt an unseren Tisch und verschafft Tom damit zunächst eine Gnadenfrist.

„Soll ich für dich mitbestellen?"

Ich nicke nur. Ich kann mich ohnehin nie entscheiden, außerdem finde ich es ab und an angenehm, die Verantwortung für manche Dinge einfach an jemand anderen abtreten zu können, auch wenn es nur um so simple Dinge wie die Bestellung eines Abendessens geht.

Als der Wein serviert wird, nimmt Tom das Glas in die Hand und trinkt einen großen Schluck, bevor er nachdenklich auf die tiefrote Flüssigkeit starrt, fast so, als ob es dort irgendwelche Antworten auf seine Fragen gäbe. Oder vielmehr auf meine Fragen.

„Du fragst dich, was mich geritten hat, als ich Victoria geheiratet habe?"

So direkt hätte ich die Frage vermutlich nicht gestellt, aber genau das frage ich mich tatsächlich und ich bestätige es mit einem Nicken.

„Das habe ich mich selbst unzählige Male gefragt. Unsere Familien, oder genauer gesagt unsere Mütter, sind befreundet. Sie sind zusammen zur Schule gegangen. Irgendwie war es immer beschlossene Sache, dass Victoria und ich einmal heiraten würden. Ich weiß, das klingt irgendwie skurril, aber ich habe es erst infrage gestellt, als ich schon achtundzwanzig war und mein erstes Geld verdient habe. Da war aber bereits alles zu spät. Wir waren schon verheiratet. Zwei ganze Jahre lang schon."

„Du hast sie geheiratet, obwohl du sie nicht geliebt hast? Nur weil eure Familien das so wollten?" Ich bin ziemlich entsetzt, ich dachte immer, solche abgesprochenen Ehen wären in unseren Kulturkreisen und im einundzwanzigsten Jahrhundert schon längst ausgestorben.

„Klingt verrückt, oder?"

Wieder nicke ich nur. Meine Gedanken diesbezüglich möchte ich lieber nicht laut äußern.

Tom reibt sich mit beiden Händen das Gesicht und sieht immer noch nachdenklich aus. „Ich weiß, ich finde auch, dass es verrückt klingt. Aber es war einfach immer so selbstverständlich. Meine Freunde haben mich alle um meine hübsche Freundin beneidet und ich habe mich lange Zeit gut damit gefühlt.“ Er trinkt noch einen großen Schluck Wein. Ich genehmige mir ebenfalls einen und dann einen zweiten gleich hinterher.

„Es lief auch ganz gut. Genau so lange, wie ich exakt das gemacht habe, was meine Mutter und Victoria von mir wollten. Nämlich brav in die Fußstapfen meines Vaters zu treten. Aber dann kam der Tag, an dem ich Stanley Winterfield kennengelernt habe. Er war, oder ist immer noch, ein absoluter Nerd. Biologe. Aber er ist auch genial. Er hat mir von einer Idee erzählt, bei der, stark vereinfacht, der menschliche Körper auf einer Art Chip nachgebildet wird. Alle Organe in ihrer Funktion, nur in Miniaturformat. Leberzellen, Herz, Lunge … Das Ganze wird dann an einen künstlichen Blutkreislauf angeschlossen und man kann damit alle Funktionen und alle Wechselwirkungen nachempfinden, wie man es bei einem realen Menschen könnte. Die Idee klang so verrückt, dass ihm niemand zugehört hat. Zumal sich ja auch die Frage stellte: Was soll man damit anfangen? Aber mich hat diese Idee ein ganzes Jahr lang nicht in Ruhe gelassen. Ich habe mir allen möglichen Mist angelesen, jedes Lehrbuch inhaliert, das ich dazu gefunden habe. Und dann habe ich all mein Geld, mein ganzes Vermögen, investiert, um eine kleine Firma für Biotechnologie zu kaufen, die kurz vor dem Bankrott stand.“ Er lächelt versonnen, während er einen weiteren Schluck Wein trinkt.

„Victoria hat getobt. Das schöne Penthouse, das ich von meiner Großmutter geerbt habe und das sie so liebte, ist dabei nämlich auch draufgegangen und sie musste in eine kleinere Wohnung umziehen. Aber wir hatten zum Glück einen Ehevertrag, sodass sie nichts dagegen machen konnte. Meine Mutter hat ebenfalls getobt und mir damit gedroht, mich zu enterben. Was allerdings nicht wirklich schlimm gewesen wäre, denn mir gehörte eh schon das Meiste von dem sie dachte, es sei ihres. Mein Vater wollte ja, dass ich mal seine Firma übernehme und hat sein Testament dementsprechend verfasst. Und da er früh gestorben ist, hat mir schon so ziemlich alles von Wert gehört … zumindest, was das Firmenvermögen anging. Ich habe zu Geld gemacht, was ich zu Geld machen konnte. Weil ich von Stanleys Idee absolut überzeugt war. Zu Recht übrigens. Mittlerweile gehört *Summers Bionics* zu den erfolgreichsten Firmen der USA. Stanleys Idee spart jährlich Milliarden Dollar an Tier- und Menschenversuchen für die Pharmaindustrie und die Kosmetikherstellung. Ethischer ist es außerdem. Wir sind inzwischen in der Lage, einen kompletten menschlichen Organismus zu rekonstruieren und daran Wirkstoffe zu testen. Außerdem habe ich das Geld immer gut investiert, in neue Forschungsprojekte … Ich hatte ein glückliches Händchen.“

Tom lächelt zufrieden, während er darauf wartet, dass der Kellner ihm Wein nachschenkt. „Und ich hatte einen ziemlich guten Ehevertrag … Victoria, die mich, als *Summers Bionics* erfolgreich lief, plötzlich wieder mochte, hat Gift und Galle gespuckt, als ihr klar wurde, dass sie nichts davon abbekommen würde." Zufrieden lehnt er sich zurück.

Ich zögere eine ganze Weile, bevor ich etwas sage. Diese Frau ist mir so unsympathisch, zumindest das, was ich von ihr gesehen habe, dass es mir eigentlich zuwider ist, sie jetzt in Schutz zu nehmen.

„Ich an ihrer Stelle hätte dir bestimmt auch eher davon abgeraten, alles zu verkaufen, was du hast, um es in eine Idee zu investieren, von der absolut ungewiss war, ob sie Zukunft haben wird."

Thomas nickt – was nicht unbedingt die Reaktion ist, mit der ich gerechnet habe. „Ja, verständlich. Aber zwischen jemandem von etwas abraten und überhaupt nicht zuhören, worum es geht und von Anfang an Zeter und Mordio schreien, weil es nicht das ist, was man sich vorgestellt hatte, liegen eindeutig Welten."

Da hat er natürlich recht.

Mittlerweile ist der erste Gang gekommen, es gibt warmen Ziegenkäse mit karamellisiertem Zwiebelkuchen und es schmeckt sagenhaft gut.

+++

Ihr beim Essen zuzusehen ist ein Genuss für sich.

„Hmm …", seufzt sie gerade leise und verdreht entzückt die Augen. Dann kommt ihre kleine, rosa Zunge zum

Vorschein und leckt einen Krümel aus ihrem Mundwinkel.

Thomas rückt die Serviette in seinem Schoß zurecht, um zu verbergen, was dieser Anblick mit ihm anstellt. Er will sie, jetzt und in diesem Augenblick, so sehr, dass er ihr am liebsten das verdammte Besteck aus der Hand nehmen und sie sich über die Schulter werfen würde, um sie anschließend im Hotelzimmer wieder abzulegen und sie zu vögeln, bis sie seinen Namen schreit.

Sie ist so anders als die Frauen, denen er sonst begegnet. Sinnlich, natürlich, wunderschön und atemberaubend sexy. Vielleicht, weil sie sich nicht den ganzen Tag darüber Gedanken macht, ob sie mit einem Salatblatt mehr wohl ihr selbst gesetztes Tageslimit an Kalorien gesprengt hat. Oder ob man nächste Saison wohl Grauviolett oder doch eher Violettgrau tragen wird.

Sie ist einfach June. Und er kann sich nicht erinnern, je eine Frau so sehr begehrt zu haben wie sie.

Fast mit Gewalt muss er sich zwingen, nicht an den grandiosen Sex mit ihr gestern zu denken, weil er sich nicht sicher ist, ob er sie sich dann nicht wirklich über die Schulter werfen wird, um es umgehend den Rest der Nacht mit ihr zu treiben.

+++

Die Gedanken an Victoria lassen mich nicht in Ruhe. Es hat ein bisschen was Selbstzerstörerisches, wenn man an einem solchen Abend ständig an die Ex des Mannes denken muss, der einem gegenübersitzt, aber ich kann es nicht lassen, genauso wenig, wie ich es lassen kann, über sie zu reden.

„War ihr mangelndes Interesse an deinen Plänen der einzige Grund, weshalb du dich von Victoria getrennt hast?"

Thomas lacht kurz auf, aber es klingt vollkommen freudlos.

„Nein, es war einer von vielen Gründen. Ich denke, wenn meine Eltern es zugelassen hätten, hätte ich mich wahrscheinlich nie für sie entschieden. Wir passen nicht zusammen, haben keine gemeinsamen Interessen ... und wenn man sich an ihrer Fassade erst einmal sattgesehen hat ... Ich finde es furchtbar, das sagen zu müssen, aber ich finde sie nicht sonderlich liebenswert. Sie ist eine ziemliche Egoistin, meiner Meinung nach über die Grenzen des Moralischen hinaus." Er schiebt sich eine Gabel voll Ziegenkäse in den Mund und ich kann meinen Blick nicht von ihm nehmen, aber trotz aller Verliebtheit lassen seine Worte mich aufhorchen und wecken meine Neugierde nur noch mehr.

„Hast du einen bestimmten Grund dafür, so von ihr zu denken?"

Ich kann deutlich sehen, wie er zögert und kurz mit sich ringt, bevor er mir antwortet.

„Der Auslöser dafür, dass ich die Scheidung eingereicht habe, war eine Abtreibung. Eine Abtreibung, die sie hat vornehmen lassen, ohne mir davon zu erzählen. Ich habe es nur durch einen dummen Zufall herausgefunden …“ Er schluckt schwer und reibt sich mit der flachen Hand durchs Gesicht, bevor er weiterfährt. „Es mag ja durchaus Gründe für den Abbruch einer Schwangerschaft geben, die ich nachvollziehen kann. Auch wenn ich persönlich finde, dass eine Abtreibung immer nur der letzte Ausweg sein sollte. Aber … ihr war es einfach lästig. Und sie hat es gemacht, ohne vorher mit mir darüber zu sprechen. Es war auch *mein* Kind, das sie da hat … entfernen lassen. Natürlich ist es ihr Körper. Dennoch haben wir eine Beziehung geführt und sie hat es nicht einmal für nötig gehalten, mich darüber zu informieren, dass sie überhaupt schwanger war. Das habe ich ihr ganz einfach nicht verzeihen können.“ Wieder macht er eine Pause und betrachtet nachdenklich das Essen auf seinem Teller. „Ich weiß nicht, wie es geworden wäre, wenn das nicht geschehen wäre. Und auch nicht, wie es gewesen wäre, ein Kind mit ihr zu haben. Vermutlich hätte ich mich auch so von ihr getrennt. Wir haben einfach nie wirklich zusammengepasst. Ich habe es jedenfalls nie bereut, dass wir uns getrennt haben. Und unsere Trennung ist jetzt schon über vier Jahre her.“

Den halben Hauptgang verbringen wir schweigend. Es könnte wirklich deutlich romantischere Dates geben und geeignetere Themen für eine seichte Unterhaltung bei Essen und Wein. Aber die Dinge sind nun einmal, wie sie sind, und ich habe es schließlich nicht sein lassen können, weiter nachzufragen.

Erst als wir nach dem Essen noch einen Cocktail bestellen, wird die Stimmung wieder entspannter. Wobei das so nicht ganz korrekt ist. Denn genau genommen ist die Stimmung zwischen uns jetzt alles andere als entspannt, sondern eher im Gegenteil, ziemlich spannungsgeladen. Während ich an meinem Gin Fizz nippe, malt Thomas mit seinem Zeigefinger kleine und große Kreise auf meinen Handrücken und mein Handgelenk. Bis heute war mir gar nicht klar, dass selbst meine Hände eine direkte Verbindung zu ganz gewissen Stellen meines Unterleibes haben, aber diese scheinen plötzlich besonders gut durchblutet, werden feucht und fangen an zu kribbeln. Bilder von Toms nacktem Körper blitzen in meinem Kopf auf und mir wird auf einmal ziemlich warm; heiß sogar, um ganz genau zu sein.

„Woran denkst du gerade, mein Engel?“ Bei dieser Frage senkt Tom seine Stimme und ich bin mir sicher, dass er das genau weiß und mich lediglich ein bisschen in Verlegenheit bringen will. Aber dieses Spiel lässt sich auch zu zweit spielen. Lächelnd lecke ich mir über die Lippen und ich kann sehen, wie in seinen Augen etwas aufblitzt. Ich beuge mich zu ihm vor, im Zeitlupentempo und wohl wissend, dass der Ausschnitt meines Wickelkleides ihm gerade ziemlich tiefe Einblicke gewähren dürfte.

„Weißt du eigentlich, wovon ich letzte Nacht geträumt habe?“, schnurre ich, leise genug, dass es außer ihm niemand mitbekommen kann.

Er schluckt, bevor er sich ebenfalls zu mir vorbeugt.

„Nein, wovon denn?“, gibt er dann ebenso leise zurück.

„Vom Eis essen.“

Seine Augenbrauen wandern erstaunt in die Höhe.

„Vom Eis essen?“

„Ganz genau. Und neulich habe ich ein Buch über Traumdeutung gelesen. Weißt du eigentlich, was Freud zu Träumen über das Essen sagt? Er geht von … unbefriedigten oralen Lüsten aus in solchen Fällen.“ Ich mache eine Pause, um seine Reaktion besser auskosten zu können und als ich ihn erneut hart schlucken sehe, lächle ich zufrieden. „Übrigens war es Eis am Stiel“, setze ich dann noch obendrauf.

Meine Erfahrungen mit Männern, die mich zum Essen einladen, sind eher begrenzt. Aber auch, wenn mir explizite Vergleichswerte fehlen – ich bin mir nahezu sicher, dass Tom überdurchschnittlich schnell bezahlt hat. Sogar noch viel schneller als schnell.

Und mindestens genauso schnell sind wir im Hotel. Aber ich muss ihm zugutehalten: Nachdem wir endlich in unserem Zimmer angekommen sind, lässt er sich Zeit. Viel Zeit.

Er küsst mich, zärtlich und liebevoll, liebkost jeden Wirbel meines Rückens einzeln, als er mich langsam auszieht. Sich von Tom ausziehen zu lassen ist ein Genuss für sich, er gibt mir das Gefühl, wunderschön und begehrenswert zu sein, während er mir süße, sinnlose Zärtlichkeiten ins Ohr flüstert.

„Du bist so schön, mein Engel. So wunderschön."

Er küsst mich, während er mit schlichter, reiner Zärtlichkeit in mich eindringt und mich dann höher und höher treiben lässt, bis ich mich in meinem Höhepunkt verliere. Während er mir kurz darauf folgt, flüstert er meinen Namen in mein Ohr, immer und immer wieder.

Als ich einschlafe, ich bin mir ganz sicher, sehe ich aus wie die befriedigte Frau, die ich bin.

+++

Lächelnd sieht er June dabei zu, wie sie langsam einschläft und er beobachtet sie immer noch, als sie schon lange träumt. Sie sieht entspannt aus, zufrieden und im Schlaf offen, weich und verletzlich.

Und vor allem ist sie wunderschön.

Während sie im Schlaf leise seufzt und irgendetwas murmelt, zieht er sie fest in seine Arme und bettet ihren Kopf auf seine Brust.

„Schlaf gut, mein Engel", flüstert er an ihrem Scheitel, bevor er das spärliche Licht der kleinen Lampe neben sich löscht.

+++

Kapitel 30

„Hast du für heute irgendwelche Pläne, oder reicht es, wenn ich dich heute Abend wieder nach Hause bringe?“

Ach bitte – behalt mich doch einfach.

Tom steht vor dem Bett, in dem wir die Nacht verbracht haben und stellt mir ein Tablett mit Frühstück auf den Nachttisch und er sieht dabei so sexy und männlich aus, dass ich ihm sofort glauben würde, wenn er mir erzählen würde, dass er alles Tierische auf meinem Frühstückstablett eigenhändig erlegt hat.

Ich muss gestehen, ich bin ziemlich verliebt in diesen Kerl. Trotzdem nehme ich mir heraus, in mein Croissant zu beißen, bevor ich ihm antworte.

„Heute Abend reicht völlig aus.“

„Sehr schön. Ich würde dich nächste Woche gerne mit auf ein Dinner nehmen. Geschäftlich. Und meistens entsetzlich anstrengend. Würdest du mich dorthin begleiten? Das würde mir den Abend wirklich versüßen.“

„So wie du das anpreist, klingt es ja wirklich nach einem Event, das man keinesfalls verpassen sollte.“ Ich verschränke die Arme vor der Brust und lache. Thomas lächelt, und sieht dabei irgendwie gefährlich aus, während er sich mir nähert.

„Die Veranstaltung selbst mag vielleicht nicht so spannend sein, aber ich verspreche dir, ich mache es anschließend wieder gut. Lange und ausgiebig." Er schnurrt in mein Ohr und ich muss schlucken.

„Unter diesen Umständen ... Sie haben für nächste Woche eine Begleitung, mein Herr!"

„Sehr erfreut, Gnädigste." Er macht einen tiefen Diener und ich kichere wie ein kleines Schulmädchen.

„Und weißt du, was auch wunderbar ist? Ich kann jetzt mit dir shoppen gehen. Und bevor du widersprichst und sagst, dass das gar nicht infrage kommt: Es ist ein Geschäftsessen und ich will nicht, dass du dafür etwas von deinem privaten Geld ausgibst."

Meinen Mund, den ich wirklich schon geöffnet habe, um Widerspruch zu leisten, klappe ich brav wieder zu.

+++

Interessiert beobachtet Tom, wie Junes Vernunft mit ihrem Stolz ringt, bevor sie endlich nachgibt. Nicht, dass er ihr ihren Stolz nicht zugutehalten würde – aber manchmal ist es auch wichtig, Notwendigkeiten einzusehen.

Lächelnd reicht er ihr seine Hand und die hübschen, silbernen Armreifen, die sie heute trägt, klirren leise, als sie ihre Finger sanft um seine schließt.

„Du siehst einfach atemberaubend aus", flüstert er ihr ins Ohr und sie lächelt dieses süße, unsichere Lächeln, das sein Herz jedes Mal aufs Neue zum Schmelzen bringt.

Später nehmen sie sich ein Taxi; Tom wollte seinen Fahrer nicht unnötig warten lassen. June greift nach seiner Hand, ihre Finger spielen mit seiner Armbanduhr.

„Diese Uhr trägst du immer", sagt sie leise und bekommt dabei eine kleine Falte zwischen den Augenbrauen, wie immer, wenn sie über etwas nachdenkt.

„Ich habe sie von meiner Großmutter bekommen, als ich volljährig geworden bin. Sie ist kurz darauf gestorben. Ich habe sehr an meiner Grandma gehangen."

Sie nickt und scheint mit seiner Antwort zufrieden zu sein, aber dann vertieft sich die kleine Falte erneut.

„Tom?" Ihr nachdenklicher Tonfall lässt ihn aufhorchen.

+++

Mit dem Zeigefinger male ich das Metallgehäuse seiner Armbanduhr nach. Ich brauche noch einen Moment, um ihn zu fragen, was ich ihn schon so lange fragen möchte, weil ich mir nicht sicher bin, ob ich die Antwort auf diese Frage wirklich hören möchte. Noch eine Umrundung um das schön gearbeitete Ziffernblatt und noch eine …

„Warum hast du dich nicht mehr bei mir gemeldet? Und die Presse … hat so getan, als hätte ich dich gefangen gehalten. Und du hast nichts dagegen getan." Jetzt habe ich es angesprochen, endlich. Ich würde gerne die Augen schließen und die Luft anhalten, bis er antwortet, aber ich umkreise weiter mit den Fingerspitzen das Ziffernblatt seiner Uhr.

Thomas seufzt tief. Die Frage scheint ihn durchaus in Verlegenheit zu bringen und ich finde es – zumindest was diese Problematik angeht – ganz angenehm, ihn ein bisschen leiden zu sehen. Ich habe schließlich auch gelitten, also ist das nichts weiter als ausgleichende Gerechtigkeit. Auge um Auge und so.

„Ich hatte viele Gründe, aber keinen, der das wirklich entschuldigen würde“, antwortet er nach einer Weile und spielt dabei mit den Fingern meiner rechten Hand. „Mein Gedächtnis ist ziemlich schnell zurückgekehrt, als ich wieder zu Hause war. Wenn ich ehrlich bin, konnte ich mich schon bei dir wieder an einiges erinnern, aber ich wollte wohl einfach noch ein bisschen bei dir bleiben.“ Er räuspert sich. „Irgendwie hat sich dann in meinem Kopf festgesetzt, dass das mit uns niemals wird funktionieren können und dass ich dich vergessen muss. Zu Hause war so viel los, dass ich mich erst einmal ein bisschen sortieren musste. Meine Mutter und Victoria haben ihre Chance gewittert, mich vielleicht doch wieder mit ihr zusammenbringen zu können, in der Firma war alles Mögliche liegen geblieben … Die Nummer mit der Presse habe ich erst viel später mitbekommen, als es zu spät war, alles wieder geradezurücken. Normalerweise lasse ich mich wirklich nicht so leicht beeinflussen, aber an diesem Tag war ich wirklich durcheinander, ich war ja gerade erst ein paar Stunden von dir weg. Sie haben mir Fragen gestellt und sie hinterher völlig aus dem Zusammenhang gerissen im

Fernsehen gezeigt. Das wird übrigens noch ein Nachspiel haben … Aber für dich bringt das natürlich nichts mehr."

Der Taxifahrer, ein Inder, der vorher laut Musik gehört und ebenso laut wie schief mitgesungen hat, ist auf einmal ganz still geworden und hat das Radio leiser gedreht. Thomas scheint es nicht zu bemerken, vielleicht ist es ihm auch egal.

„Ich habe so viel an dich gedacht … aber irgendetwas in mir hat mich immer davon abgehalten, mich bei dir zu melden. Nein, nicht irgendwas. Ich habe deine Familie kennenlernen dürfen, als ich bei dir war. Als ich von dir weggefahren bin, hatte ich diese Bilder ständig im Kopf. Wie deine Eltern dich umarmt haben. Wie sie gelächelt haben, als sie dich angesehen haben und auch, wie du gelächelt hast. Wie rot du geworden bist, als deine Mutter meinte, ich sei sexy …"

Er lacht, weil ich die Augen verdrehe und allein bei dem Gedanken daran schon wieder erröte. Aber dann fasst er meine Hand ein bisschen fester und wird wieder ernst.

„Auch wenn sie dir in diesem Moment entsetzlich peinlich war, hat man trotzdem spüren können, wie viel ihr einander bedeutet. Wie wichtig ihr euch seid. Egal, ob der andere mal etwas macht, was nicht so ist, wie man sich das vorgestellt hat. Ihr liebt euch. Einfach so."

Einen Moment lang sieht er mich an, intensiv und eindringlich, während wir an einer roten Ampel halten müssen.

„Ich kenne das nicht. In meinem Leben kam es immer nur auf Leistung an, auf Prestige, auf Geld. Niemand hat mich je so angesehen wie deine Eltern dich. Und ich ... Mir war es auch immer nur wichtig, Erfolg zu haben. Bei Victoria war mir all das, was ich in deiner Familie beobachten durfte, egal. Und ihr vermutlich auch, denn auch in ihrem Leben kommt es letztendlich nur auf Prestige und auf Geld an. Aber bei dir ... Ich hatte das Gefühl, dir etwas Entsetzliches anzutun, wenn ich dich in mein Leben lasse, und mich unbedingt von dir fernhalten zu müssen, um dir nicht zu schaden. Ich wollte mich bei dir bedanken und dann verschwinden. Aber ich hatte Angst, was passieren würde, wenn ich dich wiedersehe. Und jeden Morgen habe ich es auf später verschoben. Und dann war es wieder weit nach Mitternacht und der Tag vorbei. Und irgendwann war so viel Zeit verstrichen, dass ich ohne triftigen Grund einfach nicht mehr bei dir anrufen oder aufkreuzen konnte, es war zu spät, um mich nur einfach so zu bedanken. Irgendwann ist es eben so, dass der richtige Zeitpunkt verstrichen ist und ich habe mehr schlecht als recht versucht, dich aus meinen Gedanken zu verbannen."

Er sieht mich wieder mit diesem durchdringenden Blick an, während er meine Hand an seinen Mund zieht und meine Fingerknöchel küsst.

„Bis ich dich dann wiedergetroffen habe. In dem Moment ist mir klar geworden, dass es mir niemals gelingen würde, dich zu vergessen. Ich will dich. Ich will dich, koste es, was es wolle. Nach unserem ersten Date …, als du einfach abgehauen bist, da ist mir dann endgültig klar geworden, dass ich um dich kämpfen muss. Dass ich mich ändern muss, wenn ich dich halten will und gut für dich sein will. Dass Geld allein nicht glücklich macht, ist keine neue Erkenntnis für die Menschheit. Für mich ist es das aber ein Stück weit schon. Ich war so unglücklich ohne dich …, trotz des vielen Geldes. Aber wenn ich dich glücklich machen kann, wenn du für mich lächelst, wenn ich sehe, dass du dich über etwas freust …, dann ist das auch schön für mich. Es macht auch mich glücklich. Es ist so viel schöner als alles andere, was ich in meinem Leben bisher so erlebt habe. Und eigentlich ist es ganz einfach. Also habe ich beschlossen, um dich zu kämpfen. Wie dir vielleicht aufgefallen ist, kann ich sehr hartnäckig sein, wenn ich nur will."

„Ja, das ist mir aufgefallen." Eine Träne kullert über meine Wange und er wischt sie mir weg.

„Gut." Tom zieht meine Hand an seinen Mund und küsst erneut meine Fingerknöchel. „Merk es dir für die Zukunft. Denn auch da werde ich alles daran setzen, mein Leben mit dir verbringen zu dürfen."

Das Taxi hält an und der Taxifahrer nimmt die Brille ab und wischt sich mit einem Taschentuch über die Augen, bevor er sich lautstark die Nase putzt.

Anschließend will er kein Geld von Thomas nehmen, sondern besteht darauf, dass Tom mich davon schön ausführen oder mir Blumen kaufen soll. Tom braucht geschlagene fünf Minuten, bis er ihn überredet hat, dass er das Geld trotzdem annehmen soll.

Anschließend schleppt Tom mich in mehrere verschiedene Läden, wobei er in jedem beinahe enthusiastisch begrüßt wird, während ich mich furchtbar underdressed fühle. Am Ende unserer Shoppingtour haben wir ein wunderschönes, ein perfektes Kleid für mich gefunden.

Kapitel 31

Unser kurzer Ausflug nach New York ist viel zu schnell vorbeigegangen und der graue Alltag hat uns wieder fest im Griff.

Aber heute Abend haben wir ein Date und ich kann es kaum erwarten, dass endlich Feierabend ist.

Ich habe mich heute Morgen fünfmal umgezogen, bis ich etwas gefunden habe, das sowohl seriös genug für die Arbeit, als auch sexy genug für ein Date ist; nach der Arbeit erst noch nach Hause zu fahren und mich umzuziehen wäre viel zu umständlich.

Schließlich habe ich mich für ein schlichtes, graues Kleid mit tiefem Ausschnitt entschieden. Während ich mit dem Aufzug nach unten fahre, öffne ich meinen Blazer und verstaue das Tuch in meiner Handtasche, das den Ausschnitt meines Kleides im Büro versteckt hat.

Meine hohen Absätze klappern auf den Fliesen, als ich durch die kleine Eingangshalle nach draußen gehe, wo Toms Chauffeur schon auf mich wartet.

Die Abendsonne taucht alles in ein schönes, goldenes Licht und ich bin ein bisschen aufgeregt und sehr hungrig, als ich in den Wagen steige.

Es ist das erste Mal, dass ich mich mit Thomas in seiner Wohnung treffe. Das Auto hält vor einem der hohen

Backsteingebäude aus dem frühen zwanzigsten Jahrhundert, wie sie für Boston typisch sind.

Drinnen werde ich offensichtlich schon erwartet, der Concierge kommt freundlich lächelnd auf mich zu, als ich von Toms Fahrer begleitet das Haus betrete.

„Guten Abend, Ms. Denning, wenn Sie mir bitte folgen würden?"

Über hellen Marmorboden begleitet er mich die wenigen Meter bis zum Aufzug und gibt einen Code ein, bevor er mir einen schönen Abend wünscht und mich allein nach oben fahren lässt.

Nervös und voller Vorfreude öffne ich meine Handtasche und hole das Geschenk für Thomas heraus. In meiner Mittagspause habe ich extra noch schönes Papier gekauft. Ich drücke das kleine Päckchen eng an meine Brust und als sich nach der kurzen Fahrt die Fahrstuhltüren wieder öffnen, habe ich auf einmal den Eindruck, dass es in dem kleinen Raum viel weniger Sauerstoff gibt, als mein Körper gerade braucht.

Lächelnd und mit verschränkten Armen gegen eine Kommode gelehnt steht Thomas der sich öffnenden Fahrstuhltür gegenüber. Er trägt eine dunkelblaue Anzughose und ein weißes Hemd, das er aus dem Hosenbund gezogen hat, die Ärmel bis über die Ellenbogen hochgekrempelt; dazu eine offene Weste und keine Schuhe. Mein Blick bleibt an seinem gefährlich betörend lächelnden Mund hängen und ich muss schlucken.

„Ich habe schon auf dich gewartet, mein Engel."

Langsam schlendert er auf mich zu, während ich endlich den Fahrstuhl verlasse. Er küsst mich, mit genau der Art von Kuss, den ich gerne vertiefen würde, aber er löst sich gleich wieder von mir.

„Kommst du mit in die Küche? Ich habe Essen für uns vorbereitet."

„Du hast für uns gekocht?" Ich klinge erstaunter, als es in dieser Situation nett ist, aber Tom lacht nur leise.

Während ich ihm über den alten Dielenboden folge, sehe ich mich in seiner Wohnung um. Überall findet sich ein Mix aus neuen und alten Dingen, es dominieren alle möglichen Grautöne und helles Braun, immer wieder unterbrochen von toll gesetzten Farbakzenten.

Die Küche ist modern, mit einer Granitarbeitsplatte und vielen Milchglasfronten, und sie sieht aus, als würde Tom sie nicht oft benutzen. In der Mitte des Raumes steht ein großer Esstisch aus Eiche, über dem ein Kerzenleuchter mit brennenden Kerzen hängt.

„Setz dich doch." Tom deutet auf einen der Plätze, die eingedeckt sind, und zieht den Stuhl für mich zurück.

„Möchtest du ein Glas Wein trinken?"

Ich nicke. „Sehr gerne." Sein Geschenk lege ich vor mir auf dem Tisch ab, und beobachte ihn, wie er eine Flasche Weißwein aus dem riesigen Edelstahl-Kühlschrank nimmt.

„Ich habe dir etwas mitgebracht“, sage ich, nachdem wir angestoßen haben und schiebe das kleine Paket zu ihm hinüber.

„Ein Geschenk für mich? Das hättest du doch nicht gebraucht …“ Man kann ihm aber ansehen, dass er sich trotzdem darüber freut.

„Ich wollte es aber.“ Lächelnd beobachte ich, wie er es auspackt.

„Tolstois *Krieg und Frieden,* June? Deine Ausgabe?“ Andächtig streicht Tom über den schon etwas abgegriffenen Buchdeckel.

„Ja … Ich dachte, es hat dir so gut beigestanden, als du bei mir warst, dass du es vielleicht gerne hättest. Für schlechte Zeiten oder so. Außerdem … hast du dann auch immer etwas von mir bei dir, für schlechte Zeiten.“

Er beugt sich über den Tisch zu mir, um mich zu küssen.

„Das ist eines der schönsten Geschenke, die ich je bekommen habe. Ich danke dir.“ Tom blinzelt und steht dann ein bisschen zu schnell auf. „Ich kümmere mich dann mal um das Essen, du hast doch sicher Hunger?“ Mit diesen Worten dreht er mir den Rücken zu und beschäftigt sich mit dem Backofen. Als er sich irgendwann zu mir umdreht, hat er sich wieder gefangen. Anscheinend hat er noch nicht oft Geschenke bekommen, bei denen sich jemand Gedanken gemacht hat.

Später gibt es thailändisches Essen, das ganz hervorragend schmeckt – genauso wie der Wein.

„Das hast du aber nicht selbst gekocht, oder?“ Ich schaue ihm forschend ins Gesicht und er grinst.

„Nein. Aber ich habe es selbst bestellt. Ich wollte dich ja nicht sofort wieder vergraulen.“

„Das zumindest kannst du hervorragend.“ Nach einer weiteren Gabel voll dieser exotischen Köstlichkeiten sage ich nachdenklich: „Wir hätten doch auch zusammen kochen können, geliefertes Essen ist doch immer völlig überteuert.“

Tom lacht dieses wunderschöne tiefe Piratenlachen und mir wird ganz warm.

„Ich finde es gar nicht überteuert, wenn es dir schmeckt. Außerdem bist du mein Gast, da lasse ich es bestimmt nicht zu, dass du für mich kochst. Und du weißt doch, dass ich keine wirklich große Hilfe in der Küche bin.“

Ich muss schmunzeln. „Ich habe noch nie jemanden gesehen, der eine Zucchini in so einheitlich große Würfel geschnitten hat wie du. Ich habe nur auf den Moment gewartet, in dem du mich um ein Lineal bittest, um die Ergebnisse nachzumessen.“

„Das war nicht nötig.“ Er grinst. „Jedes Stück war exakt 0,85 x 0,85 Zentimeter groß – ich bin mir da ganz sicher.“

„Wie gut, dass ich nicht mehr in der Lage bin, dir das Gegenteil zu beweisen.“

„Wohl wahr.“ Tom zwinkert mir gut gelaunt zu, während er uns ein weiteres Glas Wein einschenkt. Dabei beugt er sich so weit zu mir über den Tisch, dass ich mich zu ihm hochrecke, um einen kleinen Kuss auf seine Augenbraue zu platzieren.

„Wo kommt eigentlich die Narbe her, die in deiner Braue?"

Er trinkt noch einen Schluck Weißwein, bevor seine Hand zu seiner Narbe wandert.

„Würdest du mir glauben, wenn ich dir erzähle, dass ich mir die zugezogen habe, als ich eine Klasse unschuldiger Klosterschülerinnen ganz allein aus den Händen brutaler Menschenhändler befreit habe?" Ich muss lachen und verschlucke mich fast an meinem Wein.

Tom grinst. „Ich schätze, das war ein Nein. Also gut. Die wirkliche Geschichte ist aber viel unspektakulärer. Als ich fünf Jahre alt war, haben meine Eltern eine Dinnerparty veranstaltet. Ich sollte eigentlich schon schlafen gehen, bin aber meiner Nanny entwischt, um noch einen Blick ins Esszimmer zu werfen. Weil mein Kindermädchen mir natürlich hinterhergelaufen ist, musste ich mich beeilen und bin gerannt wie ein Großer. Leider auf Socken und der Boden war frisch gebohnert und ziemlich glatt. Um es kurz zu machen: Ich bin ausgerutscht und mit dem Kopf gegen den Türrahmen geknallt. Ich hatte eine dicke Platzwunde über dem Auge. Und als meine Mutter kam, um zu schauen, warum mein Kindermädchen so herumzetert, ist irgendwie ein Blutfleck auf ihr Kleid gekommen. Sie war *so* sauer …" Gedankenverloren schüttelt er den Kopf. „Als ich später mit der Nanny aus dem Krankenhaus wiederkam, war ihre Party schon im vollen Gange. Meine Mutter musste ein Kleid tragen, das sie im Jahr vorher schon einmal zu einer anderen Veranstaltung anhatte. Das hat sie mir bis heute nicht verziehen. Und damals hat sie drei volle Tage nicht mit mir geredet, weil ich so unartig war."

Ich suche nach Bitterkeit in seiner Stimme, aber alles, was ich erkennen kann, ist eine stumpfe Gleichgültigkeit, die mich fast noch mehr erschreckt.

„Deine Mutter hat die Nanny mit dir ins Krankenhaus fahren lassen und ist selbst zu Hause geblieben?"

„Natürlich." Noch einmal betastet er die Narbe in seiner Braue. „Sie hat schließlich Gäste erwartet ... und auch sonst denke ich nicht, dass sie mitgekommen wäre. Für genau so etwas hat sie ja schließlich das Kindermädchen eingestellt."

Ich bin ehrlich schockiert. Warum bekommt man Kinder, wenn man sich dann nicht um sie kümmern will? Sind sie nur dann gut, wenn sie brav, lieb und still sind und immer machen, was man von ihnen will? Ich werde so etwas nie begreifen können. Was hilft einem all das Geld, wenn man vor lauter gesellschaftlichen Verpflichtungen, die man meint einhalten zu müssen, keine Zeit mehr für die Menschen hat, die einem eigentlich das Wichtigste im Leben sein sollten?

Tom scheint zu erahnen, was mir gerade durch den Kopf geht.

„Vielleicht verstehst du jetzt, warum ich kein sonderlich gutes Verhältnis zu ihr habe ... bis heute nicht."

„Das verstehe ich mehr als gut."

Lächelnd greift er nach meiner Hand.

„Gut. Und jetzt lass uns über etwas Erfreulicheres reden ... Wie war dein Tag? Hat sich dein Chef anständig benommen?"

Die tiefen Falten zwischen seinen Augenbrauen zeigen mir, dass er den Gedanken an meinen Chef alles andere als erfreulich findet. Ich strecke die Hand aus und streiche sanft darüber, woraufhin sie wieder verschwindet.

„Er benimmt sich immer anständig in letzter Zeit. Ich denke, es war nur ein Ausrutscher."

„Ich sollte ja von allen am besten verstehen, dass er sein Glück bei dir versuchen wollte. Dennoch werde ich ihn eigenhändig kastrieren, wenn er noch einmal wagen sollte, seine schmierigen Pfoten nach dir auszustrecken!"

Wir lachen beide und nachdem wir aufgegessen haben, zeigt Thomas mir seine Wohnung, die wirklich wunderschön ist. Der erste Eindruck, den ich gewonnen habe, setzt sich auch in den restlichen Räumen fort. Grau, Braun, Supermodernes und Antikes mischen sich zu einem harmonischen Gesamtbild. Und überall sind Bücher. So aufgeräumt seine Wohnung auch sonst sein mag – seine Bücher liegen überall, auf jedem Tisch, auf dem Sofa, sogar auf seinem Bett.

„Du liest wirklich gerne, oder?" Ich setze mich auf das Bett und greife nach dem Buch, das dort liegt, um es mir anzusehen, aber Thomas ist schneller.

„Du glaubst doch wohl nicht im Ernst, dass ich dich ein Buch lesen lasse, während ich dich das erste Mal in meinem Bett habe?"

Er nimmt es mir aus der Hand und drängt mich nach hinten, sodass ich auf der weichen Decke zu liegen komme, während er mich küsst.

„Ich muss dich leider enttäuschen", gebe ich ein bisschen atemlos von mir, als er sich an dem seitlichen Reißverschluss meines Kleides zu schaffen macht. „Es ist schon ziemlich spät und Miz Mary wartet auf mich ... und mein Bus fährt in fünfzehn Minuten."

„Bisher habe ich deine Katze immer sehr gemocht." Unbeeindruckt zieht er den Reißverschluss weiter nach unten. „Aber ich überlege mir das noch mal, wenn sie dich davon abhält, Sex mit mir zu haben." Seine Hand schiebt sich in mein geöffnetes Kleid und streicht über meinen Bauch. „Zum Glück würde ich dich niemals mit dem Bus nach Hause fahren lassen. Ich bringe dich nachher selbstverständlich persönlich nach Hause. Ganz nebenbei ..." Langsam schiebt er die Finger von oben in mein Höschen. „Ganz nebenbei hat das den angenehmen Nebeneffekt, dass wir jede Menge Zeit gewinnen." Ich kichere ein bisschen albern, höre aber schnell wieder damit auf, als er seine Hand noch tiefer wandern lässt und zwischen meinen Beinen ankommt.

Später bringt er mich nach Hause und schickt seinen Chauffeur wieder weg, als wir angekommen sind. Erstaunt schaue ich ihn an, als er mit mir ins Haus kommt und die Tür hinter sich schließt.

„Musst du nicht morgen früh nach Seattle?“

„Ja, aber von hier ist es auch nicht viel weiter. Ich lasse mich morgen früh wieder abholen. Wenn ich darf.“

„Nichts lieber als das!“

Er legt die paar Meter zwischen uns mit drei, vier großen Schritten zurück und mein Herz schlägt ein bisschen schneller. Noch schneller.

Wir küssen uns, lange und ausgiebig und später, kurz bevor ich an ihn gekuschelt in meinem Bett einschlafe, zieht Tom mich noch einmal ganz eng an sich.

„Es ist so wunderschön mit dir. Ich bin wahnsinnig glücklich“, flüstert er mir ins Ohr und ich nehme ein Lächeln mit ins Land der Träume.

Ich werde davon wach, dass er aufsteht; mein Wecker verrät mir, dass es erst vier Uhr morgens ist.

„Schlaf weiter, mein Engel“, flüstert Tom mir ins Ohr und zieht die heruntergerutschte Decke wieder über meine Schultern hoch. „Wir sehen uns morgen, zu dem Dinnerevent.“ Er küsst meinen Scheitel und verlässt so leise wie möglich mein Schlafzimmer, aber ich kann trotzdem nicht mehr einschlafen.

Langsam stehe ich auf und gehe zum Fenster. Es hat

gerade angefangen zu dämmern, das Schwarz der Nacht ist einem diffusen Blau gewichen. Ich sehe Toms Wagen vorfahren und ihn darauf zugehen. Bevor er einsteigt, wandert sein Blick noch einmal zu meinem Schlafzimmerfenster hoch und als er mich dort entdeckt, lächelt er.

Ich schaue seinem Wagen noch hinterher, bis er um die nächste Ecke verschwunden ist, dann gehe ich nach unten. Mich ohne ihn wieder ins Bett zu legen, fühlt sich gerade fürchterlich an.

In meiner Küche sehe ich als Erstes eine fressende Miz Mary, die Tom ganz offensichtlich schon gefüttert hat. Und dann sehe ich etwas auf meinem Küchentisch. Ein Buch und eine Karte.

Das hier ist meine Ausgabe von
Krieg und Frieden
Damit Du etwas hast, das Dich in einsamen
Stunden tröstet. Und etwas von mir.
Außerdem kann ich keineswegs zulassen, dass
so ein wichtiges Werk in Deiner Sammlung fehlt.
In Liebe – Dein Thomas.

Ich drücke das Buch an mich, setze mich damit auf mein Sofa und beginne zu lesen. Kurze Zeit später kommt Miz Mary zu mir, legt sich auf meine Beine und schnurrt.

Beinahe verpasse ich die Zeit, zu der ich sonst immer aufstehe und schaffe es gerade eben noch pünktlich zur Arbeit.

Das, was Tom als *geschäftliches Abendessen* bezeichnet hat, könnte man auch als Strafandrohung für Kinder nutzen, wenn sie nicht brav sind. Ich wette, das hätte noch mehr Erfolg, als die Androhung von Hausarrest mit kombiniertem Telefon- und Internetverbot.

Alles fühlt sich wie eine einzige Katastrophe an. Es hat geregnet wie aus Eimern, als wir losgegangen sind, und trotz des Regenschirms bin ich nass geworden. Meine Frisur, die vorher wirklich toll war, kringelt sich jetzt an Stellen, an denen sie glatt hätte sein sollen und umgekehrt. An sich wäre das ja nur halb so schlimm, wenn nicht die Frisuren aller anderen anwesenden weiblichen Wesen immer noch perfekt wären. Ich frage mich, was die wohl für Haarspray benutzen, dass jedes Haar an exakt der Stelle bleibt, an die es hingehört. Meine Haare sehen *nie* so aus. Meine Nase ist nass geworden und fängt an zu laufen und ich fühle mich wie ein begossener, übergewichtiger, unterbelichteter Pudel zwischen lauter elitären Schönheitsköniginnen jeden Alters.

Die ganze Veranstaltung ist sterbenslangweilig, aber zumindest ist das Essen gut und es gibt genug Wein. Wenn man sich nicht eine Rede nach der anderen anhören müsste, ständig jemand Fotos machen würde, die Stühle bequemer wären und die anwesenden Damen nicht durch oberaffektiertes Verhalten auffallen würden … ja, dann wäre es vielleicht sogar richtig nett.

Von alledem mal ganz abgesehen, ist es wahnsinnig anstrengend. Ständig kommt jemand zu unserem Tisch, stellt sich mir vor, erzählt Thomas irgendetwas, um mich dabei neugierig zu mustern. Oder bösartig. Langsam bekomme ich das Gefühl, den Damen der High Society ihr Lieblingsspielzeug weggenommen zu haben. Was dazu führt, dass die eine Hälfte der anwesenden Damen mir mörderische Blicke zuwirft und schmollt, während die andere Hälfte Versuche anstellt, mit Tom zu flirten. Dabei gehen sie nicht gerade subtil vor. Ich hätte nicht gedacht, dass die feinen Damen so rangehen würden; selbst Lauren, die ich immer für die große Meisterin des Ranschmeißens gehalten habe, würde bei der ein oder anderen Nummer vor Neid erblassen.

Tom wimmelt sie, charmant aber bestimmt, alle ab. Mir geht es trotzdem irgendwann an die Nieren. Ich bin eigentlich nicht eifersüchtig, wirklich nicht. Aber was zu viel ist, ist zu viel.

Nachdem die nächste aufgetakelte *Dame* endlich verschwunden ist, beuge ich mich zu Tom hinüber.

„Der nächsten aufgeplusterten Ziege, die herkommt und dich mit ihren manikürten Händchen betatscht, kippe ich meinen Rotwein auf ihr Designerkleidchen. Oder ich treibe es mit dir hier mitten im Raum und vor allen Leuten, um meine Besitzansprüche klarzustellen. Vielleicht mache ich auch beides."

Tom lacht rau auf und sofort hat er wieder dieses verwegene Funkeln in seinen Augen.

„Tu, was du nicht lassen kannst, meine Liebste."

Dann stellt er seinen Stuhl ganz nah neben meinen, so nah, dass die dämliche Alte am Nebentisch schon anfängt zu tuscheln und irritierte Blicke in unsere Richtung zu werfen.

Und als sich das nächste aufgetakelte, spindeldürre Etwas in unsere Richtung bewegt und dann, in eindeutiger Absicht, erst diesen Schmachtblick aufsetzt, um sich schließlich so lasziv in den Hüften zu wiegen, dass ich schon beim Zuschauen ganz seekrank werde, da zieht Tom mich ganz nah zu sich heran und küsst mich.

Es ist kein keuscher Kuss, den er mir da verpasst. Es ist ein Kuss voller Leidenschaft, Zärtlichkeit und Liebe. Lang, ausdauernd und reichlich unanständig.

Es ist ein Geschenk an mich und viel mehr als nur ein Kuss. Denn das, was er da gemacht hat, ist beinahe so, als hätte er sich ein Schild um den Hals gehängt, auf dem „Property of June Denning" steht. Ich bekomme das zufriedene Grinsen den restlichen Abend nicht mehr aus meinem Gesicht und bin fest davon überzeugt, dass alle anderen Frauen mich dafür hassen. Aber hey – was soll ich sagen –, gerade in diesem Moment könnte mir nichts egaler sein.

Kapitel 33

Den ganzen Abend habe ich mich gefühlt, als hätte man mich den Hyänen zum Fraß vorgeworfen. Jetzt fühlt sich das Innere des Wagens fast an wie eine Vorstufe von zu Hause, wie Geborgenheit und Sicherheit. Bis zu Toms Wohnung sind es von hier aus gut anderthalb Stunden Fahrt. Noch immer prasselt der Regen vom Himmel, als würde es bald eine neue Sintflut geben, aber im Fond von Toms Limousine finde ich das plötzlich eher gemütlich als störend. Ich bin immer wieder fasziniert davon, wie viel Platz hier ist – tatsächlich habe ich schon Wohnzimmer gesehen, die kleiner waren als der Innenraum dieses Gefährts.

„Umweltbewusst ist das übrigens nicht gerade!"

Tom blickt zu mir und neigt fragend den Kopf.

„Wovon genau sprichst du gerade?"

„Diese Limousine … Ich will gar nicht wissen, was die an Sprit verbraucht."

Er lächelt und lehnt sich unbeeindruckt zurück.

„Dafür entsprechen alle unsere Labore und Fabriken den neuesten, energetischen Standards. Sogar das Essen in den Kantinen kommt aus ökologischem Anbau. Und im Gegensatz zu einigen anderen leiste ich mir keinen Privatjet, mit dem ich überall hinfliege. Ich nehme meine Zeit nämlich nicht so wichtig, dass ich deswegen die Umwelt unbedingt verschmutzen muss. Es ist mir ein Rätsel, wie man sich heutzutage noch guten Gewissens in einen Privatjet setzen kann. Als wäre die ganze Fliegerei nicht ohnehin schon schlimm genug." Mit verschränkten Armen lehnt Tom sich zufrieden zurück. „Da ist das bisschen Sprit für die Limousine Peanuts gegen – und so ein klitzekleines bisschen Luxus ab und an sollte es ja doch sein." Er greift vor sich und öffnet ein kleines Fach, nimmt eine Flasche heraus, um dann ein Glas mit einer bernsteinfarbenen Flüssigkeit zu füllen.

„Möchtest du auch einen Whisky? Oder irgendetwas anderes?"

„Nein danke, ich möchte nichts."

Auch wenn das vorhin von seiner Seite aus wohl eher scherzhaft gemeint war, fällt mir einmal mehr auf, wie sehr unsere Vorstellungen von „ein klitzekleines bisschen Luxus" auseinandergehen. Für mich ist es nämlich schon Luxus, wenn ich überhaupt ein Auto habe, das morgens anspringt.

Müde strecke ich meine Beine und meine schmerzenden Füße aus und ziehe fröstelnd Toms Smokingjacke enger um mich. Mir ist eher selten kalt, aber wenn ich müde bin, friere ich schnell.

Tom beugt sich noch einmal vor und zaubert hinter irgendeiner Klappe eine Decke aus Pelzimitat hervor.

„Hier, so ist es wärmer." Er zieht mir seine Jacke von den Schultern und ersetzt sie durch die Decke. Dann zieht er meine Füße auf seinen Schoß und streift mir die High Heels ab.

„Besser so?“ Mit langsamen Bewegungen beginnt er meine schmerzenden Füße zu massieren, bis zum Knöchel hoch und wieder zurück. Ich kuschle mich in die Decke, schließe die Augen und ertappe mich dabei, ein Geräusch von mir zu geben, das sich beinahe wie das Schnurren eines zufriedenen Kätzchens anhört.

„Wunderschön so“, murmle ich und mache es mir in den gemütlichen Sitzen bequem.

Eine ganze Weile schweigen wir beide.

„Weißt du, was wirklicher Luxus für mich ist, June?“

Träge schlage ich die Augen auf und sehe ihn an.

„Zeit mit dir verbringen zu dürfen.“ Vorsichtig schiebt Tom meine Füße von seinem Schoß und zieht mich stattdessen in seine Arme. „Bist du müde?“ Fürsorglich zieht er die Decke enger um meine Schultern.

„Ein bisschen, ja. Der Tag war doch ziemlich anstrengend.“

„Dann schlaf doch ein bisschen.“ Er küsst meinen Scheitel und bettet meinen Kopf auf seine Schulter.

Es fühlt sich so gut an. Ich bin umfangen von seinem Duft und kann seinen Herzschlag hören. In Kombination mit dem Prasseln des Regens, dem leisen Rauschen des Motors und der Wärme der Decke ist dies unwiderstehlich. Es fühlt sich wunderbar an. Draußen ist es dunkel und ungemütlich, während ich mich hier sicher und geborgen fühle. Ein paar Minuten beobachte ich noch die an uns vorbeiziehenden

Häuser und Menschen vor dem Wagenfenster, dann bin ich tief und fest eingeschlafen.

Erst als wir anhalten und Tom mich aus dem Auto hebt, werde ich wach.

„Schlaf weiter, mein Engel", flüstert er und ich lasse meinen Kopf wieder gegen seine Schulter sinken, während er mich ins Haus trägt, ohne aufgrund meines Gewichts auch nur schneller atmen zu müssen.

Im Halbschlaf bekomme ich mit, wie er den Code für den Fahrstuhl eingibt, ohne mich dabei loszulassen. Es ist mir ein Rätsel, wie er das hinbekommt. Schließlich setzt er mich auf einer weichen Unterlage ab und zufrieden stelle ich fest, dass wir in seinem Schlafzimmer angekommen sind.

„Du kannst gleich weiterschlafen, aber vorher musst du das Kleid noch ausziehen." Tom macht sich am Reißverschluss zu schaffen und ich stelle mich verschlafen vors Bett, um ihm das Ausziehen zu erleichtern.

Nachdem er es über meine Schultern nach unten gestreift hat und sich der Stoff des Kleides um meine Knöchel bauscht, höre ich Tom scharf einatmen. Extra für heute Abend habe ich mir neue Wäsche gekauft, ein schwarzes Unterkleid aus Seide mit dazu passender Spitzenwäsche, schwarzen Strapsen und hauchdünnen Strümpfen.

„Verdammt, June. Wenn ich gewusst hätte, was du drunter trägst, hätte ich nie im Leben zugelassen, dass du während der Fahrt einschläfst." Seine Stimme ist tief und ein bisschen heiser, seine Lippen finden die empfindliche Stelle hinter meinem Ohr und ich fühle mich auf einmal gar nicht mehr ganz so müde wie noch zwei Minuten zuvor. Zufrieden über seine Reaktion auf mich schmiege ich mich in seine Arme.

„Ach so?“, flüstere ich in sein Ohr. „Was hättest du denn dagegen machen wollen?“

Ich dränge mein Becken gegen ihn und wie von selbst macht es eine kleine Wellenbewegung, die durch den glatten Stoff meines Unterkleides noch verstärkt wird. Ich entlocke Tom damit ein Knurren und im gleichen Moment hebt er mich wieder hoch, um mich auf dem Bett abzulegen. Mit halb geschlossenen Lidern beobachte ich, wie er sich auszieht. Weil er meinen Blick bemerkt, macht er es extra langsam und ich genieße jede Sekunde der Show, die er mir da bietet, bewundere jeden Zentimeter der Muskeln und der glatten Haut, die unter seiner Kleidung zum Vorschein kommen. Das Licht im Schlafzimmer ist nur gedimmt – vermutlich wollte er mich nicht wecken.

Dann ist er bei mir, kniet über mir und küsst mich, langsam und zärtlich, dabei zeichnen seine Hände die Konturen meiner Taille auf der Seide des Unterkleides nach, wandern zu meinem Bauch und von dort aus Millimeter für Millimeter tiefer.

+++

Das kleine Seufzen, das sie von sich gibt, als sich seine

Hände von ihrem Bauch abwärts in Richtung ihrer Mitte schieben, lässt seinen Schwanz noch härter werden. In einer noch leicht schläfrigen Bewegung streichelt sie über seinen Rücken und schiebt ihm dann mit derselben Langsamkeit ihre Zunge zwischen seine Lippen. Die Sinnlichkeit ihrer trägen Bewegungen bringt ihn beinahe um den Verstand.

Und dann, als seine Hände beginnen, das kleine, süße Delta zwischen ihren Beinen zu erkunden – da lächelt sie. Sie lächelt dieses hinreißende, kleine Lächeln, das ihn jedes Mal dahinschmelzen lässt. Junes Augen fallen zu, während sie sich auf die Unterlippe beißt und dabei leise stöhnt, während er seine Berührungen intensiviert.

+++

Seine Hände schieben den Stoff meines Höschens zwischen meinen Beinen langsam zur Seite, dann beginnen seine kundigen, talentierten Finger meine nasse Spalte zu streicheln.

„Ist das alles für mich, June?" Ich höre die Zufriedenheit in seiner Stimme, als er merkt, wie erregt ich bereits bin. Ich kann nur nicken, komme nicht dazu, eine verständliche Antwort zu formulieren, weil er in diesem Moment mit seinem Daumen um meine Perle zu kreisen beginnt, während er mit Zeige- und Mittelfinger in mich eindringt. Er macht mich damit halb wahnsinnig, verwandelt mich in ein triebgesteuertes Etwas und lässt mich völlig willenlos werden.

„Thomas …“, flüstere ich irgendwann rau, „… bitte! Bitte komm zu mir.“

„Ich bin doch schon bei dir. Was willst du genau, June? Was genau soll ich tun?“ Das diabolische Lächeln, das dabei seine Lippen umspielt, kann ich wahrnehmen, ohne meine Augen dafür öffnen zu müssen, aber ich öffne sie dennoch. Und sein Anblick verschlägt mir beinahe den Atem. Seine Augen glitzern, sein Gesicht ist vor Erregung leicht gerötet. Und dieses unglaubliche Lächeln, mit dem er mich ansieht! Ich lecke mir über meine trockenen Lippen, bevor ich ihm antworte.

„Ich will dich. Jetzt. Ich brauche dich. In mir.“

Sein Lächeln wird noch ein bisschen breiter und nimmt einen sehr selbstzufriedenen Ausdruck an, als sich sein Gesicht langsam wieder dem meinen nähert.

„Nie würde ich es wagen, einer Lady in Nöten nicht behilflich zu sein.“ Sein Blick hält den meinen fest, während er langsam in mich eindringt, mich Zentimeter für Zentimeter erobert, dehnt und ausfüllt.

Als er sich ganz in mir versenkt hat, hält er einen Moment inne. Ich spüre ihn in mir pulsieren, spanne mich um ihn an und lasse wieder locker, während ich sein Gesicht beobachte, wiederhole dieses Spiel, bis er seine Augen schließt und sich bedächtig in mir zu bewegen beginnt. Immer noch mit mir vereint dreht er uns irgendwann herum, sodass ich auf seiner Brust zu liegen komme. Seine Arme schlingt er so um mich, dass ich mich nur noch vor-

und zurückbewegen kann und weil er keine Anstalten macht, seine Position zu verändern, beginne ich meine Bewegungen zu steigern. Der glatte Stoff meines Unterkleides erleichtert mir die Bewegung auf ihm und entfremdet den Kontakt zwischen uns auf eine Art, die jede Berührung, jedes sanfte Reiben auf seltsame Weise intensiviert.

Tom hebt sein Becken an, sodass mein empfindlichster Punkt sich jedes Mal an ihm reibt, wenn ich mich auf und ab bewege. Ich kann selbst hören, wie meine Atmung sich mehr und mehr beschleunigt und ich spüre meinen Höhepunkt heranbrausen, intensiv und unausweichlich.

Und Tom bemerkt es ebenfalls.

„Sieh mich an, wenn du kommst." Als ich nicht sofort reagiere, weil ich mich kaum dazu in der Lage fühle, meine Augen zu öffnen, sagt er es noch einmal, diesmal mit deutlich mehr Nachdruck. „June, du sollst mich ansehen, wenn du kommst!" Sein Tonfall duldet keinen Widerspruch und ich öffne mühsam meine Augen und hebe den Kopf, um ihm ins Gesicht sehen zu können. „Genau so, mein Engel …" Er schafft es kaum, den Satz zu Ende zu führen, da mich in diesem Augenblick die erste Woge meines Orgasmus erreicht und ich mich um ihn zusammenziehe. „Sieh mich an!", keucht er durch zusammengebissene Zähne hindurch, als sich meine Augen wieder zu schließen drohen.

Und dann kommt der Punkt, an dem ich nicht mehr in der Lage bin, meine Augen zu schließen und meinen Blick von ihm abzuwenden. Denn als er selbst kommt, ist sein Gesicht plötzlich so weich und offen, so verletzlich und so sehr er selbst, dass ich nichts, keine Sekunde davon verpassen möchte. Um nichts auf der Welt.

Tom hat ein Handtuch geholt und mich liebevoll abgetrocknet. Wahrscheinlich wäre mir diese sehr intime Geste bei jedem anderen unangenehm gewesen, aber bei ihm ist sie so selbstverständlich, dass ich es sogar genießen kann. Es ist ein schönes Gefühl, wenn sich jemand um einen kümmert. Dann hat er mich in seine Arme gezogen und festgehalten, die ganze Nacht lang. Mein Kopf auf seiner Brust, beide Arme um mich geschlungen, als wolle er mich zugleich festhalten und beschützen.

Beim Aufwachen am Morgen bin ich erstaunt, dass ich in dieser Position die ganze Nacht gelegen habe. Und auch noch gut geschlafen habe! Normalerweise kann ich mir nichts Schlimmeres vorstellen, als die Nacht mit einem Klammerer verbringen zu müssen. Aber bei Thomas … da fühlt es sich irgendwie gut an.

„Woran denkst du, mein Engel?“ Er hat mich losgelassen und sich auf die Seite gedreht und sieht mich nachdenklich an.

„An nichts Konkretes“, lüge ich. Er muss ja nicht wissen, dass es eigentlich viel zu schön mit ihm ist. Viel zu schön, um wirklich wahr sein zu können. Ich habe keine Ahnung, ob er mir meine Antwort abnimmt oder nicht, aber zumindest gibt er sich mit ihr zufrieden und hakt nicht weiter nach. Stattdessen streicht er mir langsam übers Haar und liebkost meinen Nacken, was sich so schön anfühlt, dass ich seufzend die Augen wieder schließe. Kurz darauf bin ich wieder eingeschlafen.

„Hast du Hunger? Lust auf Frühstück?" Ich habe anscheinend so fest geschlafen, dass ich nicht mitbekommen habe, dass er schon aufgestanden ist. Jetzt steht Tom vor dem Bett, nach nasser Männerhaut duftend, die Haare noch feucht von der Dusche und ich habe einen hervorragenden Blick auf seinen Oberkörper – Berge und Täler fester Muskeln unter glatter, weicher Männerhaut –, was eigentlich die Lust auf ganz andere Dinge in mir erweckt, aber tatsächlich knurrt mein Magen bei der Erwähnung von Frühstück.

„Hältst du es noch eine halbe Stunde durch?" Er küsst meinen knurrenden Bauch und lacht leise.

„Bestimmt. Darf ich in der Zwischenzeit duschen gehen?"

„Aber selbstverständlich."

Nachdem ich fertig geduscht habe, schminke ich mich ein bisschen. Schließlich wird Thomas mir beim Frühstück gegenübersitzen und ich fühle mich so einfach wohler.

Weil ich vergessen habe, mir Wechselsachen mitzunehmen, schlüpfe ich nur in meine Unterwäsche und ziehe mir dann Toms Smokinghemd über, das immer noch dort auf dem Boden liegt, wo er es gestern hat fallen lassen. Es geht mir bis zu den Knien, ich bin also nahezu züchtig bedeckt, die zu langen Ärmel kremple ich einfach um. Eigentlich sieht es gar nicht so schlecht aus, fast ein bisschen wie ein weites, luftiges Sommerkleid.

Gut gelaunt und barfuß öffne ich die Tür und laufe die Treppe hinunter, um nach Thomas zu suchen. Es gibt Tage, an denen bin ich schwerer von Begriff als an anderen. Heute scheint definitiv so ein Tag zu sein.

Die leicht hysterischen Stimmen, die zu mir dringen, kann ich nicht wirklich einordnen – ich gehe fest davon aus, dass es sich dabei um das Radio handelt. Erst als alles zu spät ist und ich mitten in der Küchentür stehe, bemerke ich meinen Fehler. Vielleicht hätte ich noch umdrehen und die Flucht ergreifen können. Wenn ich denn sofort reagiert hätte. Aber ich bin einfach zu fasziniert von den beiden Wesen, die dort stehen und starre sie einen Augenblick lang genauso unverfroren an wie sie mich. Eine der beiden

Frauen, die dort stehen, ist ein bisschen älter und blond, die andere ungefähr in meinem Alter und beinahe schwarzhaarig. Beide sehen sie aus, wie aus einem Magazin entsprungen. Ich hätte nie gedacht, dass man solch perfekt sitzende Frisuren, so ein Make-up und so makellos passende Kleidung auch ohne die Zuhilfenahme von Bildbearbeitungsprogrammen hinbekommen kann.

Mir fällt kein anderer Begriff als *makellos* für die beiden Frauen ein, die dort stehen. Von den sanft gewellten Haaren über die perfekt manikürten Fingernägel bis hin zu den tadellos geputzten, farblich abgestimmten Schuhen. Die Ältere der beiden hat einen klitzekleinen Hund auf dem Arm, der ein albernes Mäntelchen mit dazu passendem Hütchen trägt, farblich abgestimmt auf das Outfit seiner Besitzerin selbstverständlich. Als er mich sieht, fängt er schrill an zu kläffen. Wahrscheinlich schämt er sich, weil er in diesen Klamotten so bekloppt aussieht.

„Humphrey, sei ruhig", sagt die blonde Dame genervt und schaut dann in meine Richtung.

Leider hält der Eindruck der Makellosigkeit nur so lange, bis sich der Mund der Jüngeren der beiden zu einem falschen, süßlichen Lächeln verzieht, während sie mich mustert. Die Ältere scheint selbst das nicht für mich übrig zu haben. Als wäre ich keiner weiteren Aufmerksamkeit würdig, wenden beide sich danach sofort wieder Thomas zu.

„Ich hoffe, dass sie nicht der Grund dafür ist, dass du uns heute nicht auf das Picknick begleiten möchtest?"

Meine Güte! Wie schrill ihre Stimme plötzlich ist. Außerdem zeigt sie tatsächlich mit dem Finger auf mich – dabei war ich fest davon überzeugt, dass feine Damen so etwas nicht tun dürfen.

Thomas scheint ähnlicher Meinung zu sein. Er zieht mich zu sich heran und legt die Arme um meine Taille und ich bin mir sicher, die beiden Damen würden in diesem Moment gern ihre glatte Stirn runzeln und nur Botox oder der bloße Gedanke an eventuell entstehende Falten halten sie davon ab.

„Diese entzückende Lady hier ist übrigens June. June, wenn ich vorstellen darf: meine Mutter Vanessa und meine Exfrau Victoria."

Keine Ahnung, ob er den beiden die Bezeichnung „Lady" in Bezug auf sie selbst absichtlich vorenthält, aber es bleibt anscheinend nicht unbemerkt – und sie schnappen deutlich nach Luft. Ich registriere es mit einigem Interesse, bis mir klar wird, was er da eigentlich gesagt hat.

Das sind seine Mutter und seine Exfrau!

Letztere hatte ich zwar schon im Fernsehen gesehen, aber live und in Farbe nicht gleich erkannt.

Jetzt ist es an mir, deutlich hörbar nach Luft zu schnappen. Ich stehe hier, mit zerzaustem Haar und Toms Smokinghemd und darunter trage ich nichts als ein Höschen, das seinen Namen kaum verdient hat. Selbst ein

Volltrottel würde ahnen, was wir vergangene Nacht getrieben haben. Na ja, oder zumindest, *dass* wir es vergangene Nacht getrieben haben.

Ich hole ganz tief Luft.

„Angenehm“, sage ich dann ganz tapfer. Immerhin haben meine Eltern mich anständig erzogen, ich weiß, was gute Manieren sind. Ich hätte den beiden auch meine Hand hingestreckt, aber Tom erstickt jede meiner Bemühungen diesbezüglich gleich im Keim, indem er seine Hand über meine legt und sie somit quasi gefangen nimmt.

Die beiden Ladys, die sich wirklich immer weniger wie welche verhalten, erwidern nichts.

Gutes Benehmen sieht wirklich anders aus.

Ich bin amüsiert. Oder empört. Oder beides, da bin ich mir noch nicht wirklich sicher.

„Wir wollten übrigens gerade frühstücken, wenn ihr also so nett sein würdet, und uns wieder allein lasst?“ Toms tiefer Bass vibriert an meinem Rücken und ganz eindeutig schwingt da Verärgerung in seiner Stimme mit.

„Du würdest kein Frühstück brauchen, wenn du mit uns mitgehen würdest. Und deine … pittoreske Bekanntschaft hier sollte ohnehin lieber auf die ein oder andere Mahlzeit verzichten.“ Mit offensichtlicher Missachtung wirft Toms Mutter einen Blick auf meine Beine, die im Gegensatz zu ihren nicht streichholzdünn sind. Victoria lässt ebenfalls ihren Blick über meine nackten Beine streifen und lächelt, falsch und selbstgefällig.

Ich sage einfach gar nichts. Ich weiß, all das sollte mich kaltlassen, aber ich ärgere mich gerade entsetzlich. Was bildet diese blöde Ziege mit ihrem dürren Oberschichtsärschlein sich eigentlich ein? Sie plustert sich auf und wirkt dabei wie ein völlig überzüchtetes Hühnchen.

„Du könntest sie natürlich mitnehmen, aber selbst in anderer Bekleidung wäre sie wohl für solcherlei Veranstaltungen völlig indiskutabel. Und Manieren scheint sie auch keine zu haben." Vanessa mustert missbilligend meine trotzig verschränkten Arme.

Langsam wird es mir jetzt aber doch zu doof, ich richte mich kerzengerade auf und meine Augenbrauen wandern in die Höhe. Was bilden die beiden oberflächlichen Puten sich eigentlich ein?

„Natürlich könnte ich ihr unter anderen Umständen etwas leihen, aber selbst wenn ich wollen würde ..." Ein weiterer abfälliger Blick taxiert meine Beine. „... es würde ihr wohl kaum passen."

Jetzt reicht's aber. Was zu viel ist, ist zu viel.

Ich setze mein süßestes Lächeln auf. Zuckersüß, klebrig und mindestens so falsch wie die Haarfarbe der beiden Grazien.

„Ja, sehr bedauerlich eigentlich. Vor allem an den Brüsten dürfte es mir zu eng sein." Ich schenke ihr einen Blick, der ihrem von gerade in nichts nachsteht. „Bei Ihnen ist ja obenrum kaum etwas vorhanden. Aber nehmen Sie es sich nicht allzu sehr zu Herzen, meine Beste. Dafür haben Sie wirklich hübsche, kleine Füße. Kaufen Sie Ihre Schuhe in der Kinderabteilung?"

Vanessa schnappt nach Luft und Victoria wird kreidebleich, während Thomas hinter mir anfängt zu lachen.

„Solche Unverschämtheiten müssen wir uns ja wohl nicht gefallen lassen! Thomas Elliot Summers! Tu gefälligst etwas dagegen!" Die Stimme von Toms Mutter wird nun zu einem hohen Gekreische.

„Eine gute Idee, Mutter", antwortet er ebenso blasiert wie sie. „Ich werde euch beide jetzt zur Tür begleiten. Dann müsst ihr euch von uns überhaupt nichts mehr gefallen lassen. Und das nächste Mal ruft vorher an. Dann weiß ich, dass ich die Tür besser nicht aufmache."

Anscheinend sind die beiden viel zu perplex, um noch irgendetwas zu sagen.

Als Thomas allein wieder aus dem Flur zurückkommt, beiße ich mir auf die Unterlippe.

„Ich fürchte, das wird für dich noch Ärger bedeuten ..." Dass er meinetwegen Stress mit seiner Mutter bekommt, macht mir irgendwie Sorgen.

„Vielleicht ist sie ja endlich mal so beleidigt, dass sie aufhört zu versuchen, sich in mein Leben einzumischen. Da warte ich schon seit Jahren drauf. Nicht, dass sie seit meiner Scheidung von Victoria damit erfolgreich gewesen wäre. Aber in dieser Hinsicht habe ich wohl ihre Gene: Sie gibt so schnell auch nicht auf." Er lehnt sich gegen die Küchenzeile und sieht völlig entspannt aus, während mich die ganze Situation doch ganz schön aufgewühlt hat.

„Deine Mutter und deine Exfrau scheinen sich ja ziemlich gut zu verstehen.“ Sie heißen sogar fast gleich, das finde ich irgendwie besonders beängstigend.

„Ja, sie sind ein Herz und eine Seele. Einzeln schwer zu ertragen, im Doppelpack eine Zumutung. Ich werde aber dem Portier Anweisungen geben, dass er sie demnächst nicht mehr herauflässt. Ich hätte auch gar nicht aufgemacht, wenn ich nicht mit dem bestellten Frühstück gerechnet hätte.“

Wie aufs Stichwort klingelt es erneut an der Tür und diesmal ist es wirklich das Frühstück, von dem Tom gesprochen hat. Und das ist so lecker, dass ich meinen morgendlichen Schrecken schnell wieder vergessen habe.

Kapitel 36

Was ich an normalen Arbeitstagen besonders wenig leiden kann, ist das zwangsläufige Getrenntsein von Tom. Er muss arbeiten und ich muss es auch, also können wir uns manchmal den ganzen Tag lang nicht sehen.

Stattdessen schicken wir uns SMS, Hunderte davon. Den ganzen Vormittag lang. Gegen Mittag vermisse ich ihn so sehr, dass ich beschließe, ihn zu überraschen und einfach besuchen zu gehen.

Das Gebäude, in dem sich sein Büro befindet, ist wahnsinnig imposant. Es hat verspiegelte Glasfronten und in riesigen Lettern prangt *Summers Bionics* über dem Eingang. Mir wird einmal mehr bewusst, wie groß Toms Unternehmen ist. Vor diesem riesigen Gebäude fühle ich mich seltsam klein. Und einen kurzen Moment lang frage ich mich, was Tom eigentlich mit mir will. Selbst wenn mein Vater nicht krank geworden wäre – zwischen Toms und meinem Leben liegen Welten.

Von innen sieht Toms Firmensitz ähnlich beeindruckend aus wie von außen. Graue Steinböden, weiße Wände, geschickt platzierte Grünpflanzen. Es wirkt hell und freundlich und gleichzeitig unglaublich eindrucksvoll. Die Eingangshalle ist lichtdurchflutet und von weißen Säulen durchzogen, was das Ganze fast wie einen griechischen Tempel wirken lässt.

Mein erster Eindruck setzt sich auch im Empfangsbereich von Toms Büro fort; hier liegen helle Teppiche auf den Böden und es gibt einen Wartebereich mit bequem wirkenden, hellen Sofas, der größer als mein Wohnzimmer ist. Am hinteren Ende des Raums sitzt Toms Sekretärin hinter einem großen Schreibtisch. Sie ist perfekt gestylt und lächelt, professionell und leicht gelangweilt, als ich den Fahrstuhl verlasse und auf sie zukomme.

„Wie kann ich Ihnen weiterhelfen?“ Mich skeptisch musternd richtet sie kurz ihre Frisur, während ihr Lächeln unverändert kühl und abwartend bleibt.

„Ich möchte zu Mr. Summers bitte.“

Es folgt ein erneutes Mustern und ich habe nicht den Eindruck, dass ihr sonderlich gefällt, was sie sieht.

Keine Ahnung warum, aber Sekretärinnen schüchtern mich immer ein und das, obwohl ich ja im Prinzip selbst eine bin. Ich ärgere mich, dass meine Stimme so dünn und unsicher klingt. Ich bin mir nicht sicher, ob Tiere, wie behauptet wird, tatsächlich riechen können, wenn man Angst hat. Aber Toms Sekretärin scheint es zu können. Ich warte eigentlich nur darauf, dass sie tatsächlich schnuppernd die Nase in die Luft hebt wie ein kleiner, bissiger Yorkshireterrier, während sie irgendetwas in den Computer eintippt. Ein Schleifchen im Haar würde sich bestimmt gut bei ihr machen.

„Es tut mir leid, Sie enttäuschen zu müssen. Ich habe gerade nachgesehen – Mr. Summers ist nicht im Haus. Und ohne Termin darf ich ohnehin niemanden zu ihm vorlassen.“ Sie klingt sehr zufrieden mit sich – und reichlich zickig.

Ich verdrehe innerlich die Augen. Natürlich wird sie das sagen müssen, aber ich weiß, dass zumindest der erste Teil eine Lüge ist.

Vielleicht war es eine doofe Idee, ihn im Büro überraschen zu wollen, aber jetzt bin ich nun schon einmal hier. Und ich werde mich von kleinen, kläffenden Sekretärinnen nicht abwimmeln lassen.

Mit neu geschöpftem Mut mache ich einen weiteren Schritt auf ihren Platz zu.

„Hören Sie, Ma'am, ich weiß, dass Sie so etwas vermutlich sagen müssen. Aber ich weiß auch, dass Thomas im Büro ist. Ich habe vor nicht mal fünf Minuten eine Nachricht von ihm bekommen. Also seien Sie bitte so nett, und sagen ihm, dass June hier ist.“

„Was auch immer Sie meinen zu wissen – Mr. Summers ist nicht im Hause.“

Wenn der arrogante Ton dabei nicht wäre, würde ich ihr vermutlich zugutehalten, dass sie loyal ihrem Chef gegenüber ist und unliebsame Besucher erfolgreich abwimmelt. Warum man dabei aber so überheblich sein muss, ist mir ein Rätsel. Und langsam aber sicher wandelt mein Unwohlsein sich in Ärger.

„Nun, entweder Sie sagen ihm, dass ich da bin, oder ich sage es ihm … Wie es Ihnen lieber ist." Entschlossen ziehe ich mein Handy aus der Tasche. Wenn ich schon hier bin, will ich ihn auch sehen.

Der Yorkshireterrier seufzt genervt und tippt dann irgendetwas in den Computer vor ihr ein. Ein paar Sekunden später schaut sie mich erstaunt an.

„Mr. Summers erwartet Sie … Sie können einfach hineingehen, Sie sollen bitte nicht anklopfen." Sie hört sich an, als könne sie kaum glauben, was sie mir da gerade sagt.

Na bitte, es geht doch. Und jetzt – husch – zurück ins Körbchen.

Am liebsten würde ich ihr grinsend den Mittelfinger zeigen, aber da ich ja gute Manieren habe, lächle ich nur betont freundlich, bevor ich auf die Tür zugehe, die sie mir mit einem Kopfnicken gezeigt hat.

Das Büro ist riesig und es scheint dem ersten Eindruck nach fast nur aus Glas zu bestehen. Der Blick auf Boston ist von hier aus einfach gigantisch! Ich bin von der Aussicht so fasziniert, dass ich Tom erst bemerke, als er etwas sagt – er telefoniert und steht mit dem Rücken zur Tür und schaut nach draußen. So leise wie möglich betrete ich sein Büro und schließe die Tür hinter mir, aber er bemerkt trotzdem, dass jemand hereinkommt.

„Nein. Das werde ich mit Sicherheit *nicht* akzeptieren!" Mit finsterer Miene dreht er sich um und sieht fast aus, als würde er das Telefon in seiner Hand am liebsten zerdrücken. Er trägt einen dreiteiligen grauen Anzug mit weißem Hemd und passender Krawatte und sieht unglaublich seriös aus. Und irgendwie unglaublich machtvoll, selbstsicher, vielleicht sogar eine Spur von gefährlich. Mein Pirat! Selbst im Anzug kann dieser Eindruck nicht abgemildert werden.

In dem Moment, als er mich entdeckt, lächelt er. Während sein Blick eine Sekunde zuvor noch so streng gewirkt hat, dass ich am liebsten auf dem Absatz kehrtgemacht und sein Büro gleich wieder verlassen hätte, ist sein Blick jetzt plötzlich ganz anders. Weicher, ruhiger. Und darunter liegt noch etwas anderes, tief, dunkel und begehrlich. Zum Glück bin ich mittlerweile an seinem Schreibtisch angekommen und halte mich daran fest, während ich ihn weiter beobachte. Er hat sich halb von mir weggedreht und versucht, den Anrufer am anderen Ende der Leitung abzuwimmeln, was nach kurzer Zeit auch erfolgreich gelingt. Dann legt er das Telefon weg und kommt auf mich zu. Mit dieser raubtierhaften, trägen Langsamkeit, die mir fast den Atem nimmt. Er gefällt mir in diesem Anzug wirklich gut. Viel zu gut.

Gerade war ich noch völlig bei mir und jetzt schlagen meine Hormone auf einmal Kapriolen, meine Handflächen fangen an zu schwitzen, mein Herz beginnt zu rasen.

„Hi", Tom steht jetzt direkt vor mir, er flüstert seine Begrüßung beinahe und seine Stimme sorgt dafür, dass sich die feinen Haare an meinem Körper aufstellen.

„Hallo“, erwidere ich. „Ich hoffe, ich komme nicht ungelegen? Das Telefonat gerade klang irgendwie nach Ärger.“ Im selben Augenblick fängt sein Telefon wieder an zu klingeln und ich will ein bisschen zur Seite gehen, um ihn ungestört sprechen zu lassen – aber er lässt mich nicht.

„Scheiß auf das Telefon“, knurrt er und zieht mich an meinen Hüften zu sich heran, um mich zur Begrüßung zu küssen, bis ich keine Luft mehr bekomme. Um mich ist es endgültig geschehen. Meine Tasche fällt mir aus der Hand, meine Finger verkrallen sich in seinem Revers und ich greife ihn regelrecht an. Ich weiß nicht, ob er seinen Begrüßungskuss so geplant hatte – vermutlich eher nicht –, doch ich presse meinen Mund fest auf seinen und schiebe meine Zunge in seinen Mund, erobere ihn und presse mich gegen ihn, bis er rau auflacht.

„Ich wollte eigentlich fragen, was mir die Ehre deines Besuches hier verschafft, aber ich glaube, ich weiß es schon!“ Seine Hände spielen am Saum meines Pullovers und ich bin ein bisschen verlegen.

„Eigentlich …“, ich räuspere mich, weil meine Stimme so seltsam klingt, „eigentlich bin ich hier, weil ich dich fragen wollte, ob du Lust hast, mit mir zu Mittag zu essen.“ Immer noch verlegen, streiche ich sein Sakko glatt.

Er lächelt dieses umwerfende Lächeln, bevor er sich zu mir herabbeugt.

„Wolltest du mit mir essen gehen oder wolltest du mich vernaschen?“, flüstert er und seine Lippen berühren sanft mein Ohr.

Ich seufze tief und bin mir sicher, dass er genießt, was er da gerade mit mir macht. Ich versuche verzweifelt, mich ein bisschen zu sammeln. Also: Tief einatmen. Nein, vielleicht besser doch nicht, er riecht so umwerfend gut … Toms Hand ruht auf meinem Po und jetzt setzt sie sich langsam in Bewegung, bis er sie langsam unter meinen Rock schieben kann, um sie an der Innenseite meines Schenkels wieder nach oben wandern zu lassen. Als er den Spitzensaum meiner halterlosen Strümpfe ertastet, knurrt er kurz.

„Warum trägst du solche Dinger, wenn du zur Arbeit gehst? Ich will nicht, dass dein neuer Chef noch auf dumme Gedanken kommt.“

„Er sieht sie doch gar nicht …“, flüstere ich ein wenig atemlos.

„Das ist auch gut so, sonst müsste ich ihm leider die Augen ausstechen.“

„So besitzergrei…“ Weiter komme ich nicht, denn Toms Hand hat sein Ziel erreicht. Um sich besseren Zugang zu ermöglichen, hebt er mein rechtes Bein an und schlingt es sich um die Hüfte, während seine andere Hand mein Höschen zur Seite schiebt.

„Aber du scheinst doch gerade auf ganz andere Dinge Appetit zu haben als auf Essen, richtig?“ Sein Daumen öffnet meine intimste Stelle und er lächelt zufrieden. „So feucht …“

Er sieht mir in die Augen, während er meine Nässe verteilt und seinen Daumen sanft um meine Perle kreisen lässt. „Ich wusste doch, dass du gerade nicht essen willst.“ Ohne Mühe hebt er mich hoch, um mich auf seinem Schreibtisch wieder abzusetzen und drängt sich dann zwischen meine Beine. Dann ist sein Daumen wieder an Ort und Stelle und ich stöhne auf, als er sein Spiel fortsetzt und zwei seiner Finger langsam in mich eindringen lässt.

Ich will gerade meine Augen schließen und mich dem Gefühl ganz hingeben, als ich eine Bewegung an der Tür wahrnehme – im gleichen Moment höre ich die entsetzte Stimme des Yorkshireterriers vom Empfang.

„Oh ... oh ... Ich bitte um Entschuldigung ..., aber ich ...“ Sie hält eine Unterschriftenmappe im Arm und ich bin mir sicher, dass es vermutlich wichtig war. Vielleicht hatte sie auch geklopft und wir haben es nur nicht gehört. Tom jedoch scheint das ziemlich egal zu sein.

„Raus hier“, knurrt er, ohne den Kopf auch nur in ihre Richtung zu drehen. „Sofort raus hier!“

Während sie schnell wieder verschwindet, wirkt sie wirklich wie ein kleiner Hund, der sich mit eingezogenem Schwanz winselnd davonmacht. Ich muss lachen und als Thomas mich anschaut, lacht er auch.

„Wir sollten das hier vielleicht verschieben und doch lieber richtig essen gehen.“ Galant hilft er mir vom Schreibtisch herunter, zieht meinen hochgeschobenen Rock wieder nach unten und streicht ihn glatt.

„Ja, besser ist das wohl. Sonst bekommt deine Empfangsdame noch einen Herzinfarkt." Grinsend versuche ich, die Reste meines Lippenstifts aus seinem Mundwinkel zu wischen.

„Sie geht mir ohnehin schon den ganzen Tag auf den Geist. Sie ist nur die Urlaubsvertretung, aber manchmal habe ich den Eindruck, dass sie vergisst, dass ich hier der Chef bin und nicht sie."

Ich beiße mir auf die Lippen, sage aber nichts – ich glaube, der Schreck den sie bekommen hat, war groß genug, und ich will nicht, dass sie auch noch Ärger bekommt, weil sie vorhin so unfreundlich war. Ich habe, was ich wollte – ich bin bei Thomas. Petzen ist also nicht notwendig, ich bin schließlich nicht stutenbissig.

Hand in Hand verlassen wir sein Büro. Als wir am Yorkshireterrier vorbeikommen, weiß ich nicht, wem von uns die Situation unangenehmer ist, mir oder ihr. Tom zumindest bleibt völlig gelassen.

„Ich gehe jetzt essen, Audrey. Wenn Sie bitte so nett wären, in der nächsten Stunde alle Termine abzusagen?"

„Aber natürlich, Sir", murmelt sie mit hochrotem Kopf, während Thomas mich weiter in Richtung Fahrstuhl führt. Ich kann ihre Blicke noch auf unseren Rücken spüren, bis sich die Tür hinter uns geschlossen hat.

Zeit ist wirklich relativ – manchmal geht sie so schnell vorbei, dass man es kaum glauben kann. Genau so geht es mir beim Mittagessen mit Tom.

Ganz Gentleman setzt er mich nach einer wunderschönen, kurzweiligen Stunde in ein Taxi.

„Würdest du später auch mit mir zu Abend essen? Dann komme ich dich abholen."

„Sehr gerne." Ich lächle ihn an und winke kurz, als er die Tür des Taxis von außen hinter mir schließt.

+++

Lächelnd schaut Thomas June hinterher, während sie im Taxi davonfährt.

Er ist sich nicht ganz sicher, ob sein bestes Stück es ihm je verzeihen wird, dass er vorhin mit ihr essen gegangen ist, statt sie gleich auf dem Schreibtisch zu nehmen. Aber sie war so entzückend, hat so wunderbar gerochen, ihre Haut war so weich und ihr Po so üppig unter seinen Händen … Es wäre eine Schande gewesen, sich damit nicht mehr Zeit zu lassen. Und außerdem steigert die Vorfreude das Vergnügen manchmal aufs Köstlichste ...

+++

Ich fühle mich seltsam beschwingt und hibbelig. Einen Moment denke ich, es liegt am Champagner doch dann wird mir klar: Tom hat mich heißgemacht und es nicht beendet.

Unruhig schlage ich die Beine übereinander, stelle sie wieder nebeneinander hin, schlage sie wieder übereinander in der Hoffnung, eine Position zu finden, in der das Kribbeln zwischen meinen Beinen nicht mehr so fordernd ist. Ich schaffe es erst, halbwegs ruhig zu sitzen, als ich bemerke, dass der Taxifahrer mich im Rückspiegel immer wieder stumm beobachtet.

Jetzt bemerken schon die Taxifahrer, dass du es gerade nötig hast.

Die kurze Fahrt bis zum Büro versuche ich mich also zusammenzureißen und sehe aus dem Fenster. Ich wusste gar nicht, dass das so viel Konzentration und Disziplin erfordert ...

Kaum bin ich wieder im Büro, bekomme ich eine SMS von Thomas.

Heute Abend setzen wir
fort, was wir vorhin angefangen
haben. Ich kann Dich immer
noch an meinen Fingern riechen.

Eigentlich müsste ich ihm darauf ja simpel antworten, dass er ein Schwein ist und sich gefälligst die Hände waschen soll. Stattdessen grinse ich dämlich in mich hinein. Mir gefällt der Gedanke. Er erfüllt mich mit einem gewissen Besitzerstolz.

Immer noch von innerer Unruhe getrieben, setze ich mich an meinen Schreibtisch, als mein Handy schon wieder brummt.

Übrigens verspreche ich Dir:
Heute Abend wird mich niemand
stören, wenn ich Sex mit meiner
Frau haben will.

Ich lese seine Nachricht ein zweites und auch noch ein drittes Mal. Dann will ich das Handy eigentlich wegpacken und anfangen zu arbeiten, aber stattdessen lese ich doch noch ein viertes, fünftes, sechstes Mal.

Da steht *mit meiner Frau.* Mit seiner Frau! Ein breites, grenzdebiles Dauerlächeln macht sich auf meinem Gesicht breit. Am liebsten würde ich mir die Nachricht ausdrucken und auf den Schreibtisch stellen wie andere ein gerahmtes Familienfoto. Nur die Tatsache, dass ich keinen Bilderrahmen zur Hand habe, hält mich letztendlich davon ab. Und vielleicht auch, dass ich es ein bisschen unpassend finde, wenn jeder, der auf meinen Schreibtisch schaut, lesen kann, dass ich heute Abend Sex haben werde.

Wenn ich auf meinen Schreibtisch schaue, kommen mir die Bilder von vorhin und von seinem Schreibtisch wieder in den Kopf, wie er mich fast …

Ich seufze schwer und fange an, die Akten abzuheften, die sich in meiner Ablage stapeln. Vielleicht bringt mich das ja ein wenig auf andere Gedanken.

Eine Stunde kann so schnell vergehen, wie heute Mittag, oder so unendlich lange dauern. Ich habe gerade das Gefühl, dass die Zeit überhaupt nicht voranschreiten will. Mehrmals vergleiche ich sogar die Zeit auf meiner Armbanduhr mit allen anderen Uhren, die ich finde, weil ich fest davon überzeugt bin, dass meine falsch gehen muss und unter Garantie die Batterie gerade dabei ist, ihren Geist aufzugeben.

Leider liege ich falsch, es sei denn, all unsere Bürouhren haben gleichzeitig ihren Geist aufgegeben, was allerdings so unwahrscheinlich ist, dass selbst ich nicht daran glauben kann.

Irgendwann ist trotzdem endlich Feierabend. Schnell frische ich noch mein Make-up auf, bevor ich meine Sachen zusammensuche.

„Ms. Denning, hätten Sie vielleicht noch einen Moment?“ Die Stimme meines Chefs erreicht mich, als ich schon die Türklinke in der Hand habe.

Scheiße.

In Gedanken war ich schon bei Thomas und ich habe gerade überhaupt keine Lust, noch irgendetwas zu besprechen. Mal ganz abgesehen davon habe ich theoretisch schon seit über einer halben Stunde Feierabend, die ich auch heute, so wie an jedem Abend, seit mein neuer Chef da ist, bestimmt nicht werde bezahlt bekommen. Normalerweise macht mir das nichts aus, aber heute könnte ich deswegen schreien. Ich muss mich zum Lächeln zwingen, bevor ich mich umdrehe.

„Aber natürlich. Worum geht es denn?"

Mein Chef lächelt ebenfalls. Mir ist noch nie ein Mensch begegnet, der selbst mit einem Lächeln auf dem Gesicht noch so unsympathisch wirkt wie dieser Mann.

Widerwillig setze ich mich in Bewegung und gehe auf ihn zu, um dann um ihn herumzugehen und mich hinter meinem Schreibtisch zu verschanzen. Ich habe keine Lust, noch einmal in so eine Situation wie vor ein paar Wochen zu geraten und mir meinen Chef sozusagen mit Gewalt vom Leib halten zu müssen.

„Sie haben es ja heute so eilig …"

Ein bisschen genervt ziehe ich die Augenbrauen hoch.

„Ich habe noch einen Termin." Das finde ich am neutralsten. Dass es sich bei meinem Termin um ein Date handelt, geht ihn ja schließlich nichts an. Dass ich bei meinem Date plane, Sex zu haben, schon gleich gar nicht.

„Aha." Einen Moment sagt er nichts und ich frage mich, was das Ganze hier eigentlich soll. „Ich hoffe doch aber sehr, dass Ihre Arbeit nicht unter Ihren privaten Terminen leidet?"

„Wie bitte?" Ich habe die Augenbrauen jetzt so weit hoch in meine Stirn gezogen, dass es unangenehm ist und ich sie schnell wieder sinken lasse. Kopfschmerzen zu bekommen ist mein Chef nun wirklich nicht wert.

„Ich meine ja nur ..." Etwas in seiner Stimme lässt mich aufhorchen. Er klingt *verletzt!* Anscheinend ist es für sein Ego nicht ganz einfach, mit Zurückweisungen umgehen zu müssen. Aber seit dem kleinen Zwischenfall vor ein paar Wochen ist er mir nie wieder zu nahe gekommen. Ich muss fast lächeln, als er jetzt wieder ganz sachlich den Ablauf für morgen mit mir bespricht. Zehn Minuten später verabschiedet er sich von mir.

Wieder bin ich fast bei der Tür, als er mich anspricht.

„June?"

Ich habe schon wieder hochgezogene Augenbrauen, als ich mich umdrehe. „Ja?"

„Ich bin mit Ihrer Arbeit hier übrigens sehr zufrieden."

„Danke", erwidere ich erstaunt und gehe lächelnd zur Tür hinaus. Es gibt ganz eindeutig schlechtere Tage, als den heutigen.

Vor dem Gebäude wartet Thomas bereits auf mich, mit verschränkten Armen elegant und lässig zugleich an sein Auto gelehnt. Er steht im Halteverbot, was ihn aber nicht sonderlich zu interessieren scheint. Piraten haben sich schließlich noch nie an die Gesetze gehalten. Auch wenn im Halteverbot zu stehen natürlich nicht *wirklich* verwegen ist.

Innerlich über mich selbst den Kopf schüttelnd gehe ich auf ihn zu und er zieht mich in eine Umarmung, als ich bei ihm angekommen bin.

Dieser Duft!

Ich finde ihn einfach berauschend. In jeglicher Hinsicht. Nur widerwillig lasse ich ihn wieder los; er öffnet mir die Beifahrertür und schließt sie fürsorglich hinter mir, nachdem ich eingestiegen bin.

„Lass uns noch etwas essen gehen." Mit der Rückseite seines Zeigefingers streicht er an meinem Bein hinauf und verweilt am Saum meines Rocks und mir ist schon wieder nicht nach Essen – trotzdem stimme ich zu. Heute Mittag habe ich nur eine Suppe gegessen und ich bin mir sicher, dass ich eigentlich Hunger haben muss – wenn mein Körper nicht so sehr damit beschäftigt wäre, sich auf andere Dinge zu konzentrieren. Also stimme ich zu. Außerdem geht es ja nicht nur um mich und hungrige Männer werden schließlich unerträglich.

Wir fahren zu einem kleinen, italienischen Restaurant und tatsächlich bekomme ich doch noch Hunger, als mir die köstlichen Gerüche in die Nase steigen.

Nach einer vorzüglichen Portion Pasta gehe ich noch schnell zur Toilette, um mich frisch zu machen. Auch wenn Thomas mir immer das Gefühl gibt, schön zu sein, fühle ich mich neben ihm immer ein bisschen wie ein Straßenköter neben einem edlen Jagdhund, und ich achte deshalb in letzter Zeit besonders penibel auf mein Äußeres.

Vor dem großen Spiegel suche ich in den Tiefen meiner Handtasche nach meiner Puderdose. Seufzend krame ich zwischen Kaugummis, Schlüsseln und Tampons umher und finde doch nicht, was ich suche. Noch einen Tampon. Ich schiebe ihn zur Seite, als mir plötzlich etwas auffällt: Ich habe schon ziemlich lange keinen mehr gebraucht!

Einen Moment lang gerät mein Herzschlag ins Stottern und mir wird ein bisschen schlecht. Ich habe seit über acht Wochen keinen Tampon mehr gebraucht!

Oh verdammt!

Meine Handflächen sind schweißnass, als ich nach meinem Kalender suche. Aber es stimmt tatsächlich. Es sind acht Wochen!

Ich ... Oh Gott! Das darf einfach nicht wahr sein!

Meine Hände krallen sich so sehr um die Griffe meiner Handtasche, dass die Fingerknöchel weiß hervortreten, als ich zurück zu Thomas gehe. Und ich bin mir ziemlich sicher, dass mein Gesicht annähernd genauso blass sein muss.

„Was ist los?" Tom sieht mich besorgt an, als ich mich fast wie in Trance wieder bei ihm an den Tisch setze. „Du siehst aus, als hättest du einen Geist gesehen."

Ich schüttle nur den Kopf und bekomme kein Wort heraus.

„Komm, ich bring dich hier raus.“ Jetzt noch besorgter hilft er mir vom Stuhl hoch, hilft mir in meinen Mantel und bringt mich zum Auto. Er schnallt mich sogar an, nachdem ich mich hineingesetzt habe.

Irgendwann sind wir in seiner Wohnung; die ganze Fahrt über haben wir kein Wort gesprochen.

Thomas verfrachtet mich aufs Sofa, stopft eine Decke um mich herum fest und geht in die Küche, um ein paar Minuten später mit einem Tee zu mir zurückzukommen.

„Und jetzt erzählst du mir, was los ist“, sagt er sanft und voller Sorge, aber auch mit einiger Bestimmtheit.

Ich atme ein paar Mal tief durch. Dann schließe ich die Augen, damit ich ihn dabei nicht ansehen muss. Ich bin mir nicht sicher, ob ich seine Reaktion wirklich sehen will. Wir kennen uns schließlich erst seit ein paar Wochen und unser Start war auch alles andere als einfach. Ich habe Angst, dass er denkt, ich sei vielleicht absichtlich schwanger geworden, weil ich an sein Geld will und … ich habe generell Panik. Schließlich mache ich meine Augen doch wieder auf und sage ganz schnell, bevor ich es mir anders überlegen kann: „Ich glaube, ich bin schwanger.“

Einen kurzen Moment folgt Schweigen.

„Bist du dir sicher?“ Toms Tonfall ist völlig neutral.

„Ich bin seit vier Wochen überfällig. Ich war … Mit dir, das war alles so neu und aufregend … Es ist mir vorher gar nicht aufgefallen. Erst heute … Ich habe einen Tampon in meiner Handtasche entdeckt, als ich mein Make-up nachbessern wollte … und … Wir haben ja immer Kondome benutzt. Nur das eine Mal, das erste Mal auf meinem Sofa, da haben wir so miteinander geschlafen."

„Okay." Er streichelt kurz meine Hand, dann steht er auf und geht zum Telefon. Er scheint irgendwelche Anweisungen zu geben, aber ich bin zu sehr mit mir selbst beschäftigt, um zu verstehen, was er dort erzählt.

Anschließend kommt er zurück zu mir aufs Sofa und setzt sich wieder neben mich, streichelt mein Bein, während ich mich immer tiefer unter der Decke verkrieche. Wir starren beide Löcher in die Luft, bis es an der Tür klingelt.

„Was ist das?", frage ich, während ich auf die Papiertüte schaue, die Tom an der Tür entgegengenommen hat.

„Ein Schwangerschaftstest."

„Wo hast du den denn jetzt her?"

„Bestellt. Es gibt Apotheken, die einen Lieferdienst haben, und der Portier hat ihn entgegengenommen und heraufgebracht." Er lächelt mich aufmunternd an. „Ich dachte, es wäre vielleicht gut, Gewissheit zu haben."

Mir ist die Vorstellung, dass er sich von anderen Leuten einen Schwangerschaftstest für mich bringen lässt, unendlich peinlich. Auch wenn er natürlich recht hat. Es wäre gut, Gewissheit zu haben. Es könnte ja auch andere Gründe für das Ausbleiben meiner Regel geben.

Forschend sieht er mir ins Gesicht. „Mach dir keine Gedanken. Die sind alle wirklich sehr diskret und bekommen vermutlich ganz andere Bestellungen. Da wundert sich niemand über nichts mehr. Über einen Schwangerschaftstest schon gar nicht." Er drückt mir die Papiertüte in die Hand. „Und jetzt mach den Test, damit wir es wissen, okay?"

Mit dem Test in der Hand schließe ich mich auf der Toilette ein und bleibe dort so lange, bis Tom an die Tür klopft.

„June? Alles okay? Kommst du raus, damit wir gemeinsam auf das Ergebnis warten können?"

„Ja ... Ich komme gleich." Am liebsten würde ich die Toilette nie wieder verlassen, aber auch das würde ja nichts an den Tatsachen ändern.

Also pinkle ich auf den verdammten Tester und stecke den Deckel wieder auf und nehme die Verpackung mit, damit ich das Ganze nicht mit Urinresten auf Toms Couchtisch legen muss.

„Zwei Minuten warten ...", flüstere ich, als ich zurück ins Wohnzimmer komme. Aber kaum, dass ich mich hingesetzt und den Test abgelegt habe, verfärben sich schon beide Streifen sichtbar rot.

Meine Beine fangen unkontrolliert an zu zittern, aber ich blicke Tom trotzdem fest in die Augen. Qualvolle Sekunden vergehen, in denen er keine Reaktion zeigt. Dann lächelt er. Verdammt noch mal, er lächelt! Und er zieht mich an sich und küsst mich. Er hält mich fest in seinen Armen und ich spüre das leichte Erbeben, als er leise anfängt zu lachen.

„Ich weiß, ich sollte jetzt schockiert sein. Oder besorgt ... Oder entsetzt. Es ist ja alles noch so früh und im Prinzip kennen wir uns kaum. Aber ich kann nicht. Weißt du was? Ich freue mich! Es fühlt sich alles so gut an mit dir. Und rückgängig machen kann ich es auch nicht mehr, meine Einstellung zu Abtreibungen kennst du ..." Er küsst meinen Scheitel und macht einen Moment Pause. „So schlimm kann etwas, das aus dir und mir entstanden ist, doch nicht sein, oder?“

Ich heule ungehemmt sein Hemd voll, während ich lachend nicke.

Ich habe keine Ahnung, wie es mir geht, es ist alles noch ein bisschen unwirklich, so wirklich realisieren kann ich es noch nicht. Ich habe Tom versprochen, möglichst schnell zum Arzt zu gehen, um abklären zu lassen, ob alles in Ordnung ist.

Und dann macht Tom ein paar Versprechen wahr, die er heute früher am Tag gemacht hat. Selbst wenn es mir plötzlich mindestens ein ganzes Leben lang her scheint, seit ich heute Mittag sein Büro betreten habe, erinnert sich mein Körper dennoch an all die Dinge, auf die er heute so sehr gehofft hat. Während ich keuchend unter ihm liege, vergesse ich alles andere um mich herum.

Etwas zwischen uns ist anders in dieser Nacht. Wir sind uns näher, noch näher, als die Male zuvor. Es fühlt sich gut an. Wunderschön. Und als ich später in seinen Armen einschlafe, bin ich völlig erschöpft. Aber ein Lächeln stiehlt sich auf meine Lippen und ich glaube, ich lächle selbst noch im Schlaf.

Zum Glück ist Wochenende und wir verbringen die freien Tage abwechselnd bei ihm und bei mir, reden über Babynamen und lachen verliebt miteinander.

So schockiert ich erst war – mittlerweile fühlt es sich gut an, von ihm schwanger zu sein. Toms Optimismus steckt mich an und als er sich am Sonntag verabschiedet, bin ich fest davon überzeugt, dass alles gut werden wird.

Am Montag bin ich allein. Thomas muss auf eine Geschäftsreise und wird erst am Donnerstag zurückkommen.

Schon morgens beim Aufstehen fühle ich mich irgendwie komisch und unwohl. Dass Thomas die ganze Woche nicht da sein wird, trägt bestimmt auch dazu bei. Außerdem sollen ja viele Schwangere immer mal wieder Phasen haben, in denen es ihnen nicht gut geht. Ich habe heute Rückenschmerzen. Eigentlich war ich immer davon ausgegangen, dass man die erst später bekommt.

Kurz überlege ich, ob ich mich zum ersten Mal seit meinem Arbeitsantritt in der Kanzlei krankmelden soll. Aber heute ist einfach zu viel zu tun, als dass ich das mit meinem Gewissen vereinbaren könnte. Meine Hose fühlt sich unangenehm eng an meinem Bauch an und ich muss lächeln, als ich sie wieder ausziehe und durch einen weißen, fast sommerlichen Rock ersetze. Noch kann man zwar nichts sehen, aber bald werde ich mir neue Kleidung kaufen müssen, damit das kleine Wesen in mir und ich genug Platz darin haben. Kurz streichle ich über meinen Bauch, bevor ich in ein weißes Top, einen dunkelblauen Blazer und passende Schuhe schlüpfe.

Ich knabbere einen Zwieback, den ich mit einem Schluck Tee herunterspüle. Auf mehr habe ich heute Morgen keinen Appetit.

Der Vormittag vergeht wie im Flug, weil so viel zu tun ist. Ich komme kaum dazu, mich zwischendurch einmal hinzusetzen, und als die Mittagspause endlich beginnt, habe ich so schlimme Rückenschmerzen, dass ich mich einfach auf meinen Bürostuhl fallen lasse und einen Müsliriegel aus meiner Tasche krame. Heute Abend ist immer noch genug Zeit, um etwas Vernünftiges zu essen.

Aber auch im Sitzen werden die Rückenschmerzen nicht besser. Ganz im Gegenteil, sie strahlen jetzt vom unteren Rücken bis nach vorne aus und ich kann es kaum noch aushalten. Ich stehe wieder auf, vielleicht wird es ja besser, wenn ich mich bewege. Vorsichtig gehe ich ein paar Schritte um den Schreibtisch herum, als mir schwindelig wird. Und der erste Krampf kommt. Verzweifelt klammere ich mich an der Tischkante fest, weil meine Beine unter mir nachzugeben drohen, und stöhne auf. Dann sehe ich das Blut, das an meinen Beinen herunterläuft. Fassungslos starre ich auf das rote Rinnsal, das langsam von meinem Knie bis zu meinem Knöchel läuft.

Beim nächsten Krampf krümme ich mich zusammen und lasse es zu, dass meine Beine nachgeben. So langsam wie möglich lasse ich mich auf den Fußboden sinken und rolle mich zusammen. Noch ein Krampf, und noch mehr

Feuchtigkeit zwischen meinen Beinen. Fassungslos starre ich auf meinen weißen Rock, auf dem sich jetzt ein roter Fleck ausbreitet. Und erst jetzt beginne ich langsam zu realisieren, was hier eigentlich passiert.

Oh Gott! Bitte, bitte nicht!

Ich brauche einen Arzt. Aber ich will nicht aufstehen. Ich *kann* nicht aufstehen. Ich schlinge die Arme um meine an die Brust gezogenen Knie, als könnte ich so in mir behalten, was anscheinend gerade meinen Körper verlässt. Dann breche ich in Tränen aus.

Als mein Chef kurze Zeit später aus seiner Mittagspause zurückkommt, kann ich nur noch wimmern. Es tut so weh.

Das darf einfach nicht wahr sein. Bitte, es darf einfach nicht wahr sein!

„June?" Die Stimme meines Chefs ist besorgt, als er mich neben dem Schreibtisch liegen sieht. Dann sieht er das Blut auf meinem Rock und macht, was ich schon längst hätte tun sollen: Er ruft mir einen Krankenwagen.

Und auch, wenn ich ihm das niemals zugetraut hätte, kniet er sich neben mich und bewahrt die Ruhe, während er unsicher meine Hand nimmt und beruhigend auf mich einredet.

Ich umklammere noch immer meine Beine. Und neben dem alles übertönenden Gefühl der Panik stellt sich langsam so etwas wie Scham ein, weil ich hier so liege, wimmernd, verletzlich … und weil ich den Teppichboden vollblute. Als ob das nicht total egal wäre. Ich schließe die Augen und kneife sie fest zusammen, während immer weiter Tränen aus ihnen hervorquellen. Ich weine aus Trauer, Schmerz, Angst und Scham und weil ich einfach nicht anders kann.

„Alles wird gut, June, ganz bestimmt“, sagt mein Chef, aber ich weiß sicher, dass es nicht stimmt. Ich verliere gerade mein Kind. Das Kind von Thomas und mir. Unser gemeinsames Kind. Was soll da gut werden? Nichts wird gut. Ich weine weiter. Mittlerweile ist es mir egal.

Als der Krankenwagen kommt, bin ich gerade noch geistesgegenwärtig genug, um nach meiner Handtasche zu fragen, denn da ist mein Handy drin. Ich muss Thomas anrufen. Ich will das nicht allein durchstehen müssen. Ich kann nicht.

Ich umklammere also meine Beine und meine Handtasche und die Sanitäter können mich nicht heraustragen, weil ich mich weigere, meine Beine loszulassen, damit sie mich festschnallen können. Erst, als mein Chef vorschlägt, mich, so wie ich bin, zu seinem Auto zu tragen und mich selbst ins Krankenhaus zu fahren, komme ich zur Vernunft und gebe nach. Eigentlich weiß ich ja, dass es sowieso nichts bringt, was ich hier mache. Dass alles vergebens ist. Ich will es nur nicht wahrhaben.

Im Krankenhaus bekomme ich nur noch die Hälfte von dem mit, was um mich herum und mit mir passiert. Die Ärztin schallt meinen Bauch und erzählt etwas von einem Abort und einer Ausschabung, die nach der achten Woche immer sein muss, dann lassen sie mich einen Moment allein.

Ich suche mein Telefon aus meiner Tasche und rufe Thomas an, aber nach ein paar Mal Klingeln meldet sich nur die Mailbox. Nachdem ich ihm eine wirre Nachricht hinterlassen habe, rufe ich Lauren an, weil ich weiß, dass sie heute frei hat. Sie klingt furchtbar besorgt und lässt sich nicht davon abbringen, sofort zu mir zu kommen. Ich versuche auch gar nicht wirklich, sie davon abzuhalten, denn ich brauche irgendjemanden, der meine Hand festhält und für mich da ist.

Kaum dass ich aufgelegt habe, kommt eine Schwester herein, um mich für die OP vorzubereiten.

Eine Ausschabung.

Sie wollen die Reste unseres Kindes und der Schwangerschaft aus mir herausschaben.

Ich würde gerne weiterweinen, aber ich bin viel zu erschöpft.

Kurz bevor sie mich in den OP schieben, ist Lauren da. Keine Ahnung, wie sie es angestellt hat, dass sie jetzt noch zu mir gelassen wird. Ich drücke ihr mein Handy in die Hand, das ich immer noch festhalte.

„Kannst du bitte versuchen, Thomas zu erreichen? Immer nur die Mailbox …“, flüstere ich, schon halb benommen von dem Beruhigungsmittel, das sie mir gegeben haben.

Sie nimmt es mir aus der Hand und nickt und als sie mich aus dem Raum fahren, könnte ich schwören, dass auch in ihren Augen ein paar Tränen glitzern.

Als ich wieder aufwache, sitzt Lauren neben mir und hält meine Hand fest.

„Wie geht's dir?“

Ich schüttle nur den Kopf. Mir tut alles weh. Und am schlimmsten ist das Gefühl der Leere in mir.

„Hast du Thomas erreicht?“ Irgendwie ist das im Moment das Einzige, was mich interessiert.

„Nein, immer nur die Mailbox. Ich habe ihm draufgesprochen und ihm zwei SMS geschickt. Er meldet sich bestimmt, sobald er Gelegenheit dazu hat. Deine Eltern habe ich auch angerufen. Deine Mutter wollte gleich herkommen, aber ich habe sie erst mal gebremst und gesagt, du meldest dich. Sie besteht aber darauf, dass du zu ihnen kommst und ein paar Tage bei ihnen bleibst, wenn du wieder heim darfst. Wenn es keine Blutung mehr gibt, kannst du übrigens schon heute Abend nach Hause. Ich bleibe hier und fahre dich dann. Wenn Tom nicht bis dahin schon längst wieder hier aufgekreuzt ist. Bestimmt sitzt er schon im Flugzeug und ist auf dem Weg zu dir.“

Aufmunternd lächelt sie mir zu, aber ich habe eigentlich nur die Hälfte von dem mitbekommen, was sie mir erzählt hat. Ich bin immer noch ziemlich benommen und kann gar nicht richtig glauben, was heute passiert ist. Meine Hand wandert auf meinen Bauch, der jetzt wieder nur mein Bauch ist und nicht mehr das Heim eines Kindes, das darin wächst. Ich schließe die Augen wieder, als könne ich mich so vor der

Realität noch eine Weile verschließen, aber es klappt nicht wirklich.

Immer wenn ich meine Augen wieder öffne, starre ich auf die Tür und warte, dass sie aufgeht und Thomas hereinkommt.

„Er wird schon noch kommen“, flüstert Lauren, die nicht von meiner Seite weicht. Aber er kommt nicht.

Gegen Abend darf ich wieder gehen. Immer noch kein Tom und keine Nachricht, keine Reaktion, nichts von ihm.

„Was ist, wenn er nichts mehr von mir wissen will, jetzt, wo ich nicht mehr schwanger bin?“

Laurens Blick wandert erschrocken zu mir. „So ein Quatsch!“, sagt sie energisch. „Warum sollte er denn deshalb nichts mehr von dir wissen wollen?“

Aber der Gedanke setzt sich, jetzt, da ich ihn einmal laut ausgesprochen habe, in meinem Kopf fest und breitet sich dort aus wie ein bösartiger Tumor.

Alles, was zu erledigen ist, regelt Lauren für mich und fährt mich anschließend zu meinen Eltern. Meine Mutter nimmt mich schweigend in den Arm, genauso wie mein Vater und ich bin ihnen so unendlich dankbar dafür, dass sie mich nicht mit irgendwelchen „alles wird gut“-Parolen zu trösten versuchen, die sich im Moment so platt anhören würden, dass sie alles nur noch schlimmer machen würden.

So wie früher, als ich noch ein Kind war, macht meine Mutter mir das Sofa zurecht und schaltet den Fernseher für mich ein. Aber ich starre immer nur auf mein Handy. Als es dunkel wird, habe ich immer noch keine Nachricht von Tom bekommen.

Meine Mutter kocht mein Lieblingsessen für mich, aber ich bekomme keinen Bissen herunter.

Er will mich nicht mehr. Ich habe das Kind verloren und er will mich nicht mehr. Nicht ich war es, die in den letzten Tagen ein Lächeln auf sein Gesicht gezaubert hat, sondern unser Kind in mir. Und jetzt ist es weg und er ist es auch.

Kapitel 40

Die ganze Nacht habe ich Albträume. Ich träume von toten Embryonen, von einem schreienden Kind, das nach mir ruft und zu dem ich nicht hinkommen kann, weil ich mich nicht bewegen kann, und als es mir endlich gelingt und ich es in die Arme schließen will, ist es schon tot und kalt.

Von meinen eigenen Schreien werde ich schließlich wach und als ich das nächste Mal wieder einschlafe, träume ich von Thomas. In meinem Traum verhöhnt er mich, weil ich sein Kind nicht halten konnte und küsst vor meinen Augen Victoria, die mir anschließend lächelnd erzählt, was ich doch für ein nutzloses Miststück sei.

Danach versuche ich gar nicht erst wieder einzuschlafen. Ich schalte den Fernseher an und warte darauf, dass es draußen hell wird und meine Eltern aufwachen. Ich muss nicht lange warten. Das Geräusch des laufenden Fernsehers scheint sie geweckt zu haben, vielleicht sind sie auch schon vorher von meinem Schrei wach geworden. Nach ein paar Minuten erscheinen sie bei mir im Wohnzimmer. Mein Vater setzt sich schweigend zu mir aufs Sofa, legt sich ein Kissen auf seinen Schoß und bettet meinen Kopf darauf, bevor er mir mit ruhigen Bewegungen übers Haar streicht. Genauso, wie er es früher immer getan hat, wenn ich krank war, mir die Knie schmerzhaft aufgeschlagen hatte, der Nachbarsjunge mich auf dem Schulweg geärgert hatte oder mein Hamster gestorben war. Meine Mutter sitzt neben uns in einem Sessel und ist einfach da. Nach einer Weile falle ich doch wieder in einen oberflächlichen Schlaf, der diesmal zum Glück traumlos bleibt.

Als es irgendwann endlich Zeit zum Frühstücken ist, erheben wir uns alle etwas steif aus unseren Sesseln. Besonders für meinen armen Vater muss es schrecklich unbequem gewesen sein, denn seit seinem Schlaganfall hat er Probleme, längere Zeit zu sitzen.

Als meine Mutter den Tisch deckt und mich aus der Küche verscheucht, weil ich mehr im Weg herumstehe, als ich von Nutzen bin, gehe ich duschen.

Die Blutung ist nur noch ganz schwach, viel weniger stark als eine Periodenblutung, und ich betrachte meinen nackten Körper im Badezimmerspiegel, nachdem ich die Dusche verlassen habe. Es ist erstaunlich, wie unversehrt ich körperlich bin, obwohl ich mich innerlich so wund fühle. Genauso erstaunlich ist es, wie sehr sich ein einziges Leben innerhalb eines einzigen Tages verändern kann. Gestern Morgen noch war alles gut und heute … heute, da ist alles anders. Mein Kind ist weg … und mein Freund, der scheint auch weg zu sein.

Zwischenzeitlich habe ich mir sogar Sorgen gemacht, dass ihm etwas passiert sein könnte, aber der Fernseher lief ja die halbe Nacht und ich bin mir ziemlich sicher, dass die Medien darüber berichtet hätten, wenn ihm etwas zugestoßen wäre. Beim letzten Mal haben sie das schließlich auch getan, lang und ausgiebig.

Er meldet sich nur einfach nicht mehr. So simpel ist das. Und so schmerzhaft für mich. Auch wenn ich es nicht wahrhaben will und mein Gehirn verzweifelt versucht, andere Erklärungen zu finden.

Langsam trockne ich mich ab und wische die Tränen mit dem Handrücken weg, die schon wieder über meine Wangen kullern.

Lauren hat mir gestern eine kleine Tasche mit Sachen mit ins Krankenhaus gebracht und ich nehme jetzt ein bequemes, altrosa Jerseykleid und eine graue Strickjacke heraus sowie frische Wäsche und ein Paar Ballerinas. Sie hat wirklich an alles gedacht. Trotz aller Trauer muss ich lächeln. Es ist gut, wenn man Menschen hat, die einen so sehr lieben, so sehr auf einen achtgeben, wie es Lauren und meine Eltern tun. Das ist wirklich ein Geschenk und ich bin wahnsinnig dankbar dafür.

Als ich herunterkomme, steht die Terrassentür offen und ich blicke auf den schön gedeckten Tisch draußen. Es ist ein milder, frühsommerlicher Tag, der erste wirklich warme dieses Jahres und alles scheint so seltsam friedlich draußen. So unbekümmert, unverändert und ungerührt, dass ich es kaum glauben kann.

Nach dem Frühstück setze ich mich in den alten Schaukelstuhl, in dem ich als Kind so gerne gesessen habe.

Ich schaue zwei kleinen Spatzen zu, die sich um die Brötchenkrümel streiten, die vom Frühstückstisch gefallen sind.

Ich wickle mich in die hellgelbe Decke, die meine Großmutter irgendwann gehäkelt hat, schließe die Augen und drehe mein Gesicht in die Sonne. Angeblich soll UV-Licht sich ja positiv auf den Gemütszustand auswirken. Ich befürchte aber, dass in meinem Fall alles Sonnenlicht der Welt nicht helfen würde.

Die fast durchwachte Nacht und die ganze Anstrengung des gestrigen Tages inklusive der Narkose fordern schließlich ihren Tribut und ich schlafe ein.

Die Sonne steht schon hoch am Himmel, als sich meine Augen wieder öffnen, es muss schon fast Mittag sein. Verschlafen strecke ich mich und schaue mich blinzelnd um, als ich eine schwarze Limousine vor dem Zaun stehen sehe. Und dann entdecke ich Tom. Er sitzt neben mir, auf den Holzstufen der Terrasse meiner Eltern, und schaut mich voller Sorge an.

„Tom …“ Erstaunt strecke ich die Hand nach ihm aus, weil ich mir nicht ganz sicher bin, ob ich wirklich schon wach bin oder vielleicht nur ausnahmsweise mal etwas Schönes träume. Aber er ergreift meine Hand, nimmt sie in die seine, die sich warm, fest und überaus real anfühlt. Und obwohl ich dachte, ich hätte so viel geweint, dass da unmöglich noch Tränen sein können, weine ich jetzt wieder.

Ich schluchze laut auf, vor Erleichterung, vor Erstaunen, vor Schmerzen und vor Trauer, während Thomas mich in seine Arme zieht, auf seinen Schoß setzt und mich hin und her wiegt, als wäre ich ein kleines Kind – so lange, bis ich mich endlich beruhigt habe.

+++

Als Tom gelandet war, wollte er sich am Flughafen noch einen Kaffee kaufen. In Gedanken bei June und ihrer Schwangerschaft, bei dem gemeinsamen Kind, das da in ihr wächst, hat er nicht aufgepasst und seinen Aktenkoffer achtlos neben sich abgestellt. Als er, den Kaffee in der rechten Hand, den Koffer in die linke nehmen wollte, war er weg. Und mit ihm sowohl sein Handy als auch sein Tablet und damit ebenfalls alle Telefonnummern. Zunächst hat er versucht, Junes Telefonnummer so herauszubekommen, um sie abends anzurufen, wenn sie Feierabend hat. Aber sie steht nicht im Telefonbuch.

Schließlich hat er ihr dann eine E-Mail an ihre Arbeitsadresse geschickt, damit sie sich keine Sorgen um ihn macht, und ihr eine Telefonnummer hinterlassen, unter der sie ihn erreichen kann. Als sie sich gegen Abend immer noch nicht bei ihm gemeldet hat, hat er angefangen, sich Sorgen zu machen, da sie bei der Arbeit ihre E-Mails eigentlich regelmäßig liest. Heute Morgen kam dann endlich ein Anruf. Und zwar von Junes Chef. Auch, wenn sich dieser sonst immer wie ein Arschloch verhalten hat, hat er sich in diesem Fall überaus fair verhalten und Thomas anscheinend sofort angerufen, nachdem er die Mail im Sekretariatspostfach gelesen hatte, da June ja die restliche Woche krankgemeldet ist.

Thomas ist daraufhin in den nächsten Flieger zurück nach Boston gestiegen und vor einer Stunde bei Junes Eltern angekommen, wo er sie gesucht hat, nachdem sie nicht bei sich zu Hause gewesen ist. Seit einer Stunde sitzt er jetzt hier und beobachtet June beim Schlafen. Sie sieht blass aus und selbst im Schlaf noch unendlich erschöpft und als sie aufwacht, ist es nicht besser.

Sie so weinen zu sehen, rührt sein Herz. Aber sie dabei in den Armen halten zu können, fühlt sich so viel besser an, als im Flugzeug zu sitzen und sich Sorgen um sie zu machen, dass ihm selbst die Tränen kommen.

+++

„Wie lange bist du schon hier?", flüstere ich, während ich meine Nase an Toms Hals vergrabe und versuche, wieder normal zu atmen und mit der Heulerei aufzuhören.

„Eine Stunde ungefähr. Ich wollte dich aber nicht wecken, du hast ausgesehen, als ob du deinen Schlaf dringend bräuchtest."

„Und seitdem sitzt du hier auf der unbequemen Veranda?" Langsam löse ich mich von ihm und klettere von seinem Schoß, bleibe aber dicht bei ihm sitzen.

„Ach, so schlimm war das nicht. Und deine Mutter hat

mich mit Kaffee und einem zweiten Frühstück versorgt." Er lächelt ein bisschen schief, bevor er seinen Arm um mich legt und mich sanft küsst. „Mir ist mein beschissenes Handy gestohlen worden, June. Es tut mir so leid, dass ich nicht bei dir sein konnte, um dir irgendwie beizustehen …"

„Ich dachte, du würdest vielleicht nichts mehr von mir wissen wollen, weil ich das Kind verloren habe." Meine Stimme ist kaum mehr als ein heiseres Kratzen, aber ich reiße mich zusammen, um nicht schon wieder zu weinen. Langsam dröhnt mir der Kopf davon.

Thomas schiebt mich ein Stück von sich, sodass er mich besser mustern kann.

„Wie kommst du denn auf solche Ideen?" Er klingt ernsthaft bestürzt, seine Augenbrauen sind zu einer ärgerlichen Falte zusammengezogen. Dann aber wird sein vergissmeinnichtblauer Blick wieder weich. Zärtlich streicht er mir eine Haarsträhne aus meinem völlig verheulten Gesicht.

„Ich weiß es nicht. Ich hatte solche Angst …"

Jetzt zieht er mich fest zurück in seine Arme. Die Verärgerung weicht aus seiner Miene und wird durch etwas beinahe Feierliches ersetzt.

„Ach du … Niemals werde ich dich verlassen, hörst du? Ich liebe dich. Dich! Du bist es, die an erster Stelle für mich steht." Sanft küsst er mein Haar und legt sein Kinn auf meinen Kopf.

„Ich liebe dich auch", flüstere ich so leise, dass man es

kaum hören kann. Aber ich spüre sein Lächeln und weiß, dass er es doch verstanden hat.

Lange bleiben wir so sitzen, einander haltend in der Sonne und es ist ein größerer Trost, als es tausende von Worten hätten sein können.

Kapitel 41

Tom und meine Eltern überreden mich, den Rest der Woche mit ihm wegzufahren. Ich bin ja ohnehin krankgemeldet.

„Ein paar Tage rauszukommen wird dir bestimmt guttun", meint mein Vater, der sonst nur das Wort ergreift, wenn es um Football oder Essen geht und streichelt mir über die Wange.

„Du darfst dir auch aussuchen, wo wir hinfahren." Tom lächelt mich aufmunternd an.

Ich seufze tief, während ich mich gegen das Essen zu wehren versuche, das meine Mutter mir auf den Teller häuft. Ich habe einfach noch keinen richtigen Appetit.

„Dann will ich ans Meer", murmle ich, während ich mir wenigstens eine Gabel voll Kartoffelauflauf in den Mund schiebe, den meine Mom extra für mich gemacht hat. Eigentlich war das noch gar keine Zustimmung, aber auf Toms Gesicht breitet sich ein Lächeln aus und er steht auf, um zu telefonieren.

Eine Stunde später sitze ich mit ihm im Auto, nachdem er sogar Lauren angerufen hat, die einmal mehr auf die arme Miz Mary aufpasst.

Wir fahren nach Falmouth, wo Tom ein bisschen außerhalb ein kleines Strandhaus aufgetrieben hat. Es ist wunderhübsch und, wie in dieser Gegend üblich, aus weiß gestrichenem Holz mit einem grau gedeckten Dach. Auch das Innere ist wahnsinnig gemütlich: Weiß gekalktes Holz, weiße Möbel mit honigfarbenen Holzelementen, ein großes weißes Sofa mit vielen bunten Kissen – ein absoluter Urlaubstraum.

Nachdem wir unser Gepäck untergebracht haben, stellt Thomas uns zwei Liegestühle vor der Veranda des kleinen Hauses in den Sand und wir liegen da und betrachten das Meer. Das Wetter ist so schön heute und der Tag hier mit Thomas wäre bestimmt perfekt, wenn ich nicht so traurig wäre.

Später machen wir einen langsamen Spaziergang, barfuß im Sand, und lassen uns das noch eiskalte Meerwasser über die Füße spülen. Gegen Abend gehen wir eine Kleinigkeit essen. Ich hätte lieber selbst gekocht, ich bin es nicht gewohnt, dass man das ständig andere für sich erledigen lässt, aber Thomas lässt mich nicht.

„Du bist hier, um dich auszuruhen. Lass dich ein bisschen verwöhnen von mir. Bitte. Es ist schon schlimm genug, dass ich gestern nicht bei dir sein konnte. Lass mich wenigstens jetzt für dich da sein."

Also erhebe ich keine weiteren Einwände mehr und lasse mich von ihm in ein hübsches, kleines Restaurant mit großen weißen Fenstern, zartgrünen Wänden und hohen Lehnstühlen führen und zu meiner eigenen Verwunderung schaffe ich es sogar, ein bisschen zu essen.

Als wir uns später am Strand entlang auf den Heimweg machen, ist es schon dunkel.

Thomas legt seinen Arm eng um mich, dann seufzt er tief.

„Wie geht es dir?"

„Ich bin traurig. Auch wenn es nicht geplant war und mich erst ganz schön schockiert hat, hat es sich trotzdem gut angefühlt, schwanger zu sein. Schwanger von *dir* zu sein. Jetzt fühlt es sich leer an. Vielleicht ist es albern, so sehr darum zu trauern, denn vermutlich ist es ja zu der Fehlgeburt gekommen, weil das Kind gar nicht lebensfähig war. Zumindest meinten das die Ärzte im Krankenhaus. Aber ich bin trotzdem traurig. Ich hatte mich …" Meine Stimme bricht mir weg und ich kann kaum weitersprechen.

Tom bleibt stehen und setzt sich in den Sand. Mich zieht er mit sich, sodass ich zwischen seinen Beinen zu sitzen komme, meinen Rücken gegen seine Brust gelehnt, seine Arme um mich geschlungen.

„Ich bin auch traurig", sagt er nach einer Weile. „Es war wirklich eine sehr schöne Vorstellung, ein Kind mit dir zu bekommen. Und es ist komisch, wie viele glückliche Eltern mit Kindern man plötzlich sieht. Als kämen die auf einmal aus allen Ecken hervorgekrochen." Eine Strähne meines Haares hat sich aus meinem Zopf gelöst und er schiebt sie mir sanft hinters Ohr. „Ich bin nicht sonderlich spirituell, aber ich glaube, dass wir in unseren Kindern weiterleben. Und ein Kind mit dir zu haben, ein Kind, das von uns beiden etwas in sich trägt, diesen Gedanken finde ich wunderschön." Er seufzt tief. „Nennt man Kinder, die noch vor der Geburt sterben, nicht Sternenkinder? Wir könnten einen Stern aussuchen und ihm einen Namen geben. Symbolisch. Was meinst du?"

Ich muss lächeln, während mir gleichzeitig schon wieder die Tränen in den Augen stehen. Ich bin in diesem Moment traurig und glücklich zugleich, es ist schrecklich und dennoch wunderschön.

„Diese Sternentaufen sind doch nur Geldmacherei und total unseriös", sage ich schließlich heiser und Tom lacht hinter mir.

„June, du gehörst zu den unromantischsten Menschen, die ich kenne. Dann machen wir es halt anders. Wir suchen uns einfach so einen Stern aus, ganz ohne total unseriöse Urkunde. Dann ist die Symbolik erhalten und das Geld wird gespart. Was meinst du?"

„Das ist schön. Und das Geld … das könnten wir ja spenden. Für ein Kinderheim. Oder eine Säuglingsstation."

„So machen wir es." Vorsichtig dreht er meinen Kopf zu sich, um meine Tränen wegzuküssen. „Also, welchen Stern nehmen wir?"

Lange Zeit schauen wir in den Himmel und wählen den Stern für das Kind, das wir nie hatten, mit Bedacht. Kurz bezweifle ich, dass wir ihn in der nächsten Nacht trotz aller Sorgfalt noch wiedererkennen werden. Aber letztendlich ist das ja auch egal. Denn wir wissen, dass er da ist, irgendwo am Himmel und immer bei uns sein wird.

Die Zeit mit Thomas und die Ruhe helfen mir. Mir geht es von Tag zu Tag ein bisschen besser und ich finde sogar meinen Appetit wieder. Andere Menschen überstehen ganz andere Dinge. Trotzdem tut es mir gut, in Ruhe trauern zu können und es tut mir gut, dass Tom da ist und mich auffängt. Genau wie seine eigene Traurigkeit mir guttut, weil sie mir zeigt, dass ich nicht allein bin mit meinen Gefühlen.

Als wir nach drei Tagen am Meer wieder zurück nach Boston fahren, nehme ich nicht nur Abschied von Falmouth, sondern auch von unserem Kind. Und auch wenn ich noch immer traurig bin, geht es mir jetzt besser und ich bin mir sicher, dass das Leben weitergehen wird. Irgendwie.

Kapitel 42

Wieder zur Arbeit gehen zu müssen, fühlt sich komisch an. Als ich das letzte Mal morgens das Büro betreten habe, war ich noch schwanger. Tom wollte, dass ich mich noch länger krankmelde oder am besten gleich kündige. Aber ich finde, dass das Leben irgendwie weitergehen muss und denke, dass es bestimmt nicht leichter wird, wenn ich zu Hause sitze und vor mich hin grüble.

Trotzdem bin ich froh, dass meine Chefin mittlerweile nicht mehr zur Arbeit kommt. Natürlich bin ich nicht darüber froh, dass es ihr nicht gut geht. Ganz im Gegenteil. Aber auf ihren runden, Schwangerschaftsbauch schauen zu müssen, während ich selbst immer noch so traurig bin – ich weiß nicht, ob ich das schon verkraftet hätte.

Obwohl ich es ja nicht anders gewollt habe, muss ich tief durchatmen, bevor ich das Büro betrete. Es gibt einen neuen Teppich vor meinem Schreibtisch. Kein Wunder, den alten habe ich ja vollgeblutet. Ich schließe kurz die Augen, bevor ich meine Jacke ablege und mich an meinen Arbeitsplatz setze.

Mein Chef kommt ein paar Minuten später als ich und er sieht sehr erleichtert aus, als er mich an meinem Schreibtisch sitzen sieht.

„Oh, June! Schön, dass Sie wieder hier sind. Es war ein einziges Drunter und Drüber ohne Sie …“ Ein bisschen unsicher kommt er auf mich zu und schüttelt mir die Hand, sein Lächeln ist warm und freundlich.

Ich räuspere mich. „Ich wollte mich noch bei Ihnen bedanken, dass Sie mir einen Krankenwagen gerufen haben und …"

Er unterbricht mich mit einem Kopfschütteln. „Das war doch selbstverständlich. Und ich bin wirklich froh, dass Sie wieder da sind. Was ich Ihnen neulich gesagt habe, war mein Ernst: Ich bin mit Ihrer Arbeit hier sehr zufrieden."

Damit ist das Thema für ihn vom Tisch und er geht in sein Büro. Er scheint irgendeine merkwürdige Wandlung durchgemacht zu haben, was ich zwar ein bisschen seltsam, aber dennoch sehr begrüßenswert finde.

Mein Arbeitstag verläuft angenehm – es ist gerade so viel zu tun, dass ich mich nicht langweilen muss, aber wenig genug, dass es nicht allzu anstrengend wird. Die ganze Woche verläuft ähnlich. Fast jeden Abend bin ich mit Tom verabredet und ich finde jeden Tag ein bisschen mehr zu meiner alten Form zurück.

„Hast du eigentlich schon Pläne fürs Wochenende?" Am Donnerstag sitzen wir entspannt zusammen auf seinem Sofa, trinken ein Glas Wein und machen sonst einfach nichts.

„Nein, noch nicht." Aber dann fällt mir doch etwas ein. „Oh … Mein Vater hat am Sonntag Geburtstag!" Ich bin fast ein bisschen erschrocken darüber, dass ich es beinahe vergessen hätte, das ist mir so noch nie passiert. „Ich muss morgen los und ein Geschenk kaufen."

Tom schaut mich einen Moment lang nachdenklich an.

„Hättest du etwas dagegen, wenn ich mich an dem Geschenk beteiligen würde? Ich hätte da auch schon eine Idee …"

Wir organisieren und telefonieren den restlichen Donnerstag und den halben Freitag. Und als wir am Sonntag zu meinen Eltern fahren, bin ich total aufgeregt. Meine Mutter steht wie immer schon vor der Tür und ist eingeweiht, mein Vater sitzt im Wohnzimmer und lächelt uns zufrieden an, als wir hereinkommen.

„Da seid ihr ja." Er bleibt sitzen, weil ihm das Aufstehen so große Schwierigkeiten bereitet. Genau wie das Sprechen. Deshalb ist er noch schweigsamer geworden, als er es früher schon war.

„Herzlichen Glückwunsch zum Geburtstag, Daddy." Ich umarme ihn fest. „Und du musst jetzt leider doch aufstehen."

Verwundert schaut er zu mir hoch.

„Herzlichen Glückwunsch auch von mir. June und ich haben eine kleine Überraschung vorbereitet …"

Mein Vater macht große Augen und in denen meiner Mutter stehen Tränen, als wir nach draußen gehen. Bis zur Tür geht mein Vater auf einen Stock gestützt, draußen braucht er einen Rollstuhl. Ein Auto, in das ein Rollstuhl passt, ist der einzige Luxus, den meine Eltern sich leisten und Tom hilft nun, erst meinen Vater und dann alles andere in das Auto zu verfrachten.

„Ich bin viel zu aufgeregt, um zu fahren." Meiner Mom zittern die Hände. Sie ist immer so wahnsinnig emotional und ich muss lächeln.

„Ich mach das schon." Tom nimmt ihr den Schlüssel ab und meine Mom klettert mit mir zusammen auf die Rückbank. Je näher wir unserem Ziel kommen, desto hibbeliger werde ich. Immer wieder versuche ich nach vorne zu schauen, um meinem Vater ins Gesicht zu gucken, aber ich sitze so doof, dass es mir nicht gelingt.

Erst als wir aussteigen, kann ich erkennen, dass es meinem Vater langsam dämmert.

Fragend sucht er meinen Blick und ich fange an zu grinsen.

„Die Raccoons gegen die Titans, Daddy! Tom hat es geschafft, tolle Karten zu besorgen. Logenplätze. Da macht der Rollstuhl keine Probleme."

Meinem stolzen Vater stehen die Tränen in den Augen und ich freue mich wie ein kleines Kind.

Die Plätze, die Tom organisiert hat, sind noch viel toller als toll. Der Ausblick auf das Spielfeld ist hervorragend und mein Dad ist ganz aus dem Häuschen – genau wie Tom. Die beiden fiebern das ganze Spiel über richtig mit, während meine Mom und ich damit beschäftigt sind, unsere Männer zu beobachten.

Manchmal ist es fast noch schöner, beobachten zu können, wie sich jemand anderer freut, als selbst in das Vergnügen zu kommen.

Später, als wir uns verabschieden, nimmt mein Dad mich fest in den Arm.

„Ich danke dir, June. Das war so ziemlich der beste Geburtstag, den ich je hatte."

„Gern geschehen", antworte ich. „Das hast du dir verdient, weil du nämlich so ziemlich der beste Dad bist, den man haben kann."

Ich schaffe es kaum bis zu Tom ins Auto, bevor ich anfange zu heulen wie ein Schlosshund, weil ich in diesem Moment so sagenhaft, unglaublich glücklich bin.

Er hält mich eine Weile im Arm und erst, als ich mich halbwegs beruhigt habe, startet er den Motor und fährt los.

Kapitel 43

Thomas wartet auf mich, als ich nach dem Feierabend das Gebäude verlasse.

„Oh, was machst du denn hier?“ Ich schlinge meine Arme fest um seinen Hals, bevor ich ihn küsse.

„Auf dich warten.“ Er lächelt mich an und streicht sich eine Strähne seines widerspenstigen Haares aus dem Gesicht.

„Das will ich doch schwer hoffen, dass du hier auf mich und niemand anderen wartest!“ Leise lachend steige ich in seinen Wagen ein, nachdem er mir galant die Tür geöffnet hat.

„Immer und nur auf dich.“ Er zwinkert mir zu und gibt mir einen Handkuss, als er sich auf die Fahrerseite setzt.

„Wo fahren wir eigentlich hin?“, will ich nach einer Weile wissen. Ich bin davon ausgegangen, dass wir, genau wie sonst, wenn er mich abholt, entweder zu ihm oder zu mir fahren, aber die Gegend, in der wir jetzt sind, kommt mir nicht wirklich bekannt vor.

„Schau mal auf den Rücksitz.“ Er lächelt zufrieden und ich werfe einen Blick nach hinten und entdecke einen großen Korb voller Kuscheltiere und Süßigkeiten sowie einen Umschlag.

„Was hast du vor, Tom?“ Ich kann mir daraus immer noch keinen Reim machen.

„Das Kinderheim, erinnerst du dich? Wir wollten das Geld für unseren Stern einem Kinderheim spenden.

„Oh!“ Mehr bringe ich nicht heraus. Ich bin erstaunt, dass er daran gedacht hat, ich hatte es selbst schon halb vergessen.

Fasziniert schaue ich auf die Horde tobender Kinder, die laut kreischend und jauchzend versuchen, an die Süßigkeiten zu kommen.

Ich bin in den Anblick so vertieft, dass ich Thomas erst bemerke, als er von hinten die Arme um mich herumlegt.

„Was meinst du, wollen wir irgendwann auch so eins?“ Nachdenklich streichle ich über seine Hände.

Ich spüre sein Lächeln an meiner Schläfe und er drückt mich noch ein bisschen fester.

„Ich wäre für mindestens fünf.“ Er umfasst mein Kinn und dreht meinen Kopf sanft in seine Richtung, sodass er mich küssen kann. Sein Kuss fällt deutlich intensiver aus, als es vor Kindern angebracht wäre, aber sie sind immer noch viel zu sehr mit den Süßigkeiten beschäftigt, als dass sie Augen für irgendetwas anderes hätten.

Als Thomas mich wieder loslässt, bin ich ein wenig atemlos und ihm geht es offenbar ähnlich. Kurz bleiben wir noch stehen, dann greift er nach meiner Hand und zieht mich mit sich in Richtung Auto.

„Was hast du vor?“ Lachend bleibe ich stehen und er ebenfalls, allerdings nur, um mich noch einmal zu küssen.

Dann sieht er mir in die Augen, sein vergissmeinnichtblauer Blick ist schon ein bisschen verhangen.

„Ich will an der Kinderplanung arbeiten. Mit dir und sofort."

Wer könnte da schon widerstehen? Ich jedenfalls nicht. Diesmal folge ich ihm umgehend, als er mich in Richtung seines Autos zieht.

Gestern Abend war ich mit Lauren aus und es ist ziemlich spät geworden. Aber wir hatten einfach so viel zu besprechen, seit ich bei Thomas wohne, sehen wir uns nicht mehr wie früher beinahe täglich. Und wenn wir uns dann sehen, haben wir wohl beide immer das Gefühl, alles auf einmal nachholen zu müssen.

Sie wohnt jetzt in meinem Haus und hält mich mit allen Neuigkeiten aus meiner ehemaligen Nachbarschaft auf dem Laufenden. Kevin ist immer noch Single, aber dafür scheint Rosie sich verliebt zu haben, trinkt weniger und sieht viel gepflegter aus. Lauren hat sie sogar heimlich für mich fotografiert.

Gähnend stehe ich auf und gehe ins Bad. Tom und ich wollen uns heute zum zweiten Mal ein Haus ansehen. Es liegt in der Nähe meiner Eltern und es ist einfach traumhaft schön. Ein alter Gutshof aus rotem Backstein und mit freundlichen, weißen Fenstern und jeder Menge Platz. Und mit Kinderzimmern. Heute wollen wir entscheiden, ob wir es kaufen oder nicht.

Dieses Haus ist unser Kompromiss, eines der wenigen, das uns beiden gleichermaßen auf Anhieb gefallen hat. Wir beide haben im letzten Jahr eine Menge Kompromisse gemacht und ich behaupte, die meisten davon sind wir sehr gerne eingegangen. Zwei Leben, die so unterschiedlich wie unsere sind, zu einem gemeinsamen werden zu lassen, ist manchmal schwierig, aber meistens wunderschön. Nur auf diesen dämlichen, formellen Abendessen, zu denen ich Tom begleite, fühle ich mich immer noch fehl am Platze – was mich allerdings nicht davon abhält, ihn zu begleiten. Niemals würde ich den dort lauernden Weibern die Gelegenheit geben, ihn allein in ihre Fänge zu bekommen. Und Tom würde ich das auch nicht antun.

Als ich im Badezimmer fertig bin und die Treppe hinunterkomme, fällt mein Blick auf Miz Mary. Sie rekelt sich in Humphreys Täschchen und schnurrt, während er davor liegt, und sie anschmachtet. Er ist völlig hin und weg von ihr, seit er sie das erste Mal gesehen hat. Vermutlich denkt er, er sei vielleicht ebenfalls eine Katze, auch wenn er eher wie ein mutiertes Meerschweinchen aussieht. Heute trägt er ein Mäntelchen mit Burberry-Karo und einen dazu passenden Hut auf seinem kleinen Kopf und sieht mal wieder nicht sonderlich glücklich damit aus.

Aus dem, was Toms Mutter als *Herrenzimmer* bezeichnet, höre ich ihr lautes Gezeter.

„Das kannst du nicht machen, Thomas! Das ist ein Fehler. Ein großer Fehler. Reicht es nicht, dass dieses Subjekt bei dir eingezogen ist? Sie ist eine Schande, egal, ob die Presse sie liebt. Ich wäre ruiniert … Im Countryclub wird jetzt schon geredet …“ Ohne sie überhaupt sehen zu können, weiß ich, dass sie sich gerade theatralisch an die Stirn fasst.

„In Ordnung." Im Gegensatz zu seiner Mutter ist Thomas völlig ruhig und ich könnte schwören, dass ich ein kleines Lachen in seiner Stimme mitschwingen höre. „Dann kann ich dich also von der Einladungsliste wieder streichen? Habe ich das richtig verstanden? Ich möchte es nur wissen, wegen der Sitzordnung."

Bis in den Flur ist Vanessas Luftschnappen deutlich zu hören und beinahe im selben Moment stürmt sie aus dem *Herrenzimmer.* Als sie mich sieht, erstarrt sie einen kurzen Moment und wirft mir dann einen Blick zu, der wohl vernichtend sein soll. Ohne hinzusehen schnappt sie sich Humphreys Tasche, allerdings mit dem falschen Inhalt. Sie ist so echauffiert, dass sie ihr Versehen erst bemerkt, als Miz Mary laut fauchend aus der Tasche springt. Man sagt ja, dass manche Tiere ein sehr feines Gespür für Menschen haben und ich kann es meiner alten Katze absolut nicht verübeln, dass sie umgehend das Weite sucht.

Humphrey scheint es allerdings heute ähnlich zu gehen, denn als er bemerkt, wie sein Frauchen sich suchend nach ihm umsieht, sucht er ebenfalls sein Heil in der Flucht. Nur dass er nicht weit kommt: Vanessa ist schneller und schnappt ihn, während sich der arme Köter winselnd bepinkelt, ihr über die Hand. Einen Moment huscht so etwas wie Ekel über ihr Gesicht, aber es scheint ihr so wichtig zu sein, die Wohnung schnellstmöglich zu verlassen, dass sie dafür sogar ein bisschen Hundeurin auf ihrer Hand in Kauf nimmt.

Nach einem letzten bitterbösen Blick auf mich stürmt sie mitsamt einem kläffenden Humphrey in Burberry hinaus.

„Ich frage mich immer, ob er wohl deshalb so ängstlich ist, weil die anderen Hunde ihn immer hänseln, weil er so bekloppte Outfits tragen muss." Tom ist aus dem Salon herausgekommen und sieht seiner Mutter im Türrahmen lehnend nachdenklich hinterher.

„Wer weiß das schon. Aber ich hätte mich gerade auch beinahe vor Angst bepinkelt, bei dem Blick, den deine Mutter mir zugeworfen hat." Ich schaue immer noch ein wenig fassungslos auf die Tür, durch die sie gerade verschwunden ist, bevor ich mich wieder Tom zuwende. „Was hatte sie denn? Ich meine, sie regt sich ja oft und wegen nichts auf, aber so habe ich sie das letzte Mal erlebt, als du ihr gesagt hast, dass wir zusammenziehen."

„Ach, nichts Besonderes." Tom lächelt versonnen. „Sie hat nur etwas entdeckt, als sie vorhin kam."

„Und was genau war das bitte?"

„Das erzähle ich dir heute Abend."

Lächelnd dreht er sich um und schlendert zurück in sein Arbeitszimmer, aber ich lasse nicht locker. Ich hasse es, wenn er mir solche Häppchen hinwirft und dann nicht sagt, was Sache ist.

Als er mich hinter sich herkommen hört, versucht er, hektisch etwas in seiner Schreibtischschublade zu verstecken, aber die Schublade klemmt, wie immer, und ich bin schneller.

„Thomas!“ Ich starre auf das kleine Kästchen, das ich entdeckt habe, und er fängt an zu grinsen.

„Das hat meine Mutter auch gesagt …“

„Ist es das, was ich denke …?“

Gespielt seufzend zieht er die Schachtel hervor und fällt vor mir auf die Knie.

„Ich hatte etwas Romantischeres geplant, aber anscheinend willst du es nicht anders. Also bitte. Dann mache ich es jetzt und ganz schlicht.“ Er räuspert sich, dann wird er ernst.

„June, ich liebe dich. Du bist der wichtigste Mensch in meinem Leben. Willst du mich heiraten?“

Ich kann nur nicken, dann kommen mir schon die Tränen, ich kann den Ring kaum erkennen, den Thomas mir an den Finger steckt.

Lächelnd küsst er meinen Bauch, bevor er aufsteht und mich in die Arme schließt.

„Du machst mich glücklich, June. Absolut sagenhaft glücklich. Ich werde der stolzeste Bräutigam der Welt sein. Und ich dachte, wir heiraten ganz schnell. Damit dein Bauch noch klein genug ist, um in ein wunderschönes Kleid zu passen …“ Seine Hand ruht auf meinem Bauch, während er mich küsst.

Und ich bin auch glücklich, genauso unfassbar und sagenhaft.

Außerdem finde ich, dass das der romantischste Heiratsantrag war, den man bekommen kann. Denn nicht das Drumherum macht es aus, sondern die Gefühle sind es, die es so einzigartig machen. Die Liebe, die man füreinander empfindet. Und genau die kann ich fühlen, als Tom mich glücklich lächelnd an sich zieht, um mich erneut zu küssen.

„Ich dachte …", flüstert er in mein Ohr, während er mit einer Hand meinen Nacken streichelt, „… wir könnten vielleicht in unserem Garten feiern."

„In unserem Garten?" Erstaunt mache ich mich von ihm los und sehe ihn an.

„Ich habe gestern, während du dich mit Lauren amüsieren warst, den Kaufvertrag unterschrieben. Das Haus ist für dich. Mein Hochzeitsgeschenk an dich."

Einen Moment bin ich völlig sprachlos, dann schießen Tränen in meine Augen.

„Du bist ja völlig verrückt, Tom! Völlig verrückt." Ich falle ihm um den Hals und weiß nicht, was ich sagen soll.

Er drückt mich enger an sich und küsst meinen Scheitel.

„Ja, das bin ich wirklich. Völlig verrückt. Und zwar nach dir."

ENDE

Lieber Leserin, lieber Leser,

mein erster Dank gilt immer Euch. Danke dafür, dass Ihr mein Buch gekauft und auch gelesen habt, mir somit etwas von Eurer Zeit geschenkt habt. Ohne Euch würde es mich als Autorin nicht geben. DANKE dafür, dass Ihr mir das ermöglicht.

Ich freue mich über jede Kritik und jeden Hinweis, gerne könnt Ihr mir unter hannah.kaiser79@gmx.de Eure Kritik, vielleicht auch Euer Lob oder Eure Wünsche bezüglich diesen oder anderer oder zukünftiger Bücher mitteilen.

Außerdem bedanke ich mich bei meinen diversen Testleserinnen und Testlesern, die sich mit meinem unlektorierten und unkorrigierten Manuskript herumschlagen mussten:

Astrid, Bea, Catharina, Katrin, Klaus, Nadine, Sandra, Stefan, Susanne (Testleserin auf Lebenszeit – das hast Du nun davon).

Ihr hattet diesmal echt viel Arbeit mit mir und ich entschuldige mich für die vielen, unlogischen und schrecklichen Stellen, die ich übersehen habe.

Herzlichen Dank an Alexandra, Cassandra, Christina, Nancy und Sepideh, die alles innerhalb eines Tages für mich gelesen haben!

Und natürlich Andrea „Adlerauge“, die auch die letzten Fehler noch aufgespürt hat.

Ich bedanke mich bei meiner Bine – weil sie trotzdem immer noch etwas findet.

Und bei Christina, die mich immer auf gute Ideen bringt.

Bei Catrin, für die supertollen Cover – auch wenn ich Dir damit vermutlich eines Tages den letzten Nerv raube.

Vielen Dank an die liebe Poppy J. Anderson, weil ich die Raccoons gegen die Titans spielen lassen durfte!

Und der größte Dank gilt meiner Familie – Ihr seid die Besten, aber das wisst Ihr hoffentlich auch so.

„Die Verführung des Mondes"

Eigentlich will sich Luna nur einen ruhigen, kinderlosen Abend zu Hause machen, als sie überraschend in das Leben des ebenso reichen wie attraktiven Anwalts Phillip Dawn stolpert.

Zwischen den beiden knistert es gewaltig, aber Luna ist sich nicht sicher, ob es zwischen ihnen tatsächlich eine Zukunft geben wird.

Und während sie sich noch Gedanken über die Zukunft macht, wird sie von ihrer Vergangenheit eingeholt.

(März 2013)

„Die Verlockung des Glücks"
Teil 1

Sophie hat, nach einigen herben Enttäuschungen, den Männern eigentlich schon lange abgeschworen. Sie ist fest davon überzeugt, dass es sich alleine einfach viel besser lebt.

Doch eines Tages tritt Matt, der amerikanische Enkelsohn

ihrer Nachbarin, auf sehr ungalante Art und Weise in ihr Leben. Sophie ist sich ganz sicher, dass sie diesen überheblichen Typ auf den Tod nichts ausstehen kann, denn er benimmt sich kaum besser als ein eingebildeter Neandertaler. Wäre da nur nicht dieses verdächtige Kribbeln, das sich in ihr breit macht, wann immer er in ihrer Nähe ist …

(Juni 2013)

„Die Verlockung des Glücks" Teil 2

Zweiter und letzter Teil der Reihe „Die Verlockung des Glücks".

Endlich hat Sophie der Verlockung des Glücks nachgegeben und ist zu Matt in die USA geflogen.

Dort angekommen ist ihr gemeinsames Leben allerdings nicht so ungetrübt, wie erhofft. Das große Interesse der Öffentlichkeit an Matt, Sophies Selbstzweifel und eine Frau, die aus Matts Vergangenheit zu kommen scheint, legen ihnen immer wieder Steine in den Weg.

Werden sie es dennoch schaffen, einen gemeinsamen Weg zum Glück zu finden?

(August 2013)

„Die Versuchung der Hoffnung“

Hopes Leben ist auch ohne die große Liebe schon voll genug: Studium, Job, die Familie und ihr kranker Bruder fordern all ihre Zeit und Energie. Doch dann tritt John Petterson in ihr Leben, Sänger einer Rockband kurz vorm großen Durchbruch, und wirbelt ihre Gefühle und ihr Leben ordentlich durcheinander. Trotzdem reichen tiefe Gefühle allein manchmal nicht aus, um auf Dauer miteinander glücklich zu sein … oder?

(Dezember 2013)

Impressum

Die Autorin ist unter der folgender Adresse zu erreichen. Es handelt sich bei der Adresse um einen postalischen Weiterleitungsservice der Firma Ideekarree, da die Autorin ihre private Adresse nicht bekannt geben möchte. Die Firma Ideekarree trägt Sorge für die fristgerechte Weiterleitung der Post an die Autorin, sofern diese an folgende Adresse gesendet wurde:

Hannah Kaiser
c/o IDEEKARREE Medien Leipzig
Herr Alexander Pohl
Alfred-Kästner-Straße 76
04275 Leipzig

- PAKETE WERDEN GRUNDSÄTZLICH NICHT ANGENOMMEN! -

E-Mail: hannah.kaiser79@gmx.de

9493973R00177

Printed in Germany
by Amazon Distribution
GmbH, Leipzig